KB181152

길을 가려거든
길이 되어라 途

길을 가려거든
길이 되어라 途

김기홍

행복우물

○ 목차

3장. 무지개의 계절 : 성찰 #1

4장. 한 여름의 서늘한 바람 : 성찰 #2

5장. 길을 가다

판데믹이 너무 오래 계속되었다. 정상과 비정상이 반대로 되었다. 사람을 만나지 말고, 이야기를 나누지 말고, 어울리지도 말아라! 여행도 예외가 아니다. 국내여행도, 그토록 익숙했던 해외여행도 하지 말아라!

조금만 관심을 가지고 보면 슬픔이 사방에 가득하다. 그렇지 않은 것처럼 생활하면서도 언제쯤 이런 비정상이 정상으로 돌아올지, 정상으로 돌아온 뒤의 생활이 그 이전과 같을지 누구도 자신 있게 말하지 못한다. 그러니 슬픔이다. 판데믹으로 인한 신체적 아픔, 그로 인한 슬픔이야 말할 것도 없지만, 조금씩 알지 못하게 다가와 우리 마음과 정신을 잠식해가는 슬픔이 사실 더 큰 문제다.

집콕과 방콕을 하면서 우리가 정상이라고 부르던 그 시절, 마음껏 사람을 만나 이야기하고 여행을 하던 경험들을 되새겨 보았다. 그때 왜 여행을 그렇게도 하고 싶어 했을까? 이유는 제각각이다. 하지만 빠질 수 없는 것은 즐거움이다. 여행의 과정이 힘들었더라도, 전체를 돌이켜 볼 때 즐거웠다면 그것으로 좋다. 그 즐거움을 모으고, 할 수 있으면 나누고 싶다. 세상이 다양한 것처럼 즐거움의 원인과 과정도 사람마다 다르다. 마치 사람이 가지는 개성처럼. 내가 제시하고 싶은 즐거움은 우선, 시간, 공간, 문화를 넘나드는 과정에서의 유쾌, 상쾌, 통쾌와 관련된다. 한 지역, 한 시기, 한 생활에 매여있지 않고, 오랫동안의 여행을 하면서 때로는 좌충우돌, 때로는 종횡무진, 그런 경험을 하나의 생각으로 묶어본 것이다. 그것이 1장의 내용이다.

최근 5년을 돌이켜 보면 내 여행의 절반은 고생을 자초하는 자유여행, 다른 절반은 크루즈 여행이었다. 크루즈 여행이라니. 복 많은 사람처럼 들리기도 한다. 아니다. 시간과 발품을 팔아서, 자유여행의 경비와 범위를 초과하지 않으면서, 오히려 더 적은 비용으로, 더 다양한 경험을 했다. 비행기 삯을 아끼려 4박 5일 일정으로 대서양을 횡단하는 배를 탄 것은 결코 비밀이 아니다. 그리스, 노르웨이, 북유럽 국가들, 그리고 브라질의 일부는 그렇게 여행했다. 바다가 그렇게 좋았다. 그 바다, 그 항구, 그 사람. 그런 경험과 즐거움을 기록한 것이 2장과 3장이다.

즐거움을 위해 여행하지만, 다른 이유도 있기 마련이다. 이유도 모르게 아팠다. 마음은 말할 것도 없고 자신의 몸 하나 제대로 가눌 수 없었다. 극단적인 선택을 하는 사람들을 이해할 수 있었다. 최소한의 의무적 일을 하는 것을 제외하고선 칩거의 나날을 보냈다. 같이 생활하는 동반자 역시 시름시름 앓기 시작했다. 부창부수인지, 몸보다 마음이 먼저 무너지기 시작했다. 설상가상은 이런 경우를 두고 하는 말이다. 역설적이지만 살기 위해서 함께 여행을 다녔다. 자신을 돌이키고, 주변과의 관계를 돌이키고, 사회적 역할과 관계를 돌이키고, 종래는 역사의 흐름까지 돌이켜 보았다. 성찰이라는 제목을 단 3장과 4장은 이런 경험을 담은 것이다. 그래도 즐거움의 기운이 없지는 않다. 냉정한 시각을 유지했지만, 파리와 스페인의 경험은 다소 가슴을 설레게 한다. 하지만 4장은 그렇지 않다. 특히 독일을 여행한 경험은 다시 읽어도 가슴 한구석이 저려온다. 동시성의 법칙을 거론했지만, 그 여행 내내 독일의 그 가슴 아픈 고통과 괴로움은 마치 내 것처럼, 우리 것처럼 다가왔다. 가장 읽기 힘든 부분일지 모르지만 회피하지 않았으면 한다.

눈썰미 있는 분이라면 아마 알아차릴 것이다. 3장과 4장의 대부분에서, 그 이전이라도 글의 중간중간 세 사람의 이름이 거론된다는 것을. 맞다. 그 세 사람은 니코스 카잔차키스, 칼 융, 조셉 캠벨이다. 극단적인 생각까지 한 나를 일으켜 세운 것은 이 세 사람과 여행이다. 그러니 5장은 이 세 사람과 함께 여행 하면서 나의 상처와 괴로움과 고통의 원인을 찾고, 그것을 극복해 가는 과정과 종착점을 그린 것이다. 망발이고 전형적인 개똥철학이다. 모르는바 아니다. 그렇지만, 한 사람이라도 이런 기록을 통해 위안을 받을 수 있다면, 즐거움을 통해 이 슬픔을 극복하는 이상의 보람이리라. 오해는 하지 말자. 고상하게 설명했지만 나는 아직 그런 존재가 아니다. 나를 포함해 이 지상에서 살아가는 모든 사람은 영원을 향해 가는 여행자에 불과하다.

Let go! Let God! 누구의 말인지 모르지만, 항상 되새기는 말이다. 이 판데믹도 조만간 지나가기 마련이다. 가게 내버려 두어라. Let go! 그러면 그다음은? 신이라는 단어가 거슬리면 하나님, 하느님 혹은 다른 무엇이라도 좋다. 당신의 God에 자신을 맡겨라.

슬쩍 한마디 한다. 건투를 빈다.

은인자중하는 2021년의 봄날,
연구실에서
김기흥

오후의 한때를
한잔의 커피와 사랑에 빠졌다

1 장.

기억 추억
───────────────
그리고 즐거움
───────────────

삶은 여전히 우리를 기다리고 조금만 눈을 바꾸면

건너뛰어도, 하지 못해도 괜찮아

황량함이었다.

부에노스아이레스에서 비행기로 세 시간. 엘 칼라파테에 내려 공항을 나서면 가장 먼저 만나는 풍경, 그리고 그 풍경에서 스며드는 감정이 바로 이 황량함이었다.

사막은 아닌데 사막같이 아무것도 없었다. 마을로 가는 도로만 잃어버린 길 마냥 앞으로 나 있었고, 잡목이 듬성듬성 나 있는 야트막한 야산에는 사람의 눈길을 끌 만한 것은 아무것도 없었다. 그런 풍경이 전후, 좌우 360도로 펼쳐져 있었다. 마을로 가는 작은 버스의 소음만이 이 풍경에 작은 잡음을 내고 있을 따름이었다.

파타고니아와의 첫 만남이었다. 이 황량함은 숙소에서 만난 무공해 저녁노을과 연결되면서 내가 지구가 아닌 외딴 별에 와있는 기분을 자아내게 했다. 한국의 펜션 같은 숙소의 창을 열면 약간 서향이라 저녁 햇살이 침대를 말없이 차지하는데 도무지 그 햇살이 밉지 않았다. 햇살은 더움이 아니라 맑디맑은 공기와 어울려, 한국으로 치면 강원도 어느 심심산골의 소나무 숲에서 느끼는 약간의 자유스러움과 잡티 하나 섞이지 않은 투명한 서늘함을 자아내고 있었다. 피곤으로 지친 몸을 그대로 침대에 내려놓았다.

라스베이거스에서 로스앤젤레스를 향하면 반드시 만나게 되는 풍경이 사막이다. 도대체 이 넓고도 넓은 사막에 길 하나만 앞으로 놓여있는데, 오가는 차라고는 내가 탄 차 하나밖에 없다. 크루즈 자동장치로 놓아두고 손을 떼도 자동차는 아무런 문제 없이 혼자서 잘 간다. 눈을 들면 아무것도 없다. 사람의 눈길을 끌 만한 것은 아무것도 없다. 모래, 모래, 자갈, 자갈, 어디로 연결될지 모르는 이 지긋지긋하고, 이 괴상망측한 도로. 선인장 과에 속하는 나무들만이 듬성듬성 나 있는 이 사막. 그런데 참으로 정말 이상하게도 이 아무것도 없는 풍경, 사람의 눈길을 끌 만한 것이 없는 이 풍경에서 나는 이상한 평안함을 느끼고 있었다. 오래도록 오래도록 이 황량한 하늘과 땅과 사막을 가슴에 심장에 마음속 저 깊은 곳에 담았다.

파타고니아의 황량함은 라스베이거스 사막의 황량함을 뛰어넘는 것이다. 사막은 만약 자동차의 바깥으로 나간다면 훅 끼치는 열기로 자칫 놀랄 수도 있었겠지만, 파타고니아에서는 오히려 그 바깥으로 나가야 한다.

엘 칼라파타에에 도착한 다음 날. 모레노 빙하를 보고 돌아오는 길. 집으로 가는 버스를 타러 가는데 버스가 있는 그 풍경, 버스와 모레노 빙하가 있는 그 하늘, 그 하늘을 가로지르는 아무것도 없는 그 땅. 그 땅을 지렁이처럼 기어가는 우리의 버스. 그 공간, 그 하늘, 그 황량함. 아, 하나가 빠졌다. 그 사이를 가득채운 한국으로 치면 미세먼지 하나 없는 그 맛있는 공기. 그 황량함이 자유로 다가왔다. 아무것도 할 필요가 없었다.

갚아야 하는 대출금 때문에 전전긍긍할 필요도 없었다. 안되면 지금 살고 있는 이 집 처분하면 되는 거야. 십 원, 백 원, 천 원, 아끼면서 저 옆 사람의 가슴에 생채기를 낼 필요는 없는 거야.

잘못된 선택 때문에 밤과 새벽에 그토록 괴로워해야 할 필요도 없었다.

누군들 잘못된 선택을 하지 않으랴. 다시 그 시절로 돌아간다면 분명히 지금과는 다르게 선택할 거다, 다시 그런 일이 닥치면 그렇게 하지 않을 거다. 아니다. 그 선택은 저 은하계 저 멀리로 사라져 버렸고, 내가 내린 그 선택의 결과도 먼 시간의 흐름으로 보면 아무것도 아니다. 미워할 필요도, 후회할 필요도, 안타까워할 필요도 없다.

날 지지해 달라고 잘 알지도 못하는 동료에게 전화를 걸 필요도 없었다.

SNS를 밤새 하면서 '좋아요'를 누르고 댓글을 달아도 돌아서 누우면 횡하니 뚫린 가슴을 만나기 일쑤였고, 피속을 흐르지 않는 뻔뻔스러운 얼굴을 하기란, 그런 얼굴로 무엇을 부탁하기란 정말 괴로웠다. 꼭 내가 그 영화의 주연을 맡아야 하나.

상대방의 갑(甲) 질과 을(乙) 질에 마음 아파할 필요도 없었다.

우리는 전세를 살면 을이 되었다. 기한만 되면 칼처럼 나가라고 하거나, 연봉의 2배나 되는 금액을 올려달라고 했다. 그래서 이번에는 가지고 있는 집으로 전세를 놓았더니 또다시 을이 되었다. 세입자는 만기를 6개월이나 남겨놓고 독촉 전화를 하기 시작했다. 우리 전세를 어떻게 할 거냐고. 갑과 을의 이 순환되는 소용돌이.

그냥 그 자리에, 그대로 있는 것만으로 파타고니아는 자유로 다가왔다.

아드리아느!

엘 찰튼으로 떠나기 전날. 우리를 태울 버스가 새벽에 오기 때문에(엘 칼라파테에서는 버스가 숙소로 직접 픽업을 하러 온다) 아침 대신 도시락을 싸 달라고 요청했지만 주인인 아드리아느는 버스가 7시에 온다는 말을 듣고는 단호히 말했다.

걱정하지 말아요. 새벽 6시 30분에 아침을 준비해 놓고 기다리고 있을게요!

하나도 의심하지 않았다. 다음 날 6시 30분에 거실로 나와 보니 아무것도 준비되어 있지 않았다. 바로 깨울까 하다가 새벽에 그것도 식사 문제로 주인을 깨우는 것은 예의가 아닐 것 같아 기다렸다. 7시가 되도록 인기척도 없었고, 마침내 우리를 태울 버스가 도착했다. 아뿔싸. 아드리아느가 거실문을 잠가서 나갈 수도 없었다. 그래서 외치기 시작했다.

아드리아느, 아드리아느, 아드리아느

겨우 버스를 탔지만, 아침은 먹지 못했다. 그날 아침값까지 미리 지불했지만 차가 떠나는 그 와중에, 잊어버리고 늦잠을 잔 주인의 잠기 어린 눈을 보면서는 따질 기운도 따질 의사도 없었다.

괜찮아. 한 번쯤 건너뛰어도, 미리 지불을 했지만 한 번쯤 아침을 먹지 못해도 괜찮아. 그래 정말이야. 반드시 했어야 했는데, 꼭 하기 위해 그렇게 준비를 많이 했는데 전혀 예기치 않은 일 때문에 하지 못할 수도 있다. 하지만 괜찮아. 정말 괜찮아.

건너뛰어도, 하지 못해도 정말이야 괜찮아!
여기는 파타고니아이고,
그 황량함이 있고,
그 황량함 속에 네 자유가 떠돌고 있는 거야.
그러니 손만 내밀어 잡으련!

그래, 그냥 어디든지 가!

"화장실에 가기 위해 잠시 배낭을 옆자리에 두었어요. 일행이 있었기에, 그리고 사람이 많이 오가는 길목이기에 조금도 의심을 하지 않았죠. 하지만 잠깐 그 잠깐 자리를 비운 사이 배낭이 사라지고 없었어요."

엘 칼라파테에서 새벽 버스를 타고 도착한 엘 찰튼. 묻고 물어 찾아간 숙소에 체크인하려니 두 시간을 더 기다리라고 한다. 어디에 갈 생각을 하지 못하고 로비에서 쉬려고 하다, 한구석에서 열심히 노트북을 하는 동양인을 발견했다. 혹시 하고 물으니 한국인이었고, 제대한 뒤 복학을 앞두고 친구와 함께 남미를 여행중이었다. 이것저것 이야기를 하다, 배낭을 도둑맞은 이야기를 들은 것이다.

"귀중품은 어떻게 했어요?"

"다행히 귀중품은 몸에 붙는 작은 가방에 넣었기에 괜찮았어요."

우리가 내일 갈 피츠로이는 가지 않았다고 한다. 대신 이 학생들은 토레스 델 파이네의 W자 트레킹을 계획 중이란다. 피츠로이는 당일로 다녀올 수 있지만 W 트레킹은 최소 3박 4일은 잡아야 한다. 우리가 체력 때문에 엄두를 내지 못한 그 트레킹을 이들은 하려고 한다. 피츠로이를 다녀오는 길이 얼마나 힘든지 경험했기에 이들의 여정에 놓인 트레킹의 무게를 이제는 짐작한다. 우리가 도착한 날 이들은 떠나는 여정이었기에 긴 이야기는 나누지 못했다. 아직도 기억하는 질문 하나. 스페인어를 못하면 아르헨티나에서 겪는 불편을 알기에 물었다. 스페인어를 잘 하느냐고.

"영어도 잘 못하는 걸요. 그냥 이것저것 부딪히는 거죠"

그냥요. 그 젊음이 참 부러웠다. 영어도 스페인어도 잘하지 못하면서 부딪히고 부딪히면서 방랑하는 것. 험하다 멀다 괴롭다 힘들다 하는 모든 말들을 그냥요 하면서 넘기는 것.

아르헨티나의 파타고니아 여행을 마치고 엘 칼라파테에서 부에노스 아이레스로 돌아가는 비행기를 기다리고 있었다. 체크인을 일찍 하려고 줄을 서려는데 우리보다 먼저 줄을 선 두 청년이 눈에 들어왔다. 모레노 빙하를 구경할 때 만난 한국인 청년들이었다. 모레노 빙하를 구경할 때는 스쳐 지나가느라 자세히 이야기를 나누지 못했는데 비행기를 기다리는 이 공항에선, 게다가 이국의 이 시골 공항에서는 누구라도 수다 본능이 열린다. 말이 통하는 한국인이 아닌가. 자세한 신상은 캐묻지 않는 게 예의다. 자신들 표현을 빌자면

취업을 앞두고 남미를 떠돌아다니는 중이란다. 그래서 왜 이렇게 오래 여행을 하느냐고 물었다. 다 잊어버렸지만 돌아온 답변 중의 하나는 아직도 기억한다.

"그냥요. 재미있어서요."

죽기 전에 보아야 할 버킷 리스트라든지, 세계를 돌며 자기를 발견한다든지, 자신의 인생을 계획하기 위해서라는 말을 했다면 한 귀로 듣고 한 귀로 흘렸을 것이다. 그런 진부함은 여행의 목적이 아니니까. 엉뚱한 호기심이 들었다.

"그렇게 오래 같이 다니면 싸우지 않아요?"

"왜요. 늘 싸우죠"

말은 그렇게 하면서도 개떡같이 말해도 찰떡처럼 알아듣는 것 같았다. 나는 아니 우리는 아직 그런 경지에는 도달하지 못한 것 같다. 개떡같이 말하면 개의 떡으로 받아들이니까.

태국 방콕에 들렀을 때의 일이다. 늦은 체크인을 한 다음 날, 점심을 먹으러 가기 위해 로비로 내려왔다. 누구에게 좋은 식당을 물어볼까 생각하다 로비에 있는 젊은 청년에게 영어로 말을 걸었다. 그런데 아뿔싸. 돌아오는 것은 한국말이었다. 방콕의 호텔에서 인턴을 하고있는 한국인 청년. 그러니 좋은 식당은 물론이고 거기서 무엇을 주문하면 좋은지 자세한 안내를 받을 수 있었다. 일부러 그런 것은 아닌데 그 호텔에 있는 동안 로비로 내려오면 그 청년을 만날 수 있었고, 그럴 때면 수다 본능이 나오는 것은 어찌할 수 없었다. 방콕에서 방을 하나 얻어서 생활하고 있고, 조만간 서울로 돌아간다는 것, 그리고 방콕에서의 생활이 그럭저럭 좋다는 것까지. 그래서 한 마디 물어보았다. 왜 여기까지 와서 인턴을 하느냐고. 자세한 답은 다 잊었지만 역시 한 마디는 아직도 기억에 남는다.

"그냥요. 열심히 취업 준비를 하면서 이것저것 알아보니 여기까지 오게 되었어요."

한국에 돌아온 뒤, 그가 보내준 카톡을 보게 되었고 그 프로필 사진을 통해 곧 결혼한다는 것을 알게 되었다. 그 프로필 사진 속의 신부는 역시나 아름다웠다.

그냥요. 여행을 마치고 돌아온 지금 이 '그냥'이라는 단어처럼 기억에 남는 것은 없다. 미술이니, 음악이니, 조금 더 거창하게 문화니, 문명이니, 심지어는 자기 발견이니 하는 그런 말은 소용없다. 그냥 발 길이 닿는 대로, 좋은 곳에서는, 아 좋다, 나쁜 곳에서는 빨리 떠나자. 그러면 된다. 아니 나쁜 곳이 어디에 있는가? 한국에도 산, 바다, 강, 호수, 미술, 음악, 음식, 박물관 다 있지 않은가? 거창하게 한국과 외국과의 문화의 차이를 발견하러 간다고. 가서 차이를 발견하는 것은 좋으나 그것을 목적으로 하지 않았으면. 그냥, 그냥 간다는 것.

더 나아가 해외에서 일할 기회를 찾기 위해서라느니, 국제인이 되기 위해서라는 오글거리는 말은 필요 없다. 현명하게 열심히 살다

보니 자연히 해외에서 일할 기회도 올 수 있지 않은가. 그냥, 흐름에 몸을 맡기면서 열심히 보다 현명하게 살면 되지 않을까?

해외를 여행하다 보면 많은 한국의 청년들을 만나게 된다. 대부분 스쳐 지나가지만 (이제 한국인이라고 해서 해외에서도 특별히 더 반가운 그런 시대는 지나가지 않았는가) 가끔씩 수다 본능이 발휘될 기회를 만난다. 거듭 말하지만 부럽다. 저만한 나이에 나는 무엇을 했지? 아니 한국은 무엇을 하고 있었지? 하는 생각에 우울하기도 하고 슬프기도 한 복잡다단한 감정에 사로잡힌다.

그래 어디든지 가.

남북으로 갈리면서 섬 아닌 섬이 되어있는 대한민국을 떠나 어디든지 가보련. 거창한 목적이란 필요 없단다. 그냥, 그냥 나가보는 것으로 충분하다. 돈 없고, 영어 잘하지 못하고, 심지어는 말도 안 되는 차별 대우를 경험하더라도, 그놈들, 그 사람들, 그 나라 사람들 하며 지나가게 하면 된다.

어디든지 그냥 가되, 그 지나가는 바람에 실려 네 마음에 쌓이는 것이 무엇인지를 먼 훗날, 지금 당장이 아니더라도 먼 훗날 확인할수 있으면 된다. 그러니 그냥 나가. 이 좁은 도시, 좁은 땅을 떠나 가슴을 활짝 펴고 그곳의 공기가 어떻든 힘껏 들이키면 된다. 조금 싸우면 어때. 그냥 모두 이 지구상의 스쳐 지나가는 바람에 불과해. 우리는 그냥 대한민국의 스쳐 지나가는 향기로운 바람이면 충분해.

아르헨티나를 떠나면서 1985년 내 청춘의 젊은 날 첫 해외여행에서 파리의 개선문 꼭대기에 오르던 때를 생각한다. 눈물 어린 무지개 시절이다. 그러니 그냥, 그냥 떠나보지 않으련?

개선문에서는 울어도 좋다

누군들 그렇지 않으랴만 안개 속으로 사라져간 젊은 날을 되돌아 보면 가슴 한구석이 먹먹해지는 기억이 있다. 하나는 빛바랜 낙엽 같은 추억이라서, 또 다른 하나는 그때 가졌던 그 꿈대로 살지 못했 던 회한(悔恨)때문에.

1985년 4월, 나는 20대의 어린 나이에 파리의 개선문 꼭대기에 서, 사방으로 뻗어있는 파리의 도로를 보면서, 아니 파리의 시가지 를 보면서, 목 놓아 울었다. 그때 그 젊은 청춘은 샹제리제 가를 걸 어 올라올 때부터 조금 우울한 기분을 어떻게 하지 못하고 있었는 데, 그 우울한 기분은 개선문 꼭대기에서 파리 시가지를 내려다 보 는 순간 정점에 도달했다.

첫 해외여행. 그것도 남산의 중앙정보부를 들러 소양교육을 받고 나온 여행. 해외에 나가거든 북한의 사주나 공작을 조심해야 한다는 교육을 받고 나온 그 첫 해외여행. 아니 정확히는 여행이라기보다는 스위스 제네바에서 한 달간 GATT 연수를 받기 위한 출장. 그리고 파리를 들른 것은 일부러 계획한 것이 아니고, 한국으로 돌아가는 비행기가 파리를 경유하기에 2박 3일 동안 잠깐 파리를 방문한 것에 불과했다. 돌이켜보면 노고단에서 운해를 바라보는 듯 아스라한 기억이다. 숙소를 예약하지 못해 KAL 파리지점에서 숙소를 추천받았고, 그 숙소는 욕실도 없는 모텔보다 못한 공간이었다. 하지만, 그 숙소에 대한 실망도 잠시. 태어나서 처음 들른 파리의 인상은 우물을 벗어난 개구리가 신세계를 접한 그 이상이었다.

그 파리의 개선문 꼭대기. 나는 무엇을 가슴에 안았던가? 참 이상하다. 우국지사도 아니고 일개 연구원에 불과했던 젊은이가 무엇을 안다고. 당시의 한국 상황, 한국의 지난 역사를 돌이켜 보면서, 세상에 태어난 지 27년도 안 되는 젊은 나는, 가슴으로 치밀어 오르는 슬픔을 어쩌지 못했다. 그 슬픔은 다음 한마디 말로 간추릴 수 있다. 프랑스가, 파리가 이런 도시와 문화를 만들어나가는 동안, 우리는 우리 한국은 무엇을 했단 말인가?

서울로 돌아온 날 저녁, 제기동 시장에서 생계를 위해 국수를 파는 아주머니를 보다, 그 아주머니에게 국수 한 그릇을 사 먹다 마침내 목이 매었다. 생전 처음 본 파리의 그 화려하고 기품있는 모습과, 서울 제기동 재래시장의 초라하고 서글픈 상점이 어쩔 수 없이 비교가 되었다. 그럴 자격도 없지만, 자취방에서 밤이 늦도록 울었

우리는 도대체 무엇을 해 왔냐고?

늦어도, 혹은 떠나버려도 괜찮아

그 에스프레소의 맛을 어떻게 표현해야 하나?

그리스 코르푸섬, 사로코(Saroko) 광장 남쪽의 시내버스 정류장, 그 옆의 노천카페에서 만나본, 작디작은 컵에 담긴 에스프레소의 맛을 아직도 잊지 못한다. 기억은 모든 것이 복합적이다. 원래 12시 버스를 타고 아킬레온 성으로 가려고 했다. 하지만, 충분한 시간이 있었는데도 버스 정류장을 잘못 아는 바람에 버스를 놓치고 말았다. 뒤늦게 알고 총알처럼 달려갔지만, 버스는 조금도 망설이지 않고 떠나버렸다. 다시 한 시간을 더 기다려야 한다. 배로 들어가는 시간 때문에 늦어도 12시 버스는 타야 했는데 이제 새로운 결정을 내려야 했다. 1시 버스를 타고 아킬레온 성을 보는 대신 올드타운을 보지 않기로 하는 것. 익숙하지 못한 곳에서 제대로 된 정보를 알지 못했기 때문에 종종 경험할 수밖에 없는 어쩔 수 없는 선택이었다.

그래서 허탈한 마음을 달래기 위해서, 그 버스 정류장 옆 노천카페에서 에스프레소를 주문한 것이다. 그리스의 에스프레소 컵은 아주 작다. 하지만 그 에스프레소의 맛은 아주 쓰다. 그래서 그리스에서 에스프레소를 시키면 반드시 설탕을 준다. 허탈하고 쓰라린 마음을 달래기 위해서 아무 생각 없이 에스프레소를 시켰는데 먹으면서, 먹고 난 뒤 정말 놀랐다. 단순히 맛있다고 말하는 것은 그 맛을 제대로 표현하지 못한 것이다. 처음 혀로 느끼는 맛은 아주 쓴 것인데 그것이 목을 넘어가는 순간에는 설탕의 단맛과 결합해 개운하고 청량한 맛을 발산한다. 그 쓴 커피를 다 마시고 난 뒤에는 그 향기의 여운이 제법 오랫동안 계속된다. '으흠' 하는 감탄사가 절로 나온다. 한 잔에 1유로도 안 되는 가격. 여행을 마친 지금, 코르푸로 다시 간다면 가장 먼저 해야 할 것 중의 하나가 그 카페로 가서 에스프레소를 마시는 것이다. 에스프레소의 기억 때문에 유럽에서 들리는 곳마다 에스프레소를 마셔 보았지만 그날 노천카페에서 먹은 것보다 좋은 것은 발견하지 못했다. 기억이 복합적이라 착각이 있을 수도 있다. 허탈한 마음으로 먹은 에스프레소이기에 더 기억에 남을 수도 있다. 하지만 그 에스프레소는 유럽 여행 중에 경험한 최고의 에스프레소였다.

아직도 그 장소와 그 분위기는 기억한다. 미국 워싱턴 DC의 듀퐁 서클에 위치한 간이주점, 혹은 간이 레스토랑. 그 레스토랑의 이름은 먼 기억 저편으로 날아갔지만, 그날 그 레스토랑의 분위기는 아

직도 기억에 생생하다. 천정에는 대형 선풍기가 느릿하니 움직이고 있었고, 초여름 워싱턴의 작은 레스토랑은 마치 서부 같은 느긋한 분위기를 풍기고 있었다. 거의 5년 만에 만나는 대학원 동기였다. 그것도 미국인 동기.

서울에서 일하다 보면 워싱턴으로 출장을 가게 되는 경우가 많다. 이때도 한 프로젝트를 하느라 워싱턴을 방문했지만, 예정된 담당자와의 면담은 이루어지지 못했다. 허탈했다. 그래서 다소 아쉬운 마음으로 대학원에서 함께 공부한, 그때는 워싱턴에서 일하고 있었던 동기에게 연락하니, 정말 정말 그 녀석을 만날 수 있었다.

특별한 이야기를 나눈 것은 아니다. 그저 함께 동고동락하던 때의 이야기다. 하지만 이때를 떠올리면 반드시 떠오르는 것이 있다. 반갑게 그를 만난 뒤 그가 주문한 맥주를 들이켤 때의 그 맛이다. 처음 먹어본 맥주는 아니었지만, 약속이 취소된 허탈한 마음, 초여름의 다소 진 빠지는 날씨, 그러나 오랜만에 만나는 동기에 대해 반가움이 섞인 분위기에서, 그 맥주는 스키를 타듯 내 목 아래로 내려갔다. 처음 경험하는 맛이었다. 아주 차갑지 않고 적당히 차가운 것이라, 처음 마실 때는 그냥 청량한 맛밖에 남지 않을 줄 알았는데, 목을 타고 아래로 내려가는 순간 허전한 마음, 허탈한 마음마저 한꺼번에 씻어내는 것이었다.

하도 신기해서 그 맥주의 브랜드를 아직도 기억한다.

Michelob. 그 친구에게 그 느낌을 이야기했더니 이 브랜드를 이렇게 기억하란다.

Make a love!

그 에스프레소와 맥주가 세계 최고의 에스프레소, 맥주가 아닌 것은 알고 있다. 그날 그때, 그 장소에서 그런 경험을 하고 난 뒤라서 그렇게 뛰어날 수 있다. 하지만 세계 최고가 아니면 어떤가? 그리스의 노천 카페에서 에스프레소를 마시던 순간, 워싱턴의 작은 레스토랑에서 미켈럽을 마시던 순간, 그것은 나에게는 최고의 에스프레소였고 최고의 맥주였다.

노를 젓다가
노를 놓쳐 버렸다.
비로소 넓은 물을 돌아보았다.
_ 고은

살아가면서 계획대로만 된 일이 있는가? 틀어져 버린 계획 때문에 절망하고 소리치던 일은 없는가? 항상 남들보다 앞서가기만 했는가? 이럴 수가, 저 사람도 한 일을 나는 왜 하지 못했는가? 허무함과 민망함 때문에 애꿎은 신을 원망한 적은 없는가? 바꾸어 말하자. 아 그때 그랬다면 얼마나 좋았을까? 아 다시 돌아간다면 지금과는 전혀 다른 결정을 할 거야. 이런 후회, 이런 망설임, 이런 좌절감 하나 없이 살아온 인생이 있는가?

노를 젓다가 노를 놓쳐 버렸다. 경쟁에 뒤처지고, 선두와의 격차는 벌어지고, 자신의 처지가 더 보잘것없게 느껴지게 된 것이다. 하지만 생각 하나를 바꾸면, 그 노를 바라보는 시선 하나만 바꾸면 노 대신 노가 움직이던 그 물, 그 넓은 물을 보게 된다.

버스를 놓쳐버려 아킬레온 성을 보지 못할지 모른다는 그 안타까움, 담당자를 만나지 못한 그 아쉬움, 그것을 놓아 보내면 자신이 어디에 서 있는지를 비로소 알게된다. 그때 만나는 에스프레소, 맥주 혹은 다른 무엇은 놓쳐 버린 노 이상의 의미와 가치로 다가온다. 노를 놓치지 않았다면 결코 알 수 없었던, 할 수 없었던 일을 하게 된 것이다.

늦었다고 생각하는가? 아쉽다고 생각하는가? 그렇지 않다. 잠시 멈추고 돌아보자. 전후좌우로 한번 돌아보자. 삶은 여전히 우리를 기다리고, 조금만 보는 눈을 바꾸면 거기에는 최고의 아름다움이 기다리고 있을지 모른다.

경계란 넘어서는 것이야

도대체 그 작은 와인이 10만 원을 넘는 이유가 무엇인가?

와인이 좋다는 이야기, 심지어는 신의 물방울이라는 이야기까지 들었지만 익숙하지 못한 혀는 저렴한 와인과 비싼 와인을 구분하지 못했다. 와인 맛을 조금 알게 된 어느 날 가성비 좋은 와인을 함께 나누려고 했더니 한 친구가 하는 말 '이 와인과 저 와인의 차이가 뭐야? 다 같은 와인 아니야? 나는 잘 몰라'

나는 잘 몰라.

나도 그 일이 일어나기 전까지는 잘 모른다는 것이 솔직한 심정이었다. 와인이 건강에 좋다는(?) 말을 듣고, 위스키나 고량주보다 와인을 마시는 게 좋아 보이기에 와인을 가끔씩 마실 뿐, 와인 평론가가 말하는 고상한 맛은 도무지 알 길이 없었다.

부에노스 아이레스에 도착한 다음 날. 여기까지 와서 탱고를 보러 가지 않는다는 것은 말이 안 된다. 늦은 저녁 9시쯤에 탱고를 보러 가기로 하니, 오후 내내 특별히 할 일이 없었다. 어슬렁거리다 들어간 곳이 일종의 슈퍼마켓이었고, 거기서 무심코 집어 든 것이 와인이었다. 그냥 저렴한 와인을 하나 골랐을 뿐이었다.

탱고 보러 갈 시간까지 무료함을 죽이기 위해 가볍게 와인을 마시기 시작했을 뿐인데 한 잔이 두 잔이 되고, 두 잔이 한 병 전체로 이어졌다. 뭐라고 표현할까? 그토록 풍부하고 감칠 맛 나는, 그러면서도 부드럽게 목을 넘어가는 와인은 처음이었다. 어 이거?, 하던 탄성이, 아, 좋다! 는 감탄으로 절로 이어졌다. 그날 짧은 시간에 호텔 방에서 무엇인가에 홀린 사람처럼 와인 한 병을 다 마셔버렸고, 그래서 붉은 얼굴로, 몽롱한 기운으로 침대에 누워있다 탱고를 보러 가지 못했다. 와인 평론가들이 와인 맛에 사용하던 표현을 조금이나마 이해하기 시작했다. 부드럽다, 가볍지 않고 무겁다, 처음과 나중의 향기가 다르다, 입 안에 감도는 여운이 있다.

아직 후회되는 것이 그 와인의 이름을 외우지 못했다는 것, 아니 사진이라도 한 장 찍어두지 못했다는 것. 단지 기억하는 것은 멘도사에서 만든 와인이라는 것뿐이다. 파타고니아를 보고 난 뒤 다시 부에노스아이레스로 와 그 와인의 추억으로 다시 슈퍼를 찾았다. 비슷한 와인 몇 병을 골랐지만 부에노스아이레스로 처음 와서 먹은 그 와인은 찾지 못했다. 아니 그때 먹은 그 와인 맛을 다시 발견할 수 없었다. 우리는 인생 와인을 먹은 것인데 그 와인의 이름도 알지 못한 것이다.

그때부터였다. 지금까지 여행하면서 잠시 먹은 와인 맛을 기억해내려 했고 보잘것없는 미각으로 와인의 맛을 살피기 시작했다. 그러고 보니 파리 시내의 슈퍼에서 산 와인도 나쁘지 않았던 것 같았다. 아주 무겁지는 않았지만 부드러웠고 목을 넘어간 뒤에도 그 여운이 남았다. 단지, 향기는 그리 진하지 않았다. 당연하지, 슈퍼에서 파는 10유로 내외의 와인에서 더 많은 것을 기대하는 것은 무리가 아니겠는가? 후회가 이어졌다. 일하러 파리를 그토록 드나들었는데 그때 무엇을 했단 말인가? 와인 맛 하나 제대로 알지 못했다니.

포르투칼의 포르투에 들러서도 어김없이 와인을 샀고 (그 유명한 포르투 와인), 이탈리아 피렌체를 들러서는 토스카나 지방의 와인을 어김없이 맛보았다. 피렌체에서는 Eataly라는 음식 자재 전문점에서 누군가의 추천으로 100유로 남짓한 와인을 샀다. 여행하면서 와인 한 병에 이만한 금액을 지불하기는 처음이었다. 작은 결론부터 말해야겠다. 그 비싼 토스카나 와인은 나쁘지 않았으나, 부에노스아이레스에서 마신 그 와인에 미치지 못했다. 한국에 돌아와서도 그때의 추억을 살려 토스카나와 멘도사의 와인을 선택하곤 했는데 내 입맛에는 토스카나보다 멘도사가 그나마 나아 보였다. 개인적인 취향일 것이리라. 한 가지 분명한 것은 와인에 관한 한 '척' 하던 상태에서 한 발자국 더 나아가게 되었다는 것이다. 레스토랑의 한잔 와인에 대해서는 이제 분명히 말할 수 있게 되었다. "그거 함부로 먹는 거 아니야." 한 가지 경계를 넘어섰다.

올리브 한 번 안 먹어 본 사람은 없다. 나 역시 마찬가지다. 한국의 어느 이탈리아 레스토랑에 가더라도 작은 접시에 담아 나오는 올리브를 누구나 기억한다. 맛있었는가? 질문을 다시 하자. 그 올리브가 한식에 뒤따르는 김치처럼 맛있었는가? 그래서 한 접시 더 달라는 부탁을 한 적 있는가?

마드리드와 세비야를 거치면서 식당에서 주는 올리브를 무심코 먹었다. 우습지만 지중해 음식이 건강에 좋다는(?) 세뇨 아닌 세뇨

가 된 상태였고 스페인에 왔으니 올리브는 그냥 부지런히 먹어야 한다는 습관을 따랐다. 론다를 거쳐 그라나다에 와서 여느 때와 다름없이 백화점 지하에 있는 식품관에 들렀고, 거기 시식 코너의 올리브를 무심코 몇 개 집어 들었다. 왜 그런 생각이 들었을까? '어 이것 상당히 맛있다'는 생각이 들었고 그래서 주위를 둘러보니 식품관을 찾은 사람들은 너나없이 올리브를 사고 있었다. 그래, 그렇다면! 통하지 않는 스페인어와 영어 단어 몇 개를 조합하여 몇 종류의 올리브를 사 왔다. 특히 옆에서 올리브를 사는 아저씨의 선택을 눈여겨 보았다가 그대로 따라했다. 현지인의 감각을 따라하는 것도 나쁘지 않으리라 생각했다.

딱딱한 빵에 식품관에서 사 온 올리브를 넣어 함께 먹으니 이제껏 알지 못했던 미각의 세계가 다가오기 시작했다. 왜 이걸 몰랐지. 사가지고 온 다양한 올리브 전부를 하나씩 맛보기 시작했다. 세상에 이럴 수가. 씨가 있는 올리브, 씨가 없는 올리브, 다소 신 맛이 비치는 올리브, 약간 매운 올리브, 상큼한 올리브, 다소 느끼한 올리브. 그 각각이 제 나름의 맛을 가지고 있었다. 정말, 정말, 왜 이걸 몰랐지? 말하자면 우리는 그때 올리브라는 맛의 경계를 넘어서고 있었다. 김치에도 백김치, 고들김치, 총각김치 등 다양한 형태가 있는 것처럼 올리브도 그렇게 다양했다. 여비를 아끼려 아침 식사가 없는 호텔을 선택할 때면 여지없이 우리의 아침은 다소 딱딱한 빵과, 잼, 우유나 쥬스 그리고, 그리고 다양한 올리브였다. 한마디 덧붙이자면 그런 소박한 아침 식사에도 불구하고 만족하고 행복했다.

그리스 크레타 섬을 방문했을 때는 올리브 외에도 올리브 기름을 만나게 되었다. 산화되는 정도로 고급과 저급을 구분한다지만 그것은 사실 중요하지 않았다. 상점 주인은 말한다. 모든 올리브 기름은 일단 뚜껑을 열면 산화(酸化)가 시작된다. 그러니 고급과 저급의 구분은 필요없다. 고급이라도 뚜껑을 열면, 그 즉시 중급이나 저급을 향해 달려가니, 빨리 먹어야 한다. 많이 사지 못했다. 아테네로 돌아가기 위해서는 비행기를 타야 하는데 비행기에 가지고 탈 수 있는 (나는 저가 항공을 이용했다) 올리브 기름은 한정되어있기 때문이다. 니코스 카잔차키스를 가슴에 새기러 온 것인데, 돌아가면서는 올리브와 올리브 기름의 짙은 향기를 동시에 가져가게 되었다.

와인과 올리브 뿐일까? 태국과 같은 동남아시아 음식에 많이 사용하는 고수도 마찬가지다. 일부러 들어내던 그 고수 없이는 이제 쌀국수도 먹지 않는다. 주변의 의아한 시선을 모른체 하면서 일부러 고수를 더 달라고 한다.

넘어야 할 경계가 어디 맛뿐일까? 나이가 들면서, 사는 곳을 옮기면서, 새로운 친구를 사귀면서, 직장을 옮기면서, 넘어야 할 경계가 어디 하나뿐일까? 돌이켜 보면 모든 것이 경계가 장애고 편견이다. 그리고 습관이다. 습관과 편견은 익숙하고 안락하지만, 그것을 깨지 않고서는 새로움이 다가오지 않는다. 스스로 그 습관을 버리려 노력할 때, 그 편견을 떨치려 할 때 알지 못한 새로운 세계가 다가온다. 나는 이대로 살래, 방해하지 마. 그럼 그렇게 살아도 돼.

　우물 안에 갇혀 있는 사람에게 우물 밖의 세상을 말하면 나오는 반응은 두 가지다. 그런 거 알아서 뭐 해. 나는 지금 이대로 행복해. 혹은 거짓말하지 마. 그런 세계는 없어.

　나는 지금도 아르헨티나의 부에노스아이레스에 다시 가는 꿈을 꾼다. 혹시 그 인생 와인을 다시 맛볼지 모른다고 기대하면서. 혹은 집 근처의 슈퍼에서 멘도사 와인을 기웃거린다. 혹시, 혹시나 그 와인이 떠억 하니 나를 기다릴지 모른다는 기대 아닌 기대를 하면서.

　와인 하나 가지고 무얼 그러냐고? 와인 맛 하나 제대로 안다면 세상에 존재하는 무수한 일의 실상을 꿰뚫어 보지 않을까. 그런 기대 아닌 기대를 한다. 하나의 경계를 넘으면 다른 경계도 뛰어넘을 수 있다.

　동의하지 않아도 좋다. 하지만 경계는 뛰어넘으라고 있는 것이다.

아, 이제는 이해한다

37살에 세상을 등지다.

사랑한 여인은 있었지만, 결혼으로 이어지지 못했고, 제대로 된 직업 하나 가지지 못했다.

27살에 자신의 천직을 그림 그리는 것으로 생각하고 모든 정열을 쏟아부었다.

죽을 때까지 그림 하나 제대로 팔지 못했고, 몇 점 판 것도 동생이 형을 위해 사 준 것이었다. 그 동생은 평생 형을 돌보았다.

예술의 동지라 생각한 사람에게서 자화상에 대한 비난을 받은 뒤 자기 왼쪽 귀의 일부를 잘랐다.

정신병원에 입원한 뒤 고통을 겪으면서도 그림을 그리다 마침내 요절한다.

1853년~1890년.

이 정도 설명하면 누군지 짐작을 할 수 있다. 빈센트 반 고흐 (Vincent van Gogh) 바로 그 사람이다.

네덜란드의 암스테르담에 도착하자마자 가장 먼저 방문한 곳이 바로 반 고흐 미술관이었다. 렘브란트 이후로 가장 위대한 네덜란드 화가라는 말에 혹한 것도 아니었고, 세계에서 가장 비싼 그림 100위 안에 10편 정도가 포함되었다는 놀람 때문도 아니었다. 살아 있을 때 그렇게 불행했고 세상의 인정을 받지 못했던 사람이, 죽고 난 뒤에 그렇게 놀라운 평가를 받고있는 그 아이러니 때문이었다.

반 고흐 미술관은 암스테르담의 박물관이 모여 있는 광장을 지나면 저 멀리서부터 모습을 드러내기 시작한다. 인상적인 외관이었다. 10월의 북유럽, 그것도 맑게 갠 하늘에, 초록색 잔디와 어울려 당당히 그 모습을 드러내었다. 그 외관과 어울리게 미술관의 전시 내용 역시 인상적이었다. 한 화가의 생애를 이렇게 다양하게, 이렇게 다각적으로, 이렇게 깊이 보여주는, 그것도 상설인 미술관은 그렇게 많지 않을 것이다. 초기, 중기, 말기. 그리고 프랑스에서의 그의 미술적 교류, 그가 보낸 편지, 그의 정신적 고통의 궤적, 그의 사후 그를 돌본 동생과 제수의 역할까지. 심지어는 당시 북유럽을 놀라게 했던 일본의 그림, 그리고 그것이 고흐에게 끼친 영향까지 설명하고 있었다.

그냥 그렇게 한 번 들러본 미술관이었다.

Vincent! 한국에 돌아온 뒤 평소에 즐겨듣던 이 노래를 듣다 암스테르담의 고흐 미술관을 떠 올리고 혹시 하는 마음에 이 노래의 가사를 검색해 보았다. 아, 이런. 늘 즐겨들으면서도 그저 노래의 음률에 흥얼거렸을 뿐 이것이 무슨 노래인지 그렇게 큰 관심을 가지지 않았다. 아, 이런 무관심, 무엇 하느라 무엇을 향하느라 이런 것 하나 제대로 알지 못했던가?

다들 알지 않는가? 노래는 Starry starry night으로 시작된다. 별이 빛나는 밤이다. 고흐의 그 별이 빛나는 밤. 그 별이 빛나는 밤에 팔레트를 집어 들어 푸른색과 회색으로 그림을 그려나가란다. 내 영혼의 어두움을 아는 눈길로 뜨거운 여름을 바라 본다. 나무와 수선화를 스케치하고, 흘러가는 미풍을 잡고, 눈 덮인 리넨류 땅의 색깔로 겨울의 서늘함을 잡으라고 말한다. 미술관의 2층과 3층과 4층을 발 아프게 돌아다니면서 본 고흐의 그림이 이렇게 색채로, 이렇게 노래로 드러난다.

가사의 후렴을 일부러 숨을 깊이 들여 마셨다.

이제 나는 이해해요
당신이 나에게 하려고 했던 말을
그리고 맑은 정신을 가지려 얼마나 고통스러워했는가를
그리고 그 모든 것을 자유롭게 하기 위해 얼마나 노력했는가를
그들은 듣지 않았어요, 어떻게 듣는지도 몰랐어요
아마 지금은 들을 거예요

Now I understand

What you tried to say to me

And how you suffered for your sanity

And how you tried to set them free

They would not listen, they did not know how

Perhaps they'll listen now

돈 맥클린이라는 이 가수. 고흐라는 화가가 겪은 내면의 고통을 그 내면의 여정을 마음 깊이 공감하지 않고서는 쓸 수 없는 가사를 쓴 것이다. 단지, 기교와 가창력으로는 전달할 수 없는 내면의 여정을 듣는 사람들의 마음에 전달한 것이다. 아니 퍼부은 것이다.

고흐의 죽음에 대해서는 이렇게 말한다.

아무런 희망도 남아있지 않았을 때

별이 빛나는 밤에

당신은 사랑하는 사람들이 종종 그렇게 하듯 당신의 목숨을 가져가 버렸어요

하지만, 빈센트 나는 당신에게 말할 수 있어요.

세상은 당신처럼 아름다운 사람에게는 어울리지 않았어요

And when no hope was left in sight

On that starry, starry night

You took your life, as lovers often do
But I could have told you, Vincent
This world was never meant for one
As beautiful as you

  예술적 동지라고 생각했던 고갱에게서 자화상에 대한 비판을 받은 뒤 자기 왼쪽 귀를 자르고, 정신의 불안정 때문에 정신병원에 갇혀 맑은 정신과 흐린 정신 사이를 오락가락하면서, 그러면서도 그 경계선에서 수많은 그림을 그린 고흐. 그 고흐의 고통과 그 고흐의 열정과 그 고흐의 외로움이 돈 맥클린의 노래를 통해 흘러내린 것이다. 후렴으로 반복되는 Now I understand 라는 구절을 수없이 들으면서 종내 눈을 감아버렸다. 이 불행한 화가, 이 불쌍한 화가가 후대의 가수에게서 마음 깊은 공감을 얻은 것이다. 당신 비록 고통으로 세상을 스스로 떠났지만, 당신은 참 아름다운 사람이었어요. 이 세상과는 정말 어울리지 않는.

  세상과는 어울리지 않는 아름다운 사람이 세상을 떠났구나. 이 세상은 왜 이런가? 아름다움을 지킬 수 없으면, 아름다움을 지켜줄 그 꿋꿋함이 없으면, 오해와 실의에서 이 세상을 떠나야 하나? 알지 못하지만, 이 세계의 역사와 문명에 이런 사례는 얼마나 많은가? 그래서 먼 훗날, 이런 아름다움과 이런 외로움을 알아줄 사람이 나올 때까지 이런 비극은 계속되어야 하는가? 참, 바보처럼 살았다.

핀잔을 들었다. 이 노래의 가사와 그 의미를 발견하고 주위에 살며시 전하니 그 오래전 구닥다리 팝송을 들고나오냐고. 구닥다리 맞다. 오래된 팝송 맞다. 하지만, 그 가사와 그 노래와 그 화가가 하나가 되는 그 경험을 암스테르담의 고흐 미술관을 방문한 뒤에야 비로소, 이제야, 하게 되었다. 구닥다리 팝송이라고 핀잔을 주지만 정말 그 노래의 가사에 담긴 의미를 정확히 알고는 있나요?

유치하지만, 비틀즈의 Let it be를 '될대로 되라'는 히피 음악으로 이해하다 나중에 그 가사의 진정한 의미를 알고서는 화들짝 놀란 적도 있다. Let it be! 흘러가게 내버려 둬요!

중요한 것은 음악도 아니고, 그 공감도 아닐 수 있다. 37살에 세상을 떠난 이 화가. 생전에는 철저한 무명이었고, 생계는 동생에 의존해 왔고, 정신마저 오락가락했던, 하지만 사후에는 세계를 뒤흔든 화가로 인정받는 것. 이게 이 화가에게 무슨 의미를 가질까? 죽어서 구천을 떠도는 이 화가가 이제 위안과 위로를 찾은 것인가?

당신보다 불행한 사람 없다고 생각하나요? 당신보다 우울한 사람 없다고 생각하나요? 비교하지 않으니 당신이 맞을지도 몰라요. 불행을 씹고 우울을 삼켜요. 어쩔 수 없지 않아요. 하지만 Vincent라는 노래를 들으면서, 원한다면 듣고 또 들으면서, 가슴 속으로 한바탕 울어도 좋아요. 하지만 듣고 난 뒤에는 잠시 눈을 추스른 뒤(이유는 당신도 알거예요), 그냥 밖으로 나가요. 할 수 있으면 어디든지 가요. 세상은 여전히 세상이고, 당신은 아름다울 수도 있고 그렇지 않을 수도 있어요. 그게 무슨 문제예요. 혹 운 좋게 나가서 해가 지는 것을 바라보거든, 아 곧 별이 나오겠거니 생각하고, 혹 새벽이라면 해가 뜨는 것을 바라보아도 좋아요. 여전히 세상은 세상이고 당신은 당신이에요. 혹시 할 수 있다면 불행을 씹고 우울을 삼키는 당신에게 나지막이 말하세요.

Now I understand

지금은 사라진 사랑의 그림자

　태국 여행을 계획하면서 가장 가보고 싶은 곳이 아유타야였다. 경주와 부여와 같은 고즈넉한 분위기를 기대한 것이 아니라, 목 없는 불상들, 그중에서도 고목의 뿌리에 뒤엉킨 불상의 머리를 현장에서 확인하고 싶었다.

　명동 같은 태국의 번화가를 지나 두어 시간, 우리 일행을 실은 버스는 태국의 옛 수도라는 아유타야에 도착했다. 아무리 과거라지만 한 나라의 수도는 수도다웠다. 이곳을 찾는 관광객의 숫자 보다, 이곳에 남겨진 사원과 불상, 그리고 이 사원과 불상이 어우러진 구조가 묘한 향수를 불러일으키기에 족했다. 이 더위에도 불구하고 모든 것이 소리를 내지 않고 바닥에 다소곳하게 가라앉아 있었다.

　불교의 나라답게 불상이 즐비했지만, 대부분의 불상에 머리가 없었다. 머리 없는 불상. 이건 무엇인가? 길게 말할 필요 없다. 이웃나라 미얀마와의 기나긴 싸움, 그리고 아유타야의 함락, 승전기념

이건 전리품이건 승자가 취한 불상의 머리들. 이해는 가지만 그 수백 년 세월 동안 이대로 방치해 놓은 것은 또 무엇인가?

　오늘 방문의 최종 목적지에 도착했다. 고목의 뿌리에 뒤엉킨 불상의 머리. 사진을 찍고, 만져보고 오가면서 쳐다보는 무수한 관광객들. 한 걸음이 아닌 두 걸음 떨어져 이 소란을 아무런 소리도 내지 않고 지켜보았다. 미얀마 침략군이 떨어뜨린 불상의 머리가 우연히 나무가 있는 땅 근처에 놓이게 되었고, 아무도 불상의 머리를 제자리로 돌려놓으려는 노력이 없는 가운데, 나무는 자라면서 그 뿌리를 더 깊이 멀리 펼쳤고, 자라는 끝에 걸린 불상의 머리를 아무런 생각 없이, 그저 하나의 장애물로 인식해 뛰어넘었다. 그 결과가 지금 고목의 뿌리에 뒤엉킨 불상의 머리로 나타났다. 무관심과 세월의 무심한 조화. 그 역설이 지금 이 넘쳐흐르는 관광객의 물길로 이어졌다.

　로마를 찾아가는 모든 사람들은 반드시 콜로세움을 방문한다. 익숙한 인증사진을 찍은 뒤에는 옆에 있는 포로 로마노로 향한다. 자본주의 효율성을 자랑하느라, 콜로세움과 포로 로마노가 한 장의 티켓으로 묶여져 있기 때문이다. 그런 생각을 하지 않더라도 두 곳은 지척이기에 그냥 별다른 생각 없이 걸으면 된다. 콜로세움을 보며 로마의 격투기 장면을 떠올리지 않아도 좋고, 포로 로마노를 보며 전성기의 로마가 어떻게 운영되었는지 생각하지 않아도 좋다. 그렇게 걸으면 로마 건국신화에 등장하는 언덕이 나오고, 그 언덕을 넘어서면 이제는 잔해만 남은 포로 로마노의 건축물들이 우리 시야에 들어온다. 언덕을 내려가던 내 시선은 저 멀리 보이는 콜로세움도 아니고, 막 지나온 로마 건국 신화의 언덕도 아니고, 저 앞에 보이는 포로 로마노를 이뤘던 작은 건물, 이제는 무너져 벽돌만 남은 그 건물의 잔해, 그 위에 핀 몇 개의 야생화에 꽂혔다.

꽃이라니! 어디서나 땅과 씨와 자연의 보살핌만 있으면 꽃은 피는 것이 아닌가. 하지만 여기 무너진 포로 로마노의 작은 건축물 위에 핀, 이 꽃은 또 무엇인가? 왜 이 꽃은 하필이면 여기에 피어 저 앞에 보이는 포로 로마노의 유명한 건축물들을 바라보는 이 시선에 물기가 어리게 하는가?

문화란, 문명이란 조금 비딱하게 말하자면 열정의 산물이다. 그 열정이 무엇을 향하건 중요하지 않다. 더 큰 권세를 향할 수도 있고, 더 큰 영토를 향할 수도 있고, 그런 사례는 드물지만, 더 큰 인간의 행복을 향할 수도 있다. 뻔한 말을 되풀이하는 것이지만 어떤 문화건 문명이건 영원하지 않다. 서구 문명의 근간이었던 로마 문명도, 그 제국도 이제는 사라지지 않았는가? 그러니 한때 동남아시아를 주름잡았던 태국과 미얀마의 다툼이야 말해 무엇 하겠는가?

열정은 뜨겁다. 불타오른다. 뜨겁지 않고 불타오르지 않으면 그것은 열정이 아니다. 개인이건, 사회건, 국가건 마찬가지다. 그러니 무엇을 이룩한다면 그것은 열정의 산물이 아닐 수 없다. 하지만 그 열정은 반드시 그 흔적 혹은 잔재를 남긴다. 타는 것은 타고 남은 결과가 있기 마련이다. 아유타야에서 만나는 고목에 둘러싸인 불상이나 로마의 포로 로마노의 잔해에서 보는 이름 모를 꽃은, 그러니, 그 열정의 잔재일 따름이다. 크고 작은, 더 유명하고 덜 유명한 정도의 차이는 있을지언정 불타버린 열정의 찌꺼기다. 거기에 세월을 입히고, 감정을 입히고, 공감의 마음 씀씀이를 더하면 눈가에 물기가 서릴 따름이다.

크로아티아의 두브로브닉. 아드리아해의 진주라는 별명을 가지고 있는 이 도시는 도시를 둘러싼 성채로 유명하다. 이 도시를 들르는 방문객은 예외 없이 이 성안으로 들어가 오랜 세월을 견딘, 그렇지만 이제는 관광객을 유혹하느라 얼룩덜룩 포장한, 이 도시의 옛 모습을 하나하나 살핀다. 그러다가 우연히 이 성 위로 올라가는 길을 발견한다. 아 당연하다. 10유로에 가까운 입장료를 내야 한다. 조금의 발품을 팔면 이 도시를 빙 둘러싼 성채를 위에서 내려다보며, 유네스코 세계 문화유산에 등록된, 바다와 산이 어우러진 이 도시의 아름다움을 가슴에 새길 수 있다.

정신없이 이 성채 위를 걸어가다 무엇엔가 홀린 듯 걸음을 멈추고 말았다. 한쪽이 무너진 성채 위, 그 한 모퉁이에 무심히 핀 야생화를 발견한 것이다. 정말 무심히, 그냥 지나쳐도 아무런 의미가 없는 그런 장소에, 그런 꽃이 그렇게 피어있는 것이다. 눈을 아래로 돌리면 두브로브닉의 시가지가 조금 전과는 달리 건물의 조감도처럼 펼

쳐진다. 1991년 유고슬라비아 내전의 흔적이 여전히 남아있지만 이 위에서는 보이지 않는다. 차라리 하늘을 향해 나른거리는 이 꽃이 그 상처를 가려준다.

내전이라니? 무엇을 향한, 무엇을 위한 내전일까? 역사책을 뒤적이고, 아니면 구글을 검색하면 그 내전의 경위와 결과가 모두 나온다. 중요한 것은 그게 아니다. 저 아드리아해는 이렇게 푸르고, 저 하늘과 이 성채는 이렇게 아름답게 하나가 되고 있는데, 이 무너진 성채 위에는 무심히 정말 무심히 한 폭의 꽃만 바람에 흔들리고 있을 뿐이다.

내전을 거치더라도 남아있는 이 성채, 그 위에 핀 한 송이 꽃. 이것도 열정의 잔재인가? 누구를 위한, 무엇을 위한 열정이 이런 싸움과 영토 분쟁으로 드러났는가? 혹자는 말한다. 내전까지 포함해서 문화와 문명을 만든 열정이란 사람에 대한, 사람을 위한, 사람의 사랑 때문이라고. 과연 그러한가? 사랑은 열정의 뿌리이고, 그 사랑이 열정으로 변신해 저런 불상이나 꽃들을 남게 했단 말인가?

그러면 그렇다면 그 사랑이란 무엇인가? 아무도 알지 못한다. 다만 서로가 사랑이라고 생각한 그 착각, 그 편견, 그 오류가 있을 뿐이다. 왜 그 사랑, 신이 인간에게 베푼 사랑을 믿지 못하느냐고? 역시 답할 수 없고 답하지 않는다. 그런 큰 담론에 내가 어찌 답을 줄 수 있는가? 단지 이런 말을 잠시 보탤 따름이다.

그런 사랑이 있는지 없는지 알 수 없고, 그런 사랑이 열정의 뿌리인지 아닌지 알지 못한다. 하지만, 그런 모든 것을 인정한다고 해도 지금 우리가 보는 저 잔재들, 저 불상들, 저 꽃들은 단지 이제는 사라진 사랑의 그림자에 불과할 따름이다.

누구도 함부로 판단하지 말라: 피카소와 가비롤

말라가에 가면 반드시 방문해야 하는 곳이 있다. 피카소 박물관. 그가 말라가에서 태어났기에 하는 말이다. 내키지 않았지만, 미술을 전공한 동행자가 강력히 요구한다. 때로는 못이기는 채 하며 따라가는 것이 정답이다.

여기서 나는 일반적인 피카소 평가와 다른 말을 하고 싶다. 예술적 교양이 부족한 사람이라는 말을 들어도 할 수 없다. 나는 피카소 작품을 이해하지 못한다. 아니 정확히 말하면 좋아하지 않는다. 그가 왜 세계적 거장으로 평가받는지 여전히 이해하지 못한다. 큐비즘의 창시자? (하나의 물체를 여러 각도로 볼 수 있는데 여러 각도로 본 그 형태를 하나의 화면 혹은 작품으로 표시한 것을 큐비즘으로 이해한다. 우리가 흔히 보는 사람의 앞 얼굴과 옆얼굴이 하나의 화면에 나타나고, 옆에서 본 눈과 정면에서 본 눈이 하나의 화면에 나타나는 그림들이 바로 그것이다.) 새로운 유파를 창시했다고, 보는 사람에게 불편함을 느끼게 하는 그의 작품들이 왜 훌륭한 작품으로 평가되어야 하는지 모르겠다. 예술의 본질을 말하고 싶지도 않고 그럴 자격도 없다. 하지만 큐비즘, 초현실주의 이런 현대 미술은 매우 불편하다. 가슴 깊이 아픔을 느끼기도 한다. 이런 불편함을 호소했더니 동행자가 한마디 한다. 바로 그런 아픔을 느끼게 하는 것이 현대 미술의 역할이라고. 정색하고 고개를 젓는다. 그렇지 않아도 세상에는 아픔과 불편함이 한둘이 아니다. 조금만 관심을 기울이면 세상 모든 곳에서 여전히 아픔과 불편이 진행되고 있는데, 왜 예술에서마저 그런 아픔과 불편을 느껴야 하는가? 현대 미술은 바로 이 시대가 가지고 있는 모순과 아픔을 그런 형태로 드러내려 애쓴다고 동행자는 주석을 단다. 모순과 아픔을 드러내는 것도 중요하지만 그보다 더 중요한 것은 그것을 어떻게 껴안고, 어떻게 이해하고 그래서 어떻게 그 모든 것을 뛰어넘을 수 있는지, 그 구체적 방법과 방향을 모색하는 게 더 중요하지 않는가? 게르니카는 위대한 작품이다. 전쟁의 고통과 혼돈과 아픔을 드러내는 작품이다. 일면 동의한다. 거기에 그치면 안 되는가? 그 작품을 세기적 걸작이라고 칭송하고, 그 그림을 그린 피카소를 세기적 거장이라고 치켜올리고, 그가 습작처럼 그린 그림을 화려한 액자에 담아 그 그림을 보러 온 사람들을 주눅 들게 하고, 그 미술관을 지키는 사람들은 자신을 마치 수호신인 양 착각하는 이 비정상적인(물론 내 생각이다) 상태를 지양하면 안 되는가? 피카소는 1923년 The ARTS라는 잡지에 자신의 예술관에 대해 다음과 같이 말한다.

"내가 어떤 대상을 그릴 때, 나는 내가 본 것이 아니라 내가 발견한 것을 나타내고자 한다. 예술에 있어서 무엇을 의도했는가 하는 의도(intention)는 중요하지 않다. 사랑은 행동으로 증명되어야지 이성으로 증명되어서는 안 된다. 중요한 것은 그 사람이 무엇을 했느냐는 것이지, 그 사람이 무엇을 의도했는가 하는 것이 아니다."

피카소의 말을 빌려 물어봐도 괜찮을지 모르겠다. 피카소가 의도한 것이 무엇인지는 수많은 미술 평론가들이 미사여구로 세상에 알렸다. 정작 묻고 싶은 것은, '그는 무엇을 사랑한 것인지, 그 사랑을 위해 그가 무엇을 한 것인지'. 정말 그는 이 세상을 사랑스러운 곳으로 바꾸기 위해 어떤 일을 했을까? 그의 말대로 의도가 중요한 것이 아니기에.

이런 다소 불손한 태도를 보이는 것은 말라가 시에서 발견한 '살로몬 벤 가비롤 SALOMON BEN GABIROL'이라는 작가 때문이다. (사진 참조) 1021년에 말라가에서 태어나 1058년 발렌시아에서 37살의 나이로 유명을 달리한 인물이다. 그는 중세에 있어서 가장 박식한 스페인계 유대인 중의 한 명이었지만, 당대의 종교적 견해와는 다른 견해를 가지고 있다는 이유로 추방당했다. 그는 아라비아어로 두 편의 유명한 에세이를 썼는데 그중 한편은 '생명의 근원(The source of life)'이라는 철학적 수필로써 라틴어로도 번역되었다고 한다. 이 수필은 일반적인 기독교 철학을 이해하는 매우 중요한 참고문헌으로 간주되고 있다.

유태인이라는 점, 37세의 젊은 나이에 유명을 달리했다는 점, 종교적 견해로 추방을 당했지만 그 추방당한 종교에 대한 중요한 문헌을 집필했다는 점. 단순한 몇 가지 정보를 모은 끝에 하나의 질문을 던진다. 이 스페인계 유태인은 죽을 때까지 행복하게 살았을까? 엉뚱하지만 1000년을 사이에 두고 같은 말라가에서 태어난 한 사람의 작가 겸 철학자와, 한 사람의 예술가는 전혀 다른 삶을 산다. 피카소처럼 당대에 그 작품에 대한 가치를 인정받고 그에 버금가는 명예를 누린 사람이 있을까? 나는 말라가가 피카소와 함께 이 스페인계 유대인에 대한 행적을 기억하고 있는 것을 높이 평가하고 싶다. 역사는, 시간은, 때로는 인간의 시각으로 볼 때는 잔인하기 짝이 없다. 피카소의 유유자적에 고흐의 불행이 겹쳐짐은 우연일까? 그러고 보니 고흐 역시 가비롤과 같이 37세에 유명을 달리했다.

누군가 말한다. 피카소의 명성과 부를 거론하는 그 심리의 저면에는 투사의 논리가 작용한다고. 그럴 수 있다. 하지만 말라가에서 사용한 내 여행 경비 중 피카소 미술관을 관람하기 위해 지불한 돈이 가장 아깝다. 피카소의 중요하고 유명한 작품들은 마드리드와 같은 대도시에 가 있는데, 말라가에서는 그의 고향이라는 이유로, 그다지 뛰어나지 않은, 초기의 습작들을 모아 전시하면서 비용을 청구하고 있다. 그리고 그 작품들을 마치 예수의 성배처럼 아끼는 것이 조금 우습다. 아 참, 피카소 미술관에서 가장 좋았던 것은 그 미술관 자체다. 동행자도 여기에 대해서는 고개를 끄덕이며 동의한다.

가슴으로 다가오는 것, 그게 맞다

　첫인상은 결코 좋지 않았다.

　일하러 로마에 왔지만 다른 여행자와 다름없이 레오나르도 다빈치 공항에서 기차를 타고 테르미니역에 내리는 것이 일정의 시작이다. 그 역에 가본 사람이라면 알겠지만, 그 분위기는 시골 장터다. 옛날 우리 시골 장터 같지는 않지만, 사람과 기차와 잡상인, 그리고 소매치기(?)까지 있다 하니 이국에 왔다는 기분은 아랑곳없이 가지고 있는 가방에 더 힘을 주기 마련이다. 특급 호텔이 아닌 역 주변의 적당한 호텔에 들어서면 다시 그 방의 크기에 놀라게 된다. 짐 두 개를 놓으면 움직일 공간마저 부족하고, 엘리베이터는 없거나 혹은 있더라도 그 좁은 공간에 몸과 가방을 한꺼번에 넣으면 내가 '여기서 도대체 무엇을 어찌해야 하지?'라는 생각이 절로 일어난다. 일은 해야 하고 사람은 만나야 한다. 여름에 가까운 계절에 로마에 도착하면 역을 감싸고 도시를 감싸는 열기 아닌 더위에 몸을 추스린다.

로마에 가기 전에 일하러 여러 번 들른 파리가 생각나지 않을 수가 없다. 예술의 도시라는 그 식상한 단어를 쓰지 않더라도 파리의 길, 다리와 상점, 건물들은 로마의 그것들과 달랐다. 역시 가본 사람은 안다. 그래서 어디로 가면 에펠 탑이 가장 잘 보이는 사진을 찍을 수 있는지, 박물관은 어떻게 보아야 하는지, 세느 강을 가로지르는 퐁네프 다리는 왜 유명한지, 시테 섬에서는 무엇을 해야 하는지, 몽마르트 언덕에서는 무엇을 보아야 하는지 줄줄이 설명이 나온다. 하지만 파리를 파리답게 하는 것은 상제리제 가의 쭉 뻗은 도로, 백화점이 들어선 오스만 대로, 그리고 지금은 불로 지붕이 타 버린 노트르담 성당과 그 주변의 풍경들, 그리고 그 모든 것들이 던져주는 아우라이다. 일종의 정비된 멋있음. 바로 그것이다.

조금이라도 파리의 역사에 관심이 있는 사람이라면 이런 파리의 모습이 일련의 도시 개혁의 산물이라는 것을 안다. 1853년 오스만 남작이 일드 프랑스(프랑스의 수도권을 총괄하는 도의 이름)의 도지사로 임명된 뒤 그는 상젤리제 거리를 현재의 모습으로 재정비하고 파리를 20개 지역으로 구분했다. 좁은 골목으로 가득한 당시의 파리를 철거하고 직선 대로를 만들었다. 쥐가 득실거리고 배설물이 가득한 가로를 정비하고 현재 쁘렝탕 백화점과 라파예트 백화점이 들어선 오스만 대로를 만들기도 했다. 이런 개혁은 그 뒤에도 계속되어 상젤리제 거리의 개선문을 쭉 따라가면 라데팡스의 신 개선문과 연결된다.

이런 개혁 정책의 세부 사항은 몰라도 좋다. 에펠 탑이 가장 잘 보이는 건너편의 사이요 궁전에서 인생 사진을 찍거나, 물랑루즈에서 캉캉 춤을 보고 루브르와 오르세 미술관을 보고 로뎅 박물관을 들르고, 교외의 바르세이유 궁전을 다녀오면 파리에 한 달을 살고 싶다는 생각이 드는 것도 과장이 아니다. 일하러 수없이 파리를 드나들면서 이 도시 정말 괜찮다고 생각한 것이 한두 번이 아니다. 우습지만, 유럽의 다른 도시를 여행하다 파리에 들어서면 고향에 온 기분이 들기도 했다. 지저분하고 냄새나는 지하철이 그립기까지 했다. 35년 전 첫 해외여행이 파리였으니 무리도 아니다.

　일을 마친 뒤 둘러본 로마는 실망 일색이었다. 사진으로 보던 트레비의 분수는 사방이 꽉 막히고, 건물로 둘러싸여 갑갑하기 이를 데 없었다. 인증사진으로 뒤로 돌아서 동전을 던지는 모습을 찍지 않은 것은 아니나, 파리 같으면 사방을 과감히 철거하고 트레비 분수를 단연 돋보이도록 할 텐데 하는 생각이 절로 들었다. 바티칸 궁전과 부속 박물관을 보고 감탄을 금하지 못한 것은 사실이지만, 입장을 기다리는 줄과 인파로 뒤덮인 광장을 보고서는 왜 이 작은 지역을 효율적으로 분할해서 관광하도록 하지 않을까 하는 생각이 절로 들었다. 로마의 휴일로 유명한 스페인 광장은 이름뿐이었고, 베네치아 광장, 캄피돌리오 광장, 산 마르코 광장은 모두 어디가 어딘지 모르게 산만하기 이를 데 없었다. 파리의 깔끔함과 계획적인 모습에 익숙한 시선으로는 어지럽고 혼란스러웠다. 더욱이 아직도 유

적을 발굴하느라 파헤쳐진 곳이 한두 군데가 아니다 보니 언제쯤이면 다 정비가 될까 하는 측은함(?) 마저 들었다.

이상했다. 일하러 드나들던 로마를 며칠 차분히 둘러볼 기회가 있었다. 별 기대를 하지 않고 왔는데, 떠나기를 하루 앞둔 날 이상한 기분이 들기 시작했다. 로마의 지저분함과 소란스러움, 그리고 그 산만함이 다른 의미로 다가오기 시작한 것이다.

로마의 가장 유명한 성당은 바티칸 성당이다. 하지만 처음이 아닌 로마방문이라 바티칸 성당 대신 길 가는 대로 걸음 가는 대로 골목과 길 주위에 위치한 성당을 방문하기 시작했다. 이럴 수가. 관광안내서에는 전혀 설명이 없거나 한두 줄로만 설명하는 성당에서 벼락을 맞은 기분이 든 것이다. 도대체 이 성당들이 왜 알려지지 않았던 것인가? 미사를 드리는 제대(祭臺)의 화려함은 기본이라고 하더라도 그 성당의 천정화들은 무엇인가? 이런 무명의(?) 성당이 남유럽 어느 도시에 위치한다면 바로 그 도시를 대표하는 성당이 되고도 남았다. 그런 종류의 성당이 로마에는 어디로 가든 가득 차 있었다. 한 집 건너 편의점이라는 말이 아니라, 한 블록 건너 혹은 한 블록마다 성당이, 그것도 보는 사람의 마음을 뒤흔드는 성당이 자리 잡고 있었다. 그런 성당이 너무 많다 보니 어지간한 성당은 그저 그런 성당에 불과하고 만 것이다.

성당뿐인가? 그림은? 조각은? 무심코 들어간 성당에서 카라바쪼의 걸작들을 보고, 작디작은 성당에서 미켈란젤로의 모세 조각상을 본다. 보르게제 공원의 보르게제 미술관에서 만난 베르니니의 조각들은 무어라고 할까? '페르세포네를 납치하는 하데스'나 '아폴로와 디포네'와 같은 작품들은 차라리 미켈란젤로보다 낫지 않을까.

이것만이 아니다. 저 사거리에 위치한 호텔과 목욕탕은 옛날에는 궁전이었단다. 콜로세움을 보고 포로 로마노로 넘어가는 저 언덕은 로마의 건국신화를 간직하고 있고, 포로 로마노를 지나 만나게 되는 캄피돌리오 광장은 미켈란젤로의 작품이란다. 산만하고 어지러운, 그리고 질서 없는 그 거리의 건물들과 광장들이 저마다의 역사와 이야기를 가지고 있었다.

　그런 것이구나. 사람이 어찌 반듯하기만 하며, 사회가 어찌 밝은 구석만을 가지며, 한 나라가 어찌 일관된 면만을 가지는가? 복잡하고 어지럽고 정리되지 못하고 혼란스러운 것이 본래의 모습이 아닌가? 중요한 것은 그 복잡하고 정돈되지 못함이 아니라, 그 어지러움에서 무엇을 보고 무엇을 만들어내느냐는 것이다.

　로마는 사람으로 치면 가능성 가득한, 너무나 정상적인, 그러면서도 앞으로 발전가능성이 무한히 높은, 매우 자연스러운 사람이었다. 반면 내가 그토록 좋아한 (지금도 물론 싫어하는 것은 아니다) 파리는 자기 못남을 민감하게 숨기고, 좋은 것만을 보여주려 하고, 자기보다 못난 사람을 살짝 하대하거나 혹은 반대의 경우 질투하기도 하는 사람이다. 귀부인으로 치면 파리가 향수를 잔뜩 뿌리고 머리부터 발끝까지 멋을 부린 사람이라면, 로마는 분명히 멋을 내려고 준비를 했는데 어딘지 허술한 구석이 드러나 보이는, 그러나 뼈대 있는 가문의 귀티를 단단히 드러내는 사람이다.

로마를 떠나는 날. 그토록 즐겨 마셨던 판테온 옆의 커피 가게에 원두를 사러 갔다. LA CASA DEL CAFFE. 테르미니 역에서 40번 버스를 타고 판테온으로 가는데, 그 거리의 광경이 예사롭지 않다. 지저분하고 어지럽고 혼란스러워 보였던 그 광경들이 묘한 질서를 가지고 애잔하게 다가왔다. 이 도시는 약간의 혼란스러움에서 자신의 가치를 드러내는구나. 단, 그것을 눈치채는 사람에게만. 커피 가게에서 커피를 산 뒤 다시 보는 판테온은 여전히 신비롭다. 파리라면 그 주변의 건물들을 몽땅 철거해서 판테온만을 돋보이게 했을지 모르지만, 여기 로마의 판테온은 주변의 어지러움 때문에 더 판테온다웠다.

눈으로 보지 않고, 가슴으로 보는 것, 그게 맞는 것 같다.

2 장.

크루즈,
더 푸른 바다로

자유 그 자체가 아니라 자유를 향한 여정이었다는 것

왜 크루즈 여행을 하십니까?

미국 동부, 뉴욕의 조금 아래 위치한 이제는 이름도 기억나지 않는 작은 항구에서 인생 처음의 크루즈 여행을 했다. 이렇게 큰 배를, 그것도 하루 이틀이 아닌, 열흘 정도 망망대해를 바라보며 여행한 것은 처음이었다.

가장 기억에 남는 것은 헤밍웨이의 본거지인 키웨스트이다. 플로리다의 남쪽 끝에서 다시 길고 긴 다리를 건너야 닿게 되는 섬. 이국적이라는 말로는 키웨스트가 어떤 곳인가를 묘사할 수 없다. 나무, 거리, 사람, 해변 그리고 분위기. 평화란 그런 것을 의미하는구나 싶은 느낌. 그래서 그 분위기를 잔뜩 안은 채, 산 같은 덩치를 자랑하는 크루즈 배가 키웨스트의 항구에 도착하고, 항구를 떠나는 광경은 아직도 눈에 선하다.

하지만 정작 나를 사로잡은 것은 바다다. 일찍 일어나면 누구의 간섭도 받지 않고 저 바다 너머 해가 떠오르는 것을 볼 수 있다. 저녁이면 나만의 장소에 서서 그 반대 방향으로 해가 지는 것을 볼 수 있다. 하루 종일 바다를 지날 때면 어느 갑판에 혼자 누워, 사라지는 구름과 생겨나는 구름, 흐르는 구름, 빛과 숨바꼭질을 하는 구름과 놀았다. 그러니 처음의 크루즈 여행에서 가지고 온 것은 바다, 미국, 그리고 쿠바의 냄새였다.

그렇게 스쳐가는 크루즈 여행인줄 알았다.

크레타와 산토리니를 여행하는 가장 좋은 방법은? 이런 선문답의 답을 알고 보니 바로 크루즈 여행이었다. 과연 그랬다. 이탈리아의 베니스를 거쳐, 크로아티아를 지나고 그리스의 섬과 아테네까지를 한꺼번에 구경할 수 있는 가장 좋은 방법은 바로 크루즈 여행이었다. 그것도 여름과 초가을의 지중해. 이탈리아와 그리스는 육로로도 여행을 했지만, 에게해를 지나 아드리아 해를 가로지르며 지중해를 건너는 여행은 쉽게 하기 힘든 경험이었다. '좋았다' 라는 하나의 단어로는 그 여행의 느낌을 담지 못한다.

그렇게 시간을 내어, 크루즈 여행은 이어졌다. 노르웨이를 일주하는 크루즈, 북해의 스웨덴, 핀란드 등을 일주하는 크루즈, 심지어는 이탈리아에서 남미로 가는 크루즈까지. 이런 크루즈 여행의 경험은 그 사이사이 이어진 육로 여행과 어울려 이 책에 녹아있다.

크루즈 여행을 다녀왔다고 하면 다음과 같은 질문이 가장 많이 나온다. 비싸지 않아요? 차근차근 설명한다. 자유여행이나 패키지 여행에 비해 훨씬 저렴하게 다녀올 수 있다고. 단 그렇게 하기 위해서는 시간과 노력을 아끼지 않아야 한다고. 크루즈 여행을 제공하는 회사, 배도 무수히 많고 그 등급 또한 다양하다. 더 나아가, 다른 여행과 마찬가지로 시기를 잘 택하면 성수기의 반값에 크루즈 여행을 할 수 있다.

배를 오래 타면 지루하지 않아요? 그다음으로 많이 나오는 질문이다. 항구에 정박할 때마다, 그 항구, 그 항구가 속한 도시 혹은 나라를 둘러볼 수 있다. 어느 정도 둘러보고 어느 정도 즐길지는 전적으로 자신의 준비에 달려있다. 피곤하면 배에서 내리지 않으면 된다. 배에서 수많은 프로그램을 제공하니 그중 하나에 자신을 맡기면 된다. 음식과 음료는 기본이고, 음악, 쇼, 운동, 갤러리, 심지어 사진관과 도서관, 극장도 있다.

크루즈 여행만 한 것이 아니다. 크루즈 여행도 한 것이다. 하지만, 구태여 그 여행의 방법을 소개한 것은 이 여행을 통해서만 접하고 느낄 수 있는 바다의 경험을 이야기하고 싶어서다. 인생 첫 크루즈 여행에서도 바다를 언급했지만, 이 여행에서는 바다를 빼고서는 이야기를 이어가기 어렵다.

아침 식사를 하러 14층의 식당으로 올라가니 4성급 호텔 같은 뷔페가 기다린다. 그 음식을 테이블 위에 올려놓았는데, 창문 밖으로 바다가 있었다. 그것도 움직이면서 흐르는 바다. 해가 뜨고, 해가 지는 것이 기본이라면, 이 해가 구름과, 하늘과, 바다와, 배의 포말과

어우러지는 광경은 지구의 태초를 떠올린다. 항구에 들어서고, 항구를 떠날 때는 …… 아련하다.

그리고 사람이다. 오랜 시간을 같은 배를 타고 여행하기 때문에 조금만 공통점을 발견하면 금세 수다 본능이 발휘된다. 나이 차이, 국적 차이, 피부색 차이는 중요하지 않다. 필요한 것은 영어 단어 몇 개로 자신의 의사를 나타내겠다는 용기와 호기심이다. 다가서지 않으면 아무도 다가오지 않는다.

왜 여행을 떠납니까?

단아하지만 기품이 있었다.

크루즈를 타면 저녁에는 특별한 일이 없으면 지정된 좌석에서 풀 코스의 요리를 먹게 된다. 일상에서 이런 풀코스 요리를 먹을 기회는 그리 많지 않아 처음 크루즈를 타게 되면 가벼운 흥분을 느낀다. 아, 매일 저녁 풀코스 요리라니. 그래서 선내에서 발행하는 신문을 통해 그날 저녁 식당에 입고 갈 의상을 알려줄 때도 가급적 그런 옷을 입으려 한다. 정장은 기본이고, 캐주얼, 하얀 티셔츠, 심지어는 전통의상을 입으라는 장난 어린 주문에도 미운 마음은 없다. 권유 사항이고 의무사항은 아니니 그런 옷을 입지 않았다고 정해진 식당에 들어갈 수 없는 것은 아니기 때문이다.

우리가 저녁을 먹는 좌석에서 조금 떨어진 곳에 할머니 할아버지 (아주머니, 아저씨라고 해야 하지 않을지 모르겠다) 10여 명이 저녁마다 흥겹게 식사를 하고 있었다. 저녁마다 가볍게 목례를 하고는 했는데 그중 한 아주머니가 유난히 눈에 들어왔다. 처음에는 왜 저리 옷을 갖추어 입고 식사를 하나 했는데 (우리들은 정해진 옷을 입지 않고 거의 캐쥬얼 차림으로 저녁을 먹었다) 매일 그 의상이 심상치 않았다. 검은 하의에 하얀 상의, 그리고 머플러에 모자까지. 때때로는 신발까지 전체적인 조화를 이루는 패션이 그 나이에 어울리지 않게 멋있었다. 게다가 조금 비싼 듯한 안경까지 곁들이니 전체적인 분위기는 단아했다. 자신의 작은 키에 맞추어 옷을 입고, 악세사리를 걸치고, 허리를 세우고 의자에서 앉고 일어서는 모습이 정말 기품이 있었다.

아픈 과거가 있었단다. 그랬구나 하고 넘어갈 수 있다. 하지만 그분의 아픈 이야기를 전해 들으니 '그랬구나'하는 의례적인 반응보다는 '정말'하고 공감이 실린 반응이 나오지 않을 수 없었다. 나이 드신 분이 혼자서 여행하는 데는 그럴 만한 이유가 있을 것이다. 그런 아픈 이야기는 과감히 건너뛰자. 혼자서 하는 여행, 그것도 젊을 때 즐기다가 결혼 중에는 즐기지 못했던, 그림과 동반하는 여행. 아, 화백이시구나. 그래서 패션 피플 다운 그분의 옷맵시는 그런 배경이 있었구나.

100달러를 주는 거야. 그분이 그림을 그리는 것을 유심히 본 크루즈의 스탭이 그 아주머께 자신의 초상화를 그려달라고 했고, 몇 번인가 거절하다가 마지못해 그 스탭의 초상화를 그려줬는데, 고맙다고 사례비로 100달러를 주더란다. 와인 사 먹자. 누군가가 외치고 그러자꾸나 하고 웃으면서 받아들인다. 그림과 와인 그리고 웃음이 오가는 저녁이었다.

  이번 크루즈 여행 마치면 다른 계획 있으세요?
  내년에 다시 여행 갈 거야. 이미 예약해 놓았어? 같이 갈래?
  아니에요. 저희는 다시 일상으로 돌아가야죠.

  이쯤에서 이분의 나이를 알리는 게 맞는 것 같다. 79세. 놀랐다. 환갑을 넘긴 나이라는 것은 짐작하고 있었는데 80에 가까운 나이인 줄은 미처 몰랐다. 배가 항구에 닿아 그 도시를 여행할 때, 한 번도 빠지지 않고 배에서 내려 그 도시를 둘러보았다. 그분의 일행 중 몇 분은 배가 항구에 닿을 때도 이 핑계 저 핑계를 대고 배에서 내리지 않는 분도 있었다. 감기, 몸살이라는 말이 들렸다. 그러나 눈앞에 보이는 이국적인 항구에 내려, 하다못해 카페에서 커피 한 잔이라도 하면 여행은 천국의 여행으로 변한다. 배에서 있는 것도 나쁜 선택은 아니지만, 이런 하늘과 항구를 두고 가벼운 감기로 왜 배에서 내리지 않는 걸까? 노 화가는 가벼운 감기 기운 따위는 '어휴 저리가!' 하고 말하며 작은 몸을 움직여 꼿꼿한 자세로 트랩을 씩씩하게 걸어 내려가곤 했다.

  어떻게 할래?
  오랫동안 벼르던 집을 처분했을 때 내가 물었다. 평범한 가장이면

으레 그렇듯 노후를 위해서, 아들 결혼할 때를 위해서, 어딘가 무엇인가에 현명하게(?) 투자를 하는 것이 좋지 않냐는 말을 건넸다. 돌아오는 답은 간단했다.

미래도 중요하지만, 현재도 더 중요하지 않을까?

몇 번인가 병원 응급실을 방문하더니 생각이 많이 변했다. 당연하게 그 의견을 따랐고, 그래서 지금 여행을 즐기는 이 아주머니를 만날 수 있었다.

스쳐 가는 인연이라 여행에서 돌아온 뒤 그분을 잊었고, 궁상떠는 일상으로 돌아온 어느 날, 놀라운 소식을 들었다.

그분 돌아가셨대. 그것도 심장마비로.

계속 전해지는 소식은 더 가슴을 아프게 했다. 예약한 다음 크루즈 여행을 떠날 날을 며칠 앞두고, 다가오는 여행의 그 설렘을 하나하나 챙기는 그 순간, 병원에 입원해서 갑자기 그 챙기던 설렘을 놓아버린 것이다.

그래, 그렇구나. 그렇게 세상과 작별할 수도 있구나. 여행에서 잠시 만난, 그래서 다시 만날 기별이나 약속이 있기 어렵지 않을까, 다시 소식을 듣는 것도 어렵지 않을까 했는데 전혀 예기치 않게 이런 소식을 전해 들은 것이다.

크루즈 배가 대서양의 테네리페 섬을 지나 브라질로 기나긴 5박 6일의 항해를 하던 동안, 그분 일행과 우리는 배의 크고 작은 카페에서 자주 만났다. 솟아오르는 파도를 지켜보며, 아침을 먹는 14층의 뷔페 식당에서 떠오르는 해를 보며 수다와 농담과 잡담이 끝없이 이어졌다. 그러던 어느 날, 지나가듯 그분께 무심히 물었다.

왜 여행을 하세요?

급작스러운 질문에 답을 하지 못하자 내가 재차 물었다. 아주머니께서는 왜 여행을 하세요? 미소를 지으며 하던 말을 아직도 기억한다.

떠나기 위해서죠.

싱겁다고 생각했다. 여행을 한다는 것 자체가 떠나는 것 아닌가?

그분의 부음을 듣던 날. 이 말이 생각났다. 떠나기 위해서. 자기가 살던 곳을 떠나고, 자신이 만나던 사람들을 떠나고, 익숙한 일상과 경험들을 떠나기 위해서. 여행은 그런 거다. 하지만 생각은 이어졌다. 그분이 행간에 하고 싶었던 말은

떠나서, 떠나보내기 위해서죠.

무엇을 떠나보낼까? 후회, 상심, 고통, 아픔. 무엇보다도 그 기억들. 그 기억들과 얽혀있는 그 감정들. 그 삶의 편린들.

떠나고, 떠나보내기 위해서 여행을 하신다는 그분. 종래는 그 떠나고 떠나보내는 자신마저 떠나보내셨다. 그러니 여행을 한다는 것

은 자신을 떠나보내기 위해서가 아닐까?

　배가 브라질의 리우 데자네이로에 닿을 무렵, 새벽은 안개로 가득
차 있었다. 그 안개를 뚫고 빵산과 리우의 해변이 조금씩 보이기 시
작했다. 태초의 모습이 이런 걸까? 사람은 언젠가는 떠난다. 그리고
떠날 때 부둥켜 안고, 이고 지고 온 그 모든 것들을 떠나보낸다. 종
래에는 자신마저.

　그러니 슬퍼하지 말고 후회하지 말자.
　안개가 걷히는 그때 그 해안을 생각하며, 노 화가의 명복을 빈다.

그리스: 모순의 화신, 아킬레우스여

이제 배는 오디세우스의 기나긴 여정이 시작되는 코르푸 섬에 도착한다. 배 위에서 바라보는 코르푸 섬은 사람의 마음을 달뜨게 한다. 8월의 눈부시게 푸른 하늘, 미세먼지 없는 공기, 에게해의 편린인 아드리아 해를 담고 있는 바다 내음.

만사를 제쳐두고 아킬레온(Achilleion) 성(이제는 박물관이다)으로 향한다. 아킬레온 성에서 만나는 가장 인상적인 두 인물은 오디세이의 주인공 오디세우스와 일리아드의 주인공 아킬레우스다. 아킬레온 궁의 3층에는 율리시즈 연작이 액자에 담겨있다. 율리시즈? 로마의 율리시즈를 말하는 게 아니라 오디세우스의 현대판인 율리시즈다.

하지만, 오디세우스가 하나의 그림으로 벽면에 걸려있다면 아킬레우스는 조각으로 그 강렬함을 더한다. 성에는 두 개의 아킬레우스 조각이 있다.

먼저, '죽어가는 아킬레우스'.

발바닥에 박힌 화살을 뽑아내느라 고통스러운 표정을 짓고 있는 전사 아킬레우스를 보면 웬일인지 마음이 짠해진다. 앞에서 보면 아킬레우스의 표정이 잘 보이지 않는다. 그래서 앵글을 돌려 옆으로 보면 화살로 인한 고통을 견디려고 애쓰는 그의 모습이 가슴을 아프게 한다. 그렇구나. 불사신 같았던 이 영웅도 결국 죽는구나.

하지만, 다시 걸음을 재촉하면 아킬레온 성이 위치한 산 위에서 코루프 섬을 내려다보는 한 전사의 거대한 입상을 만난다.

'승리하는 아킬레우스'

Command the view! 풍경을 지배하듯이 압도적인 모습이라는 뜻이다. 승리하는 아킬레우스 입상을 처음 볼 때의 느낌이 바로 이것이었다. 한낮, 역광의 조건이라 이 사진은 아킬레우스 입상이 가지는 아우라를 제대로 전달하지 못한다. 산 위에서 거대한 창과 방패를 들고 섬을 내려다보는 모습은 신화 속의 아킬레우스가 아니라 현실에서 살아 움직이는 전사(戰士)로 다가온다. 그 모습은 가히 바다를 호령하고 섬을 호령하고 군대를 호령하는 그런 모습이다.

아킬레우스. 호메로스가 지은 일리아드의 주인공. 이러면 설명이

너무 간단한가? 일리아드에서의 아킬레우스는 다음과 같이 묘사된다: 원정대장인 아가멤논과 불화하고 절친인 페트로클러스가 죽은 뒤에야 그와 화해하는 속 좁은 놈, 하지만 절친의 복수를 위해 헥토르를 죽이러 갈 때 그 뒤 닥칠 자신의 죽음도 기꺼이 감수하는 비장남, 죽은 헥토르의 시신을 데려가려고 온 그의 아버지 프리아모스와는 함께 목 놓아 우는 철부지 휴머니스트.

일리아드에서는 전쟁 중에 사람을 죽이는 장면이 사실적으로 묘사된다. 전쟁을 찬미하는 게 아닌가 하는 의문이 들 때도 있었다. 살육의 장면과 선혈이 낭자한 장면이 옛 그리스의 운율에 맞추어 전승되는 동요처럼 낭독된다. 일리아드를 처음 접할 때 이런 장면은 차마 공감하기 힘들었다. 유럽을 방랑하며 전쟁과 전쟁의 참화, 무의식에 내려앉은 그 공포들까지 두 눈으로 보고 온 참이라 왜 하필 전쟁일까? 왜 하필, 전쟁을 묘사하는 일리아드가 그리고 그 주인공인 아킬레우스가 서구 문명의 기본 핵으로 작용해 왔을까?

그 의문은 오래지 않아 풀렸다. 인간이란 그런 존재이다. 평화를 바라면서 전쟁에 열광하고, 선혈을 증오하면서 피가 낭자한 권투나 격투기를 보며 괴성을 지르고, 폭력물을 증오하면서도 폭력 장면이 줄지은 영화에 지갑을 여는 그런 존재이다. 다 잘 알고 있다. 현대에서도 가장 잘 팔리는 게임들은 역시 전쟁 게임이다. 죽고 죽이는 것. 구호는 평화이지만 그 평화를 지향하는 수단은 항상 전쟁인 그런 존재들, 인간들.

미국 시인 월리스 스티븐스는 죽기 직전인 1955년에 호메로스적인 전쟁의 정의를 다음과 같이 내린 바 있다.(알베르토 망구엘, p. 317)

"전쟁은 가슴 밖에서는 서식하지 않는다. 가슴 안에 서식하는 것은 질투, 미움, 공포, 그리고 악의, 그리고 야망이 있다. 하지만, 그 가까운 곳에 사랑의 서식지가 있다."

호메로스는 이런 인간의 전체적 속성을 서사시에 부어 담은 것이다. 평화를 지향하면서도 전쟁 영웅을 기다리고, 친구를 죽인 원수에 전대미문의 공격을 가하면서도, 그 적장의 시신을 달라고 하는 적장 아버지의 요청에 눈물을 흘리는 이 이율배반적 모순. 하지만 이게 인간의 가슴을 흔든다. 이게 인간의 원래 모습이기 때문이다. 오디세우스라고 다를까? 고향 이타카를 향한 여정을 지속하지만 성인군자와 같은 모습이 아니라, 지극히 일반적인 인간의 행동을 하면서 고향으로 향한다. 예외적 존재로서의 인간이 아니라, 저자 거리에서 흔하게 접할 수 있는 그런 인간들.

그러면서도 그 인간들에게서 영웅적인 면모를 뽑아낸다. 그리고
그것을 듣는 관객들의 마음을 홀린다. 영웅인가 영웅이 아닌가? 둘
다다. 이게 답이 되어야 하는 게 아닌가.

그리스: 끝없는 여정을 마다 않는 오디세우스여

코르푸 섬의 아킬레온 성에서는 아킬레우스의 인상이 너무 압도적이지만, 코르프 섬은 사실 오디세우스와 더 밀접한 관련이 있다.

헤르메스의 오디세이아는 연대기 순으로 기록되지 않는다. 헤르메스의 서사시는 오디세우스의 아들 텔레마코스가 아버지 오디세우스를 찾아가는 여정으로 막을 올리지만, 오디세우스의 본격적인 이야기는 코르푸 섬에 도착해서 시작된다. 오디세우스는 코르푸 섬에서 이 섬을 다스리는 아르키누스 왕과 그의 딸 나르시카 공주를 만난다. 코르푸 섬의 아르키누스 왕은 오디세우스에게 어떤 과정을 거쳐 이 섬에 오게 되었는지 이야기해주기를 요청하고, 이 요청에 응답하는 형태로 오디세우스는 자신의 여정을 담담하게, 열정적으로, 혹은 비통을 섞어 노래하기 시작한다. 아르키누스 왕을 비롯한 페니키아 인들은 오디세우스의 고난에 찬 여정을 들은 뒤 그를 고향인 이타카로 돌려보내는 배를 마련한다. 이타카로 돌아가는 과정도 순탄하지 않았다. 고통과 괴로움, 알지 못하는 인물과 사건으로 가득찬 여정.

칼립소, 사이렌, 외눈박이 거인 폴리페무스, 하데스, 포세이돈과 아테네.

오디세우스의 기나긴 여정은 현실에서 존재하지 않는다. 어디에 집으로 돌아가지 못하게 막는 요정 칼립소가 있으며, 어디에 사람을 홀리는 요정 사이렌이 있으며, 어디에 외눈박이 거인이 있으며, 어떻게 사람이 하데스가 다스리는 죽은 자의 세계를 갈 수 있단 말인가. 그 뿐일까? 어디에 오디세우스가 탄 배를 거친 바다로 몰아세우는 포세이돈이 있으며, 어디에 그를 끝까지 보호하는 아테네가 있단 말인가.

그러니 오디세우스의 여정은 의식이 아니라 우리가 무심코 간과해버리는 무의식의 바다를 건너는 여정이다. 유혹에 넘어가는 인간의 허약함, 배고픔에 주의와 경고를 잊어버리는 인간의 나약함, 이제는 저승으로 간 사랑하는 자를 만날 수 있는 꿈, 그 꿈 속에서의 해후는 바로 우리의 무의식이다.

서사시 주인공으로서의 오디세우스가 보여주는 것은 고향 이타카, 그곳에서 자기를 기다리는 아내 페넬로페와 아들 텔레마코스를 향한 멈추지 않는, 멈출 수 없는 여정이다. 열정이고, 집착이고, 극복이다. 페넬로페 이상의 미모를 가진 칼립소, 고향으로 돌아가는 항해 중에 만난 여신들이 영생과 부귀를 약속하기도 하지만, 오디세우스의 고난에 찬 눈은 오직 이타카를 향한다. 피부로 와 닿는 부귀, 권세, 명예, 아름다움을 옆으로 밀어놓고, 바람과 태풍이 몰아치는, 포세이돈의 분노를 거슬러 가며, 에게해를 지나 이타카로 간다. 그런 여정이다. 자유를 갈망하는 인간이라면 한 번은 거쳐가야 할 여정이다.

그렇다면 그는 누구인가?

오디세이는 호메르스의 작품이다. 호메르스가 실존인물인지 아닌지, 맹인인지 아닌지, 그의 고향이 그리스 이곳인지 저곳인지는 중요하지 않다. 더 나아가 그의 서사시가 개인의 저작물인지, 수많은 음유시인들의 전승을 단지 모아놓은 것인지 그것도 중요하지 않다. 중요한 것은 오디세이에서 묘사된 인물들의 행동, 그리고 그 행동의 밑바탕에 놓여있는 인간에 대한 이해이다.

호메르스의 인간 인식은 단편적이지 않다. 예를 들자. 오디세우스가 그의 동료들을 포세이돈의 횡포에 의해 잃고 난 뒤 무엇이라고 말했을까? 며칠을 식음을 전폐하고 슬픔에 잠겼다고 말하지 않는다. 그는 말한다. 표현할 수 없는 슬픔에 잠기기는 하나, 배가 고프면 밥을 먹고, 잠이 오면 잠을 자고, 그래서 다시 슬픔이 밀려오면 통곡을 한다. 호메르스는, 그러니, 한 가지 측면으로 인간을 말하지 않고, 인간의 전체적인 면모를 이야기한다. 인간인 동시에 짐승인 인간. 짐승을 초월하는 행동을 하기도 하지만, 짐승 이하의 행동을 하기도 하는 인간. 슬픔에 잠기기도 하지만, 식욕과 수면욕의 부름에 어쩔 수 없는 인간. 그런 인간을 이야기한다.

"이윽고 먹고 마시는 욕망이 충족되었을 때 그들은 스퀼라가 속이 빈 배에서 낚아채 가 먹어치운 사랑하는 전우들을 생각하며 울었고 울고 있는 그들에게 마침내 달콤한 잠이 찾아왔소."(호메로스 오디세이아 277)

오디세우스에서 중요한 무대는 바다. 그 서사시에서 에게해는 포도주 빛 바다로 묘사된다. 니코스 카잔차키스가 그의 소설에서 강조하는 쪽 빛 바다와는 다르다. 폴리페무스라는 외눈박이 거인 아들을 잃은 포세이돈의 분노가 휘몰아치는 바다다. 아름다운 바다가 아니라 폭풍이 휘몰아치고 집채를 넘는 파도가 넘실거리는 바다다. 그러니 오디세이의 바다는 바로 한 번도 잠잠함을 가지지 못한 당신의 내면이다. 애덤 니콜근은 말한다.

"폭풍에 자극받은 바다는 생명력과 악의를 획득한 것처럼 보인다. 파괴의 욕망, 그것은 바람과는 아무 상관없이 분노에 가득 찬 파괴적인 바다의 몸 안에서 분출되어 나온다." 그래서 "당신이 그런 감정을 가져본 적이 있다면 그것은 당신이 포세이돈을 만나고 있을 때인 것이다. (398)"

두 눈으로 저 쪽 빛
에게해를 바라보며,
서구 문명과 인간의 운명을 생각하며
다시 배로 향한다.

그리스: 크레타섬에서는 자유를 외쳐야 한다

크레타섬을 떠 올리면 나는 한 인간에 목이 메인다.

그의 이름은 니코스 카잔차키스다. 질풍노도와 같은 젊은 시절 아주 우연히 『영혼의 자서전』이란 책을 접하게 된다. 이해하기 쉽지 않아, 그 내용은 거의 다 잊었다. 그런데 멀리서 들려오는 북소리처럼, 진군을 알리는 행진 나팔처럼, 아니 갑자기 시작되는 베토벤의 영웅 교향곡처럼 그 책은 소리 없이 나에게 다시 다가왔다. 그 책의 서문에 적혀있던 니코스 카잔차키스의 기도는 내 혈관 속을 떠도는 백혈구처럼, 인생의 슬픔과 위기를 감지하자마자 백배 천배 소리 높여 외치기 시작했다. 그 기도는 세 가지로 구성되어 있다.

하느님, 저는 당신의 활입니다. 마음껏 사용하소서.
하느님, 하지만 너무 힘껏 당기지는 마소서. 제가 부러질까 두렵습니다.

하느님, 부러지면 어떻습니까? 당신이 원하시는 대로 마음껏 당기소서.

나를 사로 잡은 것은 이 중 세 번째 기도였다. 주님, 제가 부러지면 어떻습니까? 당신의 일을 하다 저 세상으로 산화(散花)한들 그게 무에 그리 대수입니까? 당신 마음대로 저를 사용해 주십시오. 주저와 계산, 망설임, 그런 회색 열정은 결코 열정이 아니고 삶을 불태울 그런 지향점, 목표가 없다면 인생은 인생도 아니다. 그런 열정, 그런 혼신의 던짐은 첫사랑에 잠 못 이루는 풋내기처럼 나를 달뜨게 했다.

그는 불꽃이었고, 나는 그 불꽃을 향해 달려가는 불나방이었다. 그런 니코스의 무덤이 여기 크레타에 있다. 항구를 지나 여름의 정취로 가득한 중앙 광장을 지나니 여행자를 사로잡는 이국적인 풍경이 시선을 압도한다. 코와 눈을 통해 올리브의 향기와 색깔이 가슴속으로 들어온다. 아름답지만 울창한 숲도 없는 이 크레타섬에서 올리브는 최고의 품질을 유지한다. 올리브의 향기와 색깔이 주는 유혹을 간신히 빠져나가면 수블라키와 같은 음식 내음이 한동안 가슴을 괴롭힌다. 더운 여름, 땀이 솟구치지만 더운 줄 모른다. 그렇게 걷기를 30분여, 거리는 여행자를 유혹하는 것과는 전혀 관계없는 크레타 시민의 일상으로 접어든다. 그러다 갑자기 시야가 트이면서 야트막한 언덕이 나타난다. 그리고 그 위에 그의 무덤이 있다.

나는 아무것도 원하지 않는다.

나는 아무것도 두렵지 않다.

나는 자유다.

  익히 아는 그의 묘비명이다. 다시 자신에게 묻는다. 나는 아무것
도 원하지 않는다. 감히 말한다. 이 정도는 나도 될 수 있지 않을까?
인생의 후반전이 시작되면 지금까지 그토록 가지기를 원했던 것이
사실은 허상에 불과하다고 느끼게 된다. 스쳐 지나가듯이 느끼기
도 하고 혹은, 가슴에 사무치도록 느끼기도 한다. 느낀다는 것과 그
렇다는 것(아무것도 원하지 않는다는 것)은 별개다. 하지만 느끼지
않으면 그렇게 되지 못한다. 아무것도 원하지 않는다. 부처가 그러
했고, 예수가 그러했다. 니코스도 최소한 그런 경지에는 다다랐던
것일까?
  나는 아무것도 두렵지 않다. 정말일까? 인간으로서 이런 선언을
할 사람이 과연 있을까? 니코스가 태어나고 자란 크레타와 그리스
의 전통 신들도 두려움을 느낀다. 그런데 아무런 두려움이 없다고,
어떻게 그런 선언을 할 수 있을까? 최소한 인간과 삶에 대한 통찰
이 없다면 이런 말은 할 수 없다. 세상이 사실은 한바탕의 꿈이라는
것, 인간의 삶도 신의 관점에서 보면 하루살이에 불과하다는 것, 이
런 인식과 이런 인식을 바탕으로 한 마음의 넘어섬 혹은 깨달음이
없다면 이런 말은 못한다. 그러니 이런 말이 의미가 있기 위해서는
두 가지가 필요하다. 하나는 인식, 또 다른 하나는 그 인식이 체화

나는 아무것도 원하지 않는다. 나는 아무것도 두렵지 않다. 나는 자유다._ 니코스 카잔차기스의 묘비명

되는 것. 이렇게 되면 세상은 그 자체로 하나의 완결된 완성체가 된다. 전쟁이 일어나건 말건, 행복과 불행이 오건 말건, 질병과 고통이 만연하건 말건 그 모든 것은 그 자체로 하나의 완성체이다. 무한한 긍정이다.

나는 자유다. 누가 감히 이런 말을 할 수 있을까? 자유란 무엇인가에 대한 아무런 정의 없이도 그의 세 번째 비명이 의미하는 바는 가슴에 그대로 다가온다. 그래서 저 무의식 깊은 곳의 어느 부분을 건드린다. 무엇으로부터의 자유, 무엇을 향한 자유가 아니라, 그냥 자유다. 니코스의 저작을 읽을수록 그가 그토록 바랐던 것은 자유 그자체가 아니라 자유를 향한 그 과정이었다는 것. 승리가 아니라 승리를 향한 그 과정이었다는 생각이 나를 이끈다. 바로 그것이 아닐까? 자유를 향한 도정(道程). 그래서 그가 최후로 자신의 영혼을 이끈 사람이라고 고백한 것은 오디세우스였다는 것. 어쩌면 자연스러운 결말이자 결론일 수 있다. 니코스는 그의 유고에서 다음과 같이 말하고 있다.

"내가 인생의 길잡이로 삼은 사람은 인간 영혼을 안내한다는 위대한 세 길잡이 중 어느 누구도 아니다. 파우스트도 햄릿도 돈키호테도 아니다. 바로 오디세우스다. ······나는 오디세우스가 탄 배의 한 선원이며 불타는 가슴과 무자비하고 맑은 정신을 가지고 있다."*

여기서 다시 오디세우스를 만난다. 코르푸 섬에서 아킬레우스와

* 향연 320-321

오디세우스를 보고 도대체 왜 서양 문명이 호메로스의 일리아드와 오디세이에 빚을 지고 있는지 한참을 생각했는데, 층층이 쌓인 역사의 층에서 두 눈을 뜨고 발견한 니코스 카잔차키스도 오디세우스를 이야기한다. 아하 오디세우스.

그리스: 죽기 전에 한 번은 에게해(海)를 봐야 한다

'죽기 전에 에게해를 여행할 행운을
누리는 사람에게 복이 있다'

니코스가 그리스인 조르바에서 던지듯이 한 말이다.

에게해. 그 바다를 기억한다.

크레타 섬에서
니코스 카잔차키스의 무덤을 보며,
그 무덤 너머 펼쳐져 있는 그 바다를 보며,
크레타 섬에서 산토리니 섬으로 가는 페리 안에서
페리가 가르는 그 파도를 보며,
그가 에게해를 두고 한 말이 무엇인지

조금씩 이해되기 시작했다.

그 여름의 에게해는 짙은 남색으로 출렁이고 있었는데,
그 남색은 사람을 홀리게 해 다시 돌아오지 못할
먼 곳으로 떠나가게 만들었다.

지금 생각하니 그 바다가 바로 오디세우스가
고향 이타카를 향해 포세이돈의 방해를 뚫고
미친 듯이 나아갔던 바다였다.

그러니 에게해는
오디세우스의 바다이기도 하지만,
니코스 카잔차키스의 바다이기도 하다.

그해 여름, 크레타를 떠나 산토리니로 향한 페리가
노란 햇빛의 환영 속으로 접어들 때
 어디선가 한 마디 외침이 나와 저 멀리
에게해로 번져 나갔다.

나는 자유다.

그리스: 산토리니는 가슴에 담는다

산토리니를 마주하려면 바다의 신 포세이돈을 생각하지 않을 수 없다. 포세이돈은 그의 영역인 땅(그리스 신화에 의하면 옛날에 신들은 땅을 서로 나누기로 했는데 포세이돈은 지금의 산토리니를 포함하는 지역을 얻게 되었다)에, 자기 장남의 이름을 따서 아틀란티스라는 이름을 붙였다.

그 아틀란티스가 산토리니에 살아있다. '이아'의 중심부에서 바다를 바라보고 오른쪽으로 방향을 틀어 걸어가면, 그리고 걸어가다 무심히 왼쪽으로 고개를 돌리면 작은 서점을 만난다. 아틀란티스. 파란 나무 조각에 2004년부터 문을 열었다고 쓰여 있다. 2002년 산토리니에 놀러온 두 영국 청년이 의기투합해 만든 서점이라고 하는데 서점 이름을 아틀란티스라고 한 것은 포세이돈과 이 땅에 관련된 신화를 알고 있음에 틀림없다.

계단을 내려가 서점 안으로 들어서면 바다, 철학, 역사, 신화, 여행이 뒤범벅이 된 책들을 만난다. 무질서하게 보여지지만 나름대로의 주제를 가지고 정리되어 있다. 영어로 된 일리아드와 오디세이의 축약본을 뒤적이다, 그리스 신화라는 영어책을 하나 산다. 신화와 현실, 신과 인간이 뒤섞여 돌아가는 그리스를 위한 애정의 표현이다.

서점 안에는 갖가지의 경구 혹은 글씨들이 어지럽게 그러나 제 나름의 질서를 가지고 들어오는 손님을 반긴다. 볼 수 있는 자만이, 아니 보려고 하는 자만이 그 글을 볼 수 있다. 나는 단지 두 개의 문장을 건졌을 뿐이다.

"사람들은 자신의 고통과 괴로움을 이 세상의 역사에서 전례가 없는 것이라고 생각한다. 그러나 (그런 생각은 접어두고) 단지 책을 읽어라"(알렉스 볼드윈이라고 적혀있다.)

책을 읽는 것. 5년 전 모든 것을 포기하고 싶을 때, 조셉 캠벨을 우연히 만났다. 그 책을 두 손으로 모시면서 그리스의 섬들을 여행할 때 그가 다음과 같이 말하는 것을 들었다. 사람을 깨달음으로 인도하는 것은 종교와 예술, 그리고 독서라고. 조셉 캠벨은 바로 그 자신이 그에 대한 증명이라고 고백한다. 그 증명의 목록에 나의 이름을 더한다. 조셉 캠벨을 만나 칼 융을 다시 알게 되었고, 이 두 사람의 세계에서 놀다 어느 날 문득 내 젊은 날을 사로잡았던 니코스 카잔치키스의 외침이 나의 심장 속에서 아직 살아있다는 것을 느꼈다. 그리고 그 과정에서 나의 내부에서 아직은 희미하지만 작은 신의 목소리를 듣는다: 용서하라. 자신을 용서하고 이웃을 용서하고 그리고 세상을 용서하라.

아틀란티스 서점에서 만난 두 번째 문장은 소개의 글이다. 제임스 조이스의 'The Dead'라는 책 옆에 작은 클립으로 '이 책은 헤밍웨이가 가장 좋아한 단편집입니다' 그렇게 말하고 있었다. 만지작거리다 사지 못하고 만다. 제임스 조이스. 조셉 캠벨은 제임스 조이스의 '피네긴의 경야'란 책을 접하면서 제임스의 세계로 뛰어든다. 그 제임스 조이스. 아직은 아니지만, 조만간 그의 세계로 나도 가야할지 모르겠다.

서점을 나와 고개를 돌리니 전후좌우 모두 할 것 없이 사람들로 가득 차 있다.

그럴 만하다. 흰색, 파란색. 딱 두 가지다. 그 두 가지 색이 이 조그만 '이아'를 가득 채우고 있다. 이 두 가지 색으로 도시를 만들기 위해 그리스 정부 혹은 산토리니 행정부 관리들이 이러쿵저러쿵 했다는 이야기는 뒤로 미루어도 된다. 그저 두 눈을 열고 가슴과 마음을 활짝 열고, 그리고 마지막으로는 머리도 열어서 이 풍경이 주는 즐거움과 의미를 무의식에 차곡차곡 쌓으면 된다. 그래서 어느 겨울날 혹은 서럽도록 울고 싶은 어느 날, 그 무의식의 방에 들어가 그 풍경들을 하나하나 들치면서 남몰래 울어도 된다. 살아가면서 이런

슬픈 날이 있으면, 산토리니의 이아를 보았을 때의 그런 기쁘고 즐거운 날도 있었다는 것을 기억하면 된다. 그래서 조금 더 나아가면 그 슬픔과 기쁨도 본래 의미가 없다는 것을 깨달으면 얼마나 좋을까?

신혼부부가 이 이아의 언덕 위 집에서 사진을 찍고 있다. 누구인지, 몇 살 인지, 어느 나라 사람인지, 신부가 예쁜지 그렇지 않은지, 신랑이 의젓한지 그렇지 않은지, 그것은 중요하지 않다. 이 예쁜 이아에서 두 사람이 만나 새로운 삶을 시작한다는 것. 가슴 깊이 축하를 보낸다. 이아에서는 모든 사람을 축복하고 싶다. 사랑하고 싶다. 아 대단한 매력이다.

그리스를 떠나며

　한 번의 여름과 한 번의 가을. 그 여름은 홀로 외로이 자신 속으로 다가선 날들이었고, 그 가을은 그 여름의 추억을 그리며 새벽의 이슬처럼 방황하던 날들이었다.

　그리스를 떠나며 그리스의 두 신을 가슴에 품고 간다. 지혜와 용기의 여신 아테네, 바다를 지배하는 태풍과 바람의 신 포세이돈. 그래서 그 두 신의 청동 조각상을 여행자들은 엄청나게 비싼 가격을 지불하고 산다. 아테네와 오디세우스, 그리고 산토리니와 헥토르가 그들의 영역이다.

　그리스를 떠나며 이 두 신들 외에, 제우스를 비롯한 그 수많은 신들의 세계는 설명하지 않았고, 그들과 인간의 관계에 대해서도 아무런 말을 하지 않았다. 아니 하지 못했다. 그리스를 처음 만났던 그해 여름의 아테네의 파르테논 신전, 그리고, 산티그마 광장에 대해서도 역시 입을 열지 않았다. 그 기억들은 아테네와 스파르타의 끝없는 경쟁, 페르시아와 그리스의 전쟁, 그리스와 터키의 분쟁으로 연결되는데, 한 과객(過客)이 어찌 이 모든 것을 건드릴 수 있는가?

다시 돌아오고 싶다. 그것은 수브라키의 내음이 그리워서도 아니고, 크레타의 올리브와 그 올리브 기름의 향기를 그리워해서도 아니고, 입에 감기는 미토스 맥주의 향훈을 그리워해서도 아니다.

왜 다시 돌아오고 싶은가? 그것은, 내 영혼을 후려친 아킬레온 궁전의 '승리하는 아킬레우스', '죽어가는 아킬레우스' 그 조각들 때문이며, 포세이돈의 분노에도 굴하지 않고 그 먼 바다를 결연히 건너려는 오디세우스 때문이다. 혈관 속에서 맥박 속에서 심장 속에서 아킬레우스의 영광과 슬픔, 오디세우스의 좌절과 환희를 알고 있기 때문이다. 또 있다. 에게 바다 때문이다. 그것도 8월 여름의 에게해, 그 바다가 가지는 말로 표현하지 못할 홀림 때문이다. 아무리 생각해도 나는 영혼의 사이렌에게 사로잡힌 것 같다. 주변 사람들이 나를 배의 돛대에 제대로 잡아매지 못했기 때문이다. 아니 스스로 그 소리를 들으려고 자초했기 때문이다.

그리스, 그래서 나는 그대에게 내 영혼의 한쪽을 건네 줄테니 올리브 오일에 절이고 산토리니의 와인에 익혀서, 어느 맑은 여름날 산토리니 '이아'에 해가 질 때 그 칼데라 위로 높이 던져주기를 바란다. 그러면 그 영혼의 한쪽은 에게해의 먼 바다를 건너 코루프 섬의 아킬레온 궁전으로 달려가 거기서 아킬레우스의 영광과 고난을

쓰디쓴 에스프레소 한 잔으로 달래려 한다. 아는가? 그 에스프레소
에는 달콤한 설탕이 가득 들어있다는 것을.

노르웨이: 게이랑에르에서의 설레임

함부르크를 떠난 배가 하루 동안 바다를 지난 뒤 드디어 게이랑에르 피요르드 Geiranger Fjord와 연결된 협곡으로 들어선다. 그 협곡의 관문인 헬레실트 Hellesylt. 배는 헬레실트로 미끄러지듯이 들어가 한 시간을 머문 뒤, 오늘의 목적지 게이랑에르로 향할 예정이다. 게이랑에르 피요르드. 피요르드로 유명한 노르웨이에서도 가장 아름다운 피요르드. 유네스코 세계문화유산. 반드시 방문하리라 마음먹었던 이 피요르드를 드디어 오늘 방문한다.

왜 이 피요르드를 두 눈으로 봐야겠다고 다짐했을까? 2년 전 일이다. 방콕으로 가는 타이항공의 기내 잡지에서 게이랑에르 피요르드의 모습을 처음 보았다. 당연히 사진으로 보았다. 그 인상과 설레임이 얼마나 강렬했던지 내 비망록에 다음과 같이 정리했다.

"방콕으로 가는 비행기 안. 가벼운 설레임에 기내 잡지를 펼치는 순간, 그 기내 잡지의 한 사진을 보는 순간 온 몸에 전율이 인다. 브이 자 형으로 된 두 개의 높은 협곡 사이를 한 척의 페리가 지나가는 사진. 그냥 얼어붙는다. 경외다. 일상과 살아감의 소소한 그 잔재들을 단 한 번에 떨쳐버리는, 그래서 내가 그것이 되어야 한다, 혹은 내가 그것이 되어간다는 착각마저 불러일으키는 그 떨림. 경외다. 그 감흥을 간직하고자 기내잡지에 실린 그 사진을 카메라로 아무리 찍어도 그때의 경외감은 돌아오지 않는다. 직접 그 현장에 가 두 눈으로 보고, 가슴으로 새기지 않으면 정말 경외감은 돌아오지 않을지도 모른다. 그 경외감을 다시 느낄 수 있다면, 내가 느낀 그 경외감을 다른 사람도 알 수 있다면 ……."

달스니바 Dalsnibba 산.

게이랑에르 항구에서 내려 버스를 타면 가장 먼저 도착하는 곳이 달스니바 산이다. 가장 먼 곳에 위치한 곳을 먼저 간다. 그 산의 전망대로 들어가 가파른 절벽의 가장자리에 서는 순간 사람들을 홀리는 그 광경들을 두 눈으로 보게 된다.

90도에 가까운 수직의 절벽들.

차 두 대가 간신히 지나갈 수 있는 절벽 사이의 좁은 길들.

7월 중순인데도 아직 녹지 않아 꽃처럼 흐드러지게 피어있는 눈들.

눈이 녹아 폭포처럼 떨어지는 개울들.

개울물이 내지르는 바위를 뚫을 것 같은 소리.

스카이워크.

달스니바 산을 본 뒤 버스는 게이랑에르를 향해 내려간다. 한참을 내려가면 게이랑에르의 항구를 한눈에 볼 수 있는 Skywalk 입구에 이른다. 이 가장자리에 서면 게이랑에르에 정박한 배, 항구, 그리고 항구를 둘러싼 작디작은 만(灣)을 한눈에 볼 수 있다. tender (작은 도항선)를 이용해 배와 게이랑에르 사이를 오가는 저 풍경, 저 아련함. 이건 엽서의 사진 같아, 오히려 현실감이 없다. 한참을 서성거린다. 저 광경을 어떻게 해야 하나, 정말 어떻게 해야 하나.

Eaglebend.

일행을 태운 차는 스카이워크 반대편의 깎아지른 산길을 지그재그로 올라간다. 그러다 어느 순간 도로가 180도로 한 번 빙그러니 도는데, 그 회전을 멈추자말자 이글벤드라는 또 하나의 전망대가 기다린다. 여기다. 방콕으로 가는 비행기 안에서 보았던 그 협곡, 비행 내내 감탄과 경외감을 어떻게 하지 못했던 그 협곡의 모습을 마침내 보게 된다. 아무 말을 하지 않는다. 아무 소리도 나오지 않는다. 그저 여기다, 여기다 하는 탄식인지, 감격인지 알지 못하는 감정만이 소용돌이칠 뿐이다. 정신을 차리고 그 감격을 담기 위해 눈앞에 보이는 그 장면을 수없이 카메라에 담는다. 하지만 찍어도 찍어도 그 감격, 그 경외는 채워지지 않는다. 부족한 2%. 동행자가 그 2%가 무엇인지를 명확히 규정한다.

'사진이 이 풍경들을 제대로 담지 못하네'

그때, 정말 한순간, 일 분도 되지 않는 사이에 맑은 하늘이 구름으로 뒤덮이더니 비가, 그것도 맞으면 제법 아픈 비가 쏟아지기 시작한다. 날씨가 이렇게 빨리 변할 수 있는지 처음 알았다. 스콜 같다. 브라질의 스콜은 더위를 식혀주는 것이었는데 이 비는 무엇을 식히려는가? 그 순간 눈 앞에 펼쳐진 장관이 안개로 덮혀 버린다. 미로 속으로 사라지고 만다. 눈에 보이는 것이라고는 비를 피해 뛰는 사람들의 모습이고, 느껴지는 것이라고는 어쩔 줄 몰라 하는 사람들의 당황스러움이었다. 그 짧은 순간에 이렇게 변할 수가 있나? 경외감이 혼란으로 바뀐다.

변한다는 것. 사람들의 감정과 생각은 시간에 따라 장소에 따라 움직인다. 일정하지 않다. 화가 나는가? 이해하지 못하겠는가? 저 무례함을 어떻게 할까? 저 악다구니를 어떻게 할까? 조금만 시간을 두고 그 감정, 생각을 다시 바라보면 허허, 하하 참 아무것도 아닌 것을 발견할 수 있다. 스쳐 지나가는 바람이다. 스쳐 지나가는 바람. 눈앞의 장관을 가로막던 안개도 어느 순간 서서히 걷혀 간다. 배로 돌아갈 시간이다.

노르웨이: 레크네스, 모두 용서합니다

레크네스 Leknes는 노르웨이 북단 로포텐 Lofoten 제도를 이루는 작은 도시다. 로프텐 제도는 노르웨이 남부 사람들도 평생에 한 번이라도 가기를 원하는 곳인데, 이 로포텐 제도를 가기 위해서는 반드시 거쳐야 하는 도시가 바로 이 레크네스이다. 여기서 버스로 들르게 되는 '오(A)'(정확히는 A위에 작은 동그라미를 하나 더해야 한다. 그래서 오 라고 읽는다)는 노르웨이 북단의 아주 오래된 어촌으로 한자동맹 당시 번성한 곳으로 지금은 마을 전체가 박물관으로 변한 곳이다. 여기서도 한자동맹의 그림자는 남아있다.

함박 눈이 내리던 날 고은 시인은 그 감흥을 이렇게 노래했다.

"함박 눈이 내립니다.

함박 눈이 내립니다. 모두 무죄입니다"

Tender(배와 항구 사이를 이어주는 작은 배)를 타고 7월 중순의 어느 날 레크네스에 내리던 날의 감흥을 이렇게 노래했다.

"7월의 날이 맑은 날. 노르웨이 레크네스에 내립니다, 노르웨이 레크네스에 내립니다. 모두 사랑합니다"

미운 놈, 싫은 놈, 지겨운 놈. 이놈들, 오늘 하루만은, 이 레크네스에서 만은, 사랑한다는 말로 대신한다. 모두 사랑스럽다.

7월 중순의 어느 날. 맑은 날이 아니라 구름이 적당히 하늘을 수놓지만 햇볕을 가리지 않는 어느 날. 어촌의 모든 모듬살이와 자연의 자연스러움이 그대로 함께 어울려 눈으로 쏟아져 들어오고 그것은 가슴 깊은 곳에 저절로 자리를 잡는다. 피요르드니, 협곡이니, 자연환경이니 그런 해설, 깎아지른 절벽이라는 표현은 잠시 접어 두자.

이 레크네스의 절벽은 해변 근처에서도 조금의 주저함도 없이 그대로 하늘로부터 바다로 내려 꽂힌다. 오뉴월 여름철에 서투른 아이 다이빙하듯이. 바다는 그 산들을 새침하니 돌아보는데, 그 바다 위에, 산 위에 연 노란색 연정이 살포시 내려 앉는다. 평화가 있다면 이런 것이구나. 그 바다에 들어가지 않으면 오히려 이상하다. 북해다. 그 북해의 한 자국에 발을 담근다. 대구의 냄새, 항구의 냄새. 공기가 너무 좋다. 완벽한 하루다.

노르웨이: 트롬소와 아문젠

트롬소. 노르웨이 북부의 가장 큰 도시, 북부의 파리 (the Paris of the North), 다양한 색채로 가득 차 있는 도시다. 트롬소에 있는 케이블카는 북극권에서 가장 멋있는 광경을 보여준다. 겨울에는 오로라를 보러오는 관광객들로 유명하고, 여름에는 유럽에서 가장 큰 스테인드 글라스를 자랑하는 북극 대성당 (빙하와 극지방 얼음을 형상화해 1965년에 지었다)의 오르간 콘서트로 유명하다.

이 도시를 설명하기 위해서는 빠뜨릴 수 없는 사람이 있다.

아놀드 아문젠 (1872~1928). 단순한 극지 탐험가라고 말한다면 이분의 삶을 과소평가한 것이다. 그가 태어난 1872년에는 한국은, 조선은 아직 개항 전이다. 아문젠은 1893년 약관 21살의 나이에 자신의 삶을 극지 탐험에 바치기로 결정한다. 갈등이 없었던 것은 아니다. 부모님, 특히 어머니의 성화에 못 이겨 지금의 고등학교를 졸업한 1890년 무렵 의학공부를 시작한다. 하지만 무엇인지 모를 열정과 소명에 이끌려 그로부터 3년 뒤인 1893년에 의학 공부를 중단하고 극지 탐험의 길로 들어선다. 순탄했을까? 아니었다. 극지탐험을 위해서는 막대한 자본과 동료가 필요한데, 그는 그 모든 것이 충분하지 않았다. 20대 청년이 무엇을 많이 가지고 있었겠는가. 당시의 시대적 상황과 어우러져 그는 실패에 실패를 거듭했다.

그러다 1911년 12월 14일, 아문젠과 네 명의 동료는 남극점에 도착했다. 그의 나이 만 29세 때의 일이다. 환희에 찼을까? 일행은 베이스 캠프로 돌아오는 도중 운명을 달리했다. 이런 탐험가에게는 실패와 죽음은 거의 일상이었다. 그런 실패와 죽음을 보고도 그는 포기하지 않았다.

우리는 모든 것이 완결된 뒤 지나가듯이 그냥 '그는 포기하지 않았다'라고 말한다. 마치 전능자의 시점인 것처럼. 그 불확실한 시기에 자신의 열정과 꿈만을 믿고 앞으로 나아간다는 것이 쉬운 일이었을까? 더구나 노르웨이를 포함한 유럽은 당시 전쟁이라는 참혹한 시대를 지나고 있었다. 확실한 것은 아무것도 없던 시절, 남극점을 다녀왔다는 성취 외에는 별다른 것도 없던 그 시절, 한참인 30~40대를 거치면서도 그는 계속 그의 열정과 소망을 유지했다. 무엇이 그를 그런 길로 이끌었을까? 성취하지 못해도 성취를 위해 끝없이 나아간다는 것.

1926년 5월 11일, 만 54세에 노르웨이라는 이름의 비행기를 타고 아문젠은 북극점 위를 비행하는데 성공한다. 그리고 북극점 위에 그의 조국인 노르웨이와 이 비행을 뒷받침한 미국과 이탈리아의 국기를 내려보낸다. 몇 번의 실패 뒤에 이룬 성과다. 이로써 아문젠은 남극점과 북극점 양쪽의 극점에 국기를 심은(plant라고 표현한다) 사람으로 기억된다.

만 54세의 나이. 이 정도면 아직 은퇴할 나이는 되지 않았을지라도 대가인 척 유유자적 할 수 있었다. 그로부터 2년 뒤인 1928년 6월 18일, 아문젠은 북극점을 비행하다 실종된 '이탈리아' 비행기의 승무원을 구조하기 위한 비행에 나선다. 그때 그가 탄 비행기의 이름이 '라탐 Latham'이다. 하지만 구조를 하기 위해 이륙한 라탐은 곧 연락이 두절되었고 아문젠과 그의 팀은 실종되었다. 이 경우 실종이 무엇을 의미하는지는 분명하다. 만 56세.

트롬쇠의 북극 대성당을 가기 위해 기나긴 다리를 건너기 직전 붉은 색의 낡은 건물이 있다. 그 건물의 옆에서 아문젠의 동상을 발견하고 그 건물을 주의깊게 보면 그 건물이 북극 박물관 polar museum 임을 알게 된다. 아문젠의 삶을 거기서 다시 확인한다. 그의 마지막 비행을 함께 했던 비행기, 라탐의 모형을 역시 여기서 마주하게 된다.

트롬쇠는 북극 지방을 탐험하는 탐험가들의 출발지였다. 트롬쇠

의 역사를 전하는 북극 박물관 야외 전시장에는 회색 사진으로 점철된 토롬쇠 옛날 사진들이 입간판으로 서 있다. 회색같은 흑백사진이다. 암울한 역사를 새긴 것이 아닌데, 암울해 보인다.

트롬쇠. 해가 뜨지 않는 흑야의 겨울을 지나 백야에서만 활동할 수 있고, 그것도 북극 탐험이라는 중대사와 관련해서만 자신의 존재를 드러내는 도시였다. 이 회색 빛 이미지의 도시는 지금 북극 대성당, 그리고 노르웨이에서 가장 아름다운 전망을 보여준다는 케이블카, 그리고 북극 아쿠리움인 폴라리아를 필두로 연노랑 이미지를 하나씩 더하고 있다. 특히 빙하와 극지방 얼음을 형상화해 지었다는 북극 대성당은 그 주변의 경치와 어울려 감탄을 자아낸다.

핀란드: 하얀과 푸른 몽상에서의 산책

마켓 광장을 걸어간다.

이번 헬싱키 방문은 세 번째다. 두 번째가 짧은 배 여행이었으니 제법 찬찬히 헬싱키를 구경하는 것은 거의 이십년 만이다. 이십년 전 그때, 일하러 와서 비몽사몽 간에 둘러본 헬싱키는 나에게 꿈의 도시였다. 이상적인 도시가 아닌, 아무리 기억을 되살려도 꿈을 꾼 듯한 느낌을 주는 몽상적인 도시였다. 일하러 와서, 시차도 풀리지 않은 상태에서 회의를 하고, 사람을 만나고, 이 마켓 광장을 걸었다. 기억에 남는 것이라고는 국립현대미술관 키아스마, 그곳에서 산 편지칼 letter opener, 조용한 거리를 걸어 다니던 사람들, 그 사이를 희미하게 지나다니던 트램, 중앙 역의 든든한 거인상, 국립박물관에서 다소 놀라며 보았던 핀란드의 역사. 그때의 기억은 내 비망록에 다음과 같이 기록되어 있다.

서울로 돌아와 핀란드를 생각하니, 마치 꿈을 꾸고 돌아온 것만 같다. 일어나면 다 잊어버리지만 하나하나 되살리면 장면 마디 마디마다 그렇게 새로울 수가 없는……

일요일 아침의 사우나. 호텔 9층, 창밖으로 보여지는 회색 빛의 호수와 검은 초록 빛의 침엽수 그리고 그 사이로 솟아오르는 분수는 정지된 스냅으로 남아있다. 빛 바랜 흑백사진의 여운.

전차가 다닌다. 우리 지하철 객차의 반 정도 폭이지만 붐비지 않는다. 머리에 묻은 빗방울을 틀 듯 고개를 돌리면 과거의 벽돌과 현대의 시멘트가 아우러진 백화점들이 서 있다. 전차길은 저 멀리 그대로 나아가고, 오른쪽 옆에는 FORUM이라는 백화점이 아주 부드럽게 시야에 들어온다. 역시 흑백의 톤. 아주 자그마한 다운타운의 정겨운 광경이다. 다시 전차를 탄다. 그리고 내린다. 오른쪽으로 고개를 돌리면 핀란드의 국회. 왼쪽으로 고개를 돌리면 국립현대미술관. KIASMA. 100미터 달리기를 5초쯤 하다 숨이 차 다시 고개를 왼쪽으로 돌리면 국립중앙박물관. 소꿉장난을 하는 듯, 오밀조밀, 아기자기 보기 좋게 서 있다. 숨을 고른 뒤 다시 나머지 100미터 달리기를 5초 쯤 하면 핀란디아라는 국립음악관이 오른쪽에 자리잡는다. 그 앞은 숲이고, 호수며, 그 뒤는 산책길이다. 한려수도를 여행할 때 섬을 하나씩 집어 호주머니에 넣었다면 여기서는 건물을 섬처럼 하나씩 꺼집어내어 시냇물을 건너는 징검다리로 삼는다. 냇물아 퍼져라 퐁당 퐁당 퍼져라.

스웨덴의 식민지 650년. 러시아의 식민지 100년. 1917년에 독립. 그래서 슬픔의 기조가 스며있나? 전차를 내려 큰 교회 앞에 선다. 그

러나 이 교회는 모양만 교회이지 사실은 국립박물관이다. 곰처럼 웅크리고 앉아있는 폼이 사뭇 딱하다. 건물이 그래서인가? 전시품은 정말 보잘 것 없다. 스웨덴과 러시아의 식민지 지배하에 있었던 문화의 잔재가 고스란히 남아있다. 한국으로 치면 우리 문화재는 없고, 일본의 야스쿠니 신사의 잔재와 일본 귀족과 군대의 의복만 남아있는 셈이다. 하기는 750년의 식민지 역사가 아무런 흔적을 남기지 않을 리 없다. 그러니 750년이야.

20년 전의 헬싱키가 짙은 안개에 가린 조용한 흑백도시였다면 지금의 헬싱키는 밝은 햇살 아래 활기가 넘치는 연초록색 도시다. 맞다. 20년 전 그때의 방문이 흑야가 시작되는 무렵이었다면 지금은 백야가 한창일 때다. 그러니 흑야의 흑백과 백야의 초록이 같을 수가 없다. 하지만 그때나 지금이나 시내를 천천히 아주 천천히 트램이 다니는 것은 변하지 않았고, 공항이나 항구에서 여행과 항해의 이미지를 발견하는 것은 어렵지 않았다. 그때 회의를 마치고 호수를 낀 어느 상점에서 일일이 손으로 짠 천연색의 목도리를 샀는데, 그 지점이 어디인지 전혀 기억나지 않는다. 지금 그 천연색 목도리를 파는 곳이 없는 것은 아니지만 알바 알토, 무민 캐릭터, 마리메코가 이미 그 자리를 대신해 버렸다.

마켓 광장에서 점심을 먹는다. 야채와 감자를 철판 위에 튀긴 듯 볶은 것과, 큰 멸치를 삶은 듯 볶은 것을 첨가한 것이다. 소스를 붓고 콜라를 곁들이니 그래 참 좋다. 음식을 파는 핀란드 여인이 하도

예뻐서 허락을 받고 사진을 한 장 찍는다. 내가 예쁘다고 하니 동행자는 건강하다고 한다. 그래서 예쁘고 건강한 미인으로 하기로 한다. 건강하고 예쁜 여인이 낫지 않은가?

하나 잊었다. 핀란드 헬싱키를 기억하게 하는 또 다른 화두는 젊음이다. 그 활기, 그 건강함. 유럽 어디를 가나 만날 수 있었던 어르신들의 모습은 이상하게도 이 도시에서는 잘 보이지 않는다. 어디 집에서 요양이라도 하시는 걸까? 노숙자의 모습 역시 볼 수 없다. 핀란드의 사회 안전망 덕분이라면 지나친 해석일까? 대신 시내의 번화가에서 세 명 혹은 네 명이 클래식 연주를 하는 것을 심심치 않게 볼 수 있다. 거리의 악사인 줄 알고 지나가는데 베토벤 협주곡이 들려 깜짝 놀라곤 했다.

초록색 젊음이 건강하게 웃는 그 거리 옆에는 살자 라인과 같은 인접나라 스웨덴으로 향하던 크루즈가 떠 있고, 헬싱키 주변을 다니는 소형 페리, 수오멘리나 요새로 향하는 페리 역시 분주히 오간다. 고개를 들면 우스펜스키 성당이 보이는데, 다시 고개를 돌리면 갈매기와 사람들이 한데 어울려 댄스를 춘다. 하늘, 구름, 바다, 배, 사람, 갈매기 그리고 연초록.

우스펜스키 성당을 지나 북쪽으로 향하면 옛 항구의 흔적이 나타난다. 규모는 훨씬 작지만 독일 함부르크의 후펜시티를 연상시킨다. 그 작은 부두 앞에서 몇 척의 요트가 떠 있는데 그 앞에서 가슴으로 다가오는 요트 한 척을 만난다. 여행인지, 항해인지 그런 것을 앞두고 있는. 마침 배 이름마저 voyager다.

돌아오는 길 동행자에게 한마디 한다. 내일 모레면 드디어 이번 여행에서 돌아간다고. 그러니 오늘과 내일이 여행의 peak가 아니겠냐고? 돌아오는 말이 의외로 가슴을 친다. 매일이 peak가 아니냐고. 어느 시기를 한창 때라 하고, 무엇을 하는 것을 좋을 때라 하고, 어떤 사람이 인생 최고의 사람이라 하는가? 답은 간단하지 않은가? 지금이 한창 때이고, 지금 하는 것이 제일 좋은 것이고, 지금 만나는 사람이 인생 최고의 사람이라고. 좋은 일도 없고, 나쁜 일도 없고, 한창 때도 없고, 한창 때가 아닌 때도 없고, 최고의 사람도 없고 최악의 사람도 없다. 있는 것은 그렇게 생각하고 반응하는 내가 있을 따름이다. 단지, 지금을 끌어 안을 뿐이다.

핀란드를 떠나 돌아가며

모든 여행. 언젠가는 떠나온 곳으로 돌아가야 한다.

여행으로부터 돌아가는 것은 인생 마지막의 돌아감에 대한 연습이다.

헬싱키의 어느 모서리를 도는 순간, 무의식의 한 가운데로부터 소식이 왔다. 모든 것에 작별을 고한다. 살아오면서 함께 했던 기쁨, 즐거움, 그리고 보람. 그것들과 함께 했던 상처와 고통, 상실에까지.

이별을 통보받고 돌아서던 날, 지하철이 다가오고 있었다.

안녕히 잘 가시라. 잘 지내시기를.

이별을 선언하고 돌아서던 날, 하늘에는 초생달이 떠 있었다.

다른 모습으로 다른 시간에서 그대를 만나기를.

그 방에만 찾아가면 만날 것 같았던 친구가 저세상으로 갔다.

오랜전 일이구나. 잘 지냈니?

아니면 다른 모습으로 내 주위에 있는 거니?

그럴 리 없다고 생각했는데 가장 가까운 친구가 그런 말을 했다.

한동안 상처 입은 짐승처럼 지냈다.

여전히 잘 지내지?

한순간의 판단이 20년을 결정해 버렸다.

괜찮아.

잘 한 일이야. 그럴 수도 있어.

하지 못한 일, 시도하지 못한 일, 중간에 그만 둔 일이 저 앞에 놓여있다.

괜찮아. 이번에 하지 못하면 다음에 하면 되지 않겠어!

이번 생이 아니면 다음 생에서라도.

미안하다. 사랑한다. 그리고 다시 미워한다. 그러나 사랑한다. 이 지구 반대편에서 그 동안의 모든 사랑, 미움, 상처, 고통, 민망함, 부끄러움까지 한순간에 떠나보낸다. 하나하나 떠 올리고, 다시 체험하고, 인식의 한 부분으로 다시 편입하고, 그것들이 이제 사라졌다는 것을 다시 각인한다.

작은 친절과 웃음 (Nothing beats a smile!)

자신을 둘러싼 모든 사람들에게 웃음을 짓는 것. 그 친절과 웃음 하나가 세상을 구할 수 있다. 작은 아이 하나에게 한 것이 나에게 한 것이라는 예수의 말.

괜찮아.

마음 어느 한구석에 미련에, 아픔에, 부끄러움에, 고통에, 민망함에 위축되어 있는 조그마한 아이 하나를 감싸 안는다.

괜찮아, 괜찮아.

그리고는 다시 날아가는 거다.

이 세상을 만드는 언어와 생각을 창조주의 그것과 더 교감하기 위하여,

살아있음 이 자체가 하나의 작품이기 위하여,

이 생을 넘어 저 생으로 넘어가지 않기 위하여,

이 삶이 간결한 하나의 조각이기 위하여,

다시 떠난다.

대서양을 지나 남미로 가며

바다다.

아침마다 눈을 떠 오른쪽으로 눈을 돌리기만 하면 움직이는 바다가 거기에 있다. 몸을 일으켜 발코니로 나서면 소리 없이 시간이 흐르고, 태양이 뜨고, 그래서 사람들이 눈을 뜬다.

새벽, 이른 아침. 14층의 식당으로 들어서면, 그래서 조금 더 발걸음을 분주히 하면 배의 끝부분, 나로부터 멀어져가는 바다를 한눈에 볼 수 있다. 어떻게 표현해야 하나? 한눈에 들어오지 않는다. 아무리 둘러보아도 가로막는 경계가 없는 바다가, 그 바다가 멀어지는 그 정경으로 나를 압도해 온다. 홀로 솟구쳐 그 깊은 곳으로 빠지고 싶을 만큼 유혹적이다. 배가 지나가는 흔적이 하얀 포말로 남지만, 그 포말마저 치명적이다. 바다가 섹시하다면 내가 어떻게 된 것인가.

바다를 보면서도 바다가 그립다. 분명 바다 한가운데에 지나가는 바다를 보며, 다가오는 바다를 보며, 만들어졌다 사라지는 하얀 포말을 보고 있는데, 왜 바다가 그리운 것일까? 그리스와 스페인을 지나면서 그리웠던 그 바다는 니코스 카잔차키스와 오디세우스 때문이었다. 지금은 왜 그런가? 지중해와 에게해의 흔적이 남아있지 않은 이 대서양에서는 왜 바다가 그리운가? 왜 바다가 보고 싶은가?

이 바다를 누가 지나갔을까? 지중해와 에게해는 전쟁과 살육이 평화와 교역으로 위장해 세월을 잡아먹었고, 이슬람과 기독교의 두 정신이 헤게모니 쟁탈전을 벌이느라 인간의 삶과 영혼을 갉아먹었다. 대서양, 이 넓은 바다는 이런 침탈과 억지가 없는 것일까? 이 배가 지나가는 지금의 이 바다는 태초부터 지금까지 아무도 지나가지 않았을지 모른다. 항로가 있고, 나침반이 있다지만 배가 지나간 흔적을 누가 첫사랑이 남긴 앙금처럼 이 바다에 아로새기지 않는다. 단지, 그 기억이 이 배를 따라 흐를 뿐이다.

남미로 간다.

가장 먼저 떠오르는 브라질과 아르헨티나.

바다와 바다를 지나는 그 틈 사이에 집어든 책의 한 구절이 선명히 떠오른다.

War is a cruel master!

이 대륙 역시 전쟁의 기억으로부터 자유롭지 못하다. 차라리 전쟁이라면 나을 수 있다. 결국에는 패자와 승자로 갈릴지라도, 전쟁의 초기에는 그대와 나, 침략자와 방어자의 형태로 맞설 수 있기 때문이다. 일방적인 약탈이라면 이야기가 달라진다. 그것도 인간의 생명을 담보로 한 약탈이라면 전쟁보다 더 악하다. 신대륙 발견에 뒤이어 벌어진 스페인과 포르투칼의 식민지 쟁탈전. 특히 브라질. 가는 곳마다 아프리카의 흔적이 남아있고, 고향을 떠나 이곳에 정착한 그들의 애환과 정서가, 인종과 문화가 브라질의 과거와 현재의 한구석을 차지하고 있다. 아는 바와 같이 브라질은 포르투칼어를 사용한다. 이유는 짐작하는 그대로다.

왜 식민지 쟁탈전이었을까? 전쟁이다. 어느 시대, 어느 땅, 어느 도시를 가도 그 흔적이 남아있는 그 전쟁이다. 인간은 평화를 갈구한다지만, 그것은 전쟁을 욕망하는, 전쟁을 희망하는, 전쟁으로 갈등을 풀고자 하는 인간 무의식의 또 다른 위장일 뿐이다. 전쟁은 위대한 거장이다. 진정. 그 역사적 지층을 파헤치며 또 얼마나 아파해야 하나? 아니다. 이 원시의 흔적이 남아있는 이 대륙에서는 영혼을 갉아먹는 그 잔인한 거장의 흔적을 뒤로 돌리고, 눈 앞에 펼쳐지는 아름다운 해변과 바다와 먹거리의 세계로 빠져들고 싶다. 그렇게 할 수 있을까? 눈앞에서 보여지는 그들의 상처와 고통을 목격하면서, 조금만 관심을 기울이면 역사의 지층에서 번져 나오는 이름 없는 민초들의 신음소리를 들을 수 있는데, 유유자적하게 커피와 코코아를 즐길 수 있을까?

정신을 차리니 다시 바다의 한 가운데. 다시 시간은 흐르고 사람들은 하루를 지탱할 에너지를 얻기 위해, 언젠가는 뒤로 버려야 할, 그 음식들을 탐닉하고 있다. 외롭다. 이 바다 한가운데, 이렇게 많은 사람들의 한 가운데에서 나는 왜 전쟁과 인간의 탐욕과 그 사이에서 스러져간 이름 없는 이들의 상처와 고통, 그 아우성을 생각해야 하나? 맑은 하늘 아래, 인공적으로 만든 풀장에서 한때를 즐기거나, 인공적으로 만든 사우나에서 땀을 흘리며 한때의 즐거움을 누리지 못하고, 왜 나는 나의 살아있음의 이유와 내 상처와 고통의 이유와, 이 세상의 존재 이유와 저 사악한 놈과 저 악마 같은 나라의 번성을 지켜보아야 하나?

나약한 평화주의자 보다는 그리스와 트로이의 전쟁에서 산화한 아킬레우스가 차라리 그립다. 입으로 외치는 평화보다는 중무장한 아킬레우스의 분노가 차라리 그립다. 헤파이스토스가 만든 갑옷과 무구(武具)로 무장하고, 제우스에 덤벼드는 그 아킬레우스. 왜 이 평화스러운 대서양의 한복판에서 아킬레우스인가? 왜 이 대서양에서 복잡하고 미묘하고 그러면서도 한없이 부드러운 아킬레우스가 떠 오르는가? 그래 나도 역시 인간이다. 이 피속을 흐르는 저 난폭함에로의 열망, 살육이 난무하는 대평원으로 말 달려가 뽑아 든 검을 휘둘러 무엇이든 베어버리려는 본능에 가까운 충동. 칼 융은 옳았다. 인간의 집단 무의식에 잠재한 이 원형적인 충동은 나의 것이 아니지만 나의 것이고, 나의 것이지만 나의 것이 아니다. 인간은, 그래서, 난폭함으로의 충동을 넘어서는 새로운 지평이 필요하다. 하지만, 인간의 복잡다단한 심리와 구조와 충동을 글로써, 말로써, 운

율로써 휘몰아친 호메로스여, 그대에게 복이 있으라. 평화주의자의 마음에 깃들인 난폭함을 인식하고, 전쟁광의 분노 속에서 나타나는 평화로의 열망을 그대만큼 이해한 사람이 있으랴. 유럽의 역사에서 그래서 호메로스는 잊혀지지 않는 통찰력과 영감의 근원이 될 수밖에 없다.

모두 바다를 지난다.

하지만, 그 바다를 지나면서 모두가 같은 것을 보고, 모두가 같은 것을 경험하는 것은 아니다. 같은 것을 보고 같은 것을 경험하더라도 그것이 마음에 같은 흔적을 남기는 것도 아니다.

이 바다를 지나며, 나는 전쟁과 평화와 아킬레우스를 떠올렸지만, 누구도 나와 같은 것을 떠 올리지는 않는다. 그것은 그대의 인생일 뿐이다. 하지만, 나는 다시 한번 내 배의 돛을 길게 올리고, 상처와 고통으로 신음하고, 이 인간과 삶과 역사에 실망할지라도, 이것 역시 이 지구상에서 스쳐 지나가는 저 파도의 한 부분에 불과하다는 철부지 깨달음을 부여안고, 진정한 바다로 다시 나선다.

3 장.

무지개의 계절

성찰 1

역설적이지만 살기 위해 여행을 다녔다

프랑스: 파리는 변했지만 변하지 않았다

파리가 달라졌다.

회의 참석을 위해 수십 번 파리를 드나들었다. 심지어는 한 달에 두 번, 그것도 한국으로 돌아온지 삼 일 만에 다시 파리로 되돌아가야 하는 일도 있었다. 그래서 여행 일정을 계획할 때는 가능하면 파리를 피했다. 마지막으로 파리를 들른 때가 동행자를 위해 니스로 가는 도중 파리를 들른 6년 전 무렵이다.

그런데 그 파리가 달라졌다.

유럽을 여행하다 파리로 들어서면 고향으로 돌아온 느낌이었다. 익숙하다는 의미다. 고향의 느낌은 역설적으로 지하철을 중심으로 한다. 출장을 갈 경우, 회의에 참석하기 위해 이용했던 파리의 지하철에서 나던 냄새는 역설적으로 고향의 냄새였다. 고향의 냄새? 사실 그것은 지린내다. 좁은 환승로를 비집고 들어서는 그 지린내는 오래된 파리 지하철을 상징한다. 그런데 이번의 파리 방문에서는 그 지린내를 맡지 못했다. 거의 사라졌다. 기대했던 냄새를 맡지 못해 서운했던 것이 아니라 신기했다.

지하철의 변화는 그것만이 아니었다. 모든 역마다 들어선 것은 아니었지만(확인할 길도 없다) 엘리베이터와 에스컬레이터가 들어선 곳이 많았다. 일을 하기 위해 파리를 들르던 시절, 그 끝도 없던 계단을 캐리어를 들고 끙끙거리며 오르내렸는데 이제는 끙끙거림의 횟수가 줄어들 수 있게 되었다. 이뿐 아니다. 지린내의 원천이기도 했던 지하철 역사가 재단장한 곳이 많아졌고, 지하철이 역에서 멈출 때 시민의 안전을 보장하기 위한 스크린이 도입되었고, 정차하면 손으로 레버를 돌려야 문이 열렸던 낡은 전동차가 저절로 문이 열리는 새 전동차로 환골탈태한 것이다. 브라보. 파리 교통 공단(RATP: Regie Autonome des Transports Parisiens)의 승리인가 프랑스 정부의 공인가?

물론 변하지 않은 것이 더 많았다. 나를 탄복하게 했던 RATP의 로고. 1985년, 그러니 35년 전에 처음 보았던 그 로고는 변함없이 나의 탄성을 자아낸다.

사람의 얼굴을 나타낸 이 로고는 두 가지로 해석할 수 있다. 파리의 지하철과 RER 노선을 인간의 얼굴로 나타냈다는 의견, 그리고 파리를 지나는 세느 강을 사람의 얼굴 모양으로 나타냈다는 의견이 그것이다. 나는 앞의 해석에 한 표를 던진다. 구불구불 이어지는 지하철 노선을 사람의 형태로 표시한 것.

어느 해석이건 탄성을 자아
낸다. 도대체, 어쩌면 이런
아이디어를 떠 올릴 수 있을
까? 지하철이건 세느 강이건
어떻게 모든 것에서 사람을
떠 올릴 수 있을까?

파리를 예술의 도시라고 말하면 이미 식상한 느낌이 든다. 하지만,
보지 못하는 곳에서 보고, 미처 알지 못하던 것에서 새로운 것을 이
끌어내는 능력은 파리가 최고가 아닐지.

이 도시의 매력은 이런 디자인, 이런 감각이 아닐지. 변하지 않은
것은 이 로고만이 아니었다.

관광객이건 여행객이건 파리를 방문한 사람을 후리는 개선문(사실 파리의 개선문은 세 개다)*, 에펠탑, 콩고드 광장, 샹젤리제 거리, 노트르담 성당, 루브르 박물관, 시테 섬, 세느 강의 서안과 동안을 연결하는 각각의 다리들, 오르쉬 미술관과 같은 각종의 미술관, 몽마르트르 언덕과 샤크레쾨르 성당, 심지어는 쁘랑뎅과 라파예트 백화점까지. 그리고 그 주변을 혼이 빠져 배회하고 있는 아시아의 관광객들까지. (최근에는 중국인들이 급증했다).

그 모든 장소를 건너뛰었다. 파리를 자주 드나들던 시절 외양만 보고 들어가지 못했던 퐁피두 센터를 들어갔고, 시테 섬에서 노트르담 성당을 보는 대신 세느 강 서쪽을 두 발로 걸었다. 관광객의 시선을 피해 외진 곳만을 골라 걸었고, 그러다 사실 그다지 볼 것도 없는 퐁네프의 다리를 지나 트릴리 공원을 향해 걸음을 재촉했다. 루브르 박물관을 다시 볼까 주저하다, 나와 동행자 역시 옛날에 다 가본 것이라 주저 없이 트릴리 공원으로 발걸음을 옮겼다. 고백하건대 수십 번 파리를 드나들었지만, 루브르 박물관을 들릴지언정, 이 트릴리 공원을 자세히 본 적은 없었다. 카루젤 개선문(사진 참조)을 찬찬히 보다, 이 공원의 연못 가에 동행자와 나는 자리를 잡고서는 오후의 한때를 한잔의 커피와 사랑에 빠졌다.

10월 파리, 트릴리 공원, 그 안의 호숫 가, 그리고 한잔의 커피. 멋있는가?

---

* 샤를 드 골 광장에 있는 에투알 개선문, 루브르 박물관 앞에 있는 카루젤 개선문, 그리고 라데팡스에 세워진 라데팡스 개선문이 그것이다.

프랑스: 물랑루즈의 춤은 가슴 대신 머리를 치고 나간다

그렇게 시작되었다. 사진이나 영상으로 보던 그대로 한 무리의 남녀 무용수가, 객석의 불이 꺼지자말자, 하얀 옷으로 몸을 감싸 안은 채 무대 위에 나타났다. 울리는 음악, 그리고 갑자기 춤은 시작되었다.

재미있었다. 한 시간 30분 정도 춤을 보면서 제일 먼저 든 생각이 그랬다. 다양한 레퍼토리를 소화하면서, 관객과 호흡도 하면서 그렇게 많은 무용수가 사람들을 몰입하게 만들 수 있다는 것은 놀라웠다. 정말 흥미로웠다.

여성 무용수들이 물랑루즈의 전통 그대로 가슴을 드러낸 채 춤을 선보여서 정말 놀라웠다. 가슴을 드러낸 채라는 표현이 정확하지 않을 수도 있다. 남성 무용수들이 가슴을 드러내는 것을 가슴을 드러낸다고 표현하지는 않기 때문이다. 사진을 찍지 못하게 하는 게 이 때문인가? 하지만 어느 춤에서는 가슴 가리개를 하고 춤을 추기

도 했다. 어느 순간, 가슴을 드러낸 것인지 그렇지 않은 것인지 구
분이 되지 않았고, 사실 그것이 중요하지도 않았다. 그저 흥겨운 춤
이라고 할 수밖에.

살짝 비욘세의 춤 사위가 보이기도 하고, 한국 걸그룹의 칼 군무
가 보이기도 하고, 또 인도네시아를 본 딴 배경이 보이기도 하고,
군무(群舞) 사이에 무용수들이 옷 갈아입는 시간을 확보하기 위해
남과 녀 혹은 남과 남이 서커스의 아크로바틱 무용을 선보이기도
했다. 거대한 수조가 위로 떠 오르면서 여성 댄서가 물뱀을 감싸안
으며 물 속에서 춤을 추기도 하고.

몸, 여성의 몸. 여성 무용수들은 누구도 살찐 사람들이 없었다. 모
두들 그렇게 날씬했다. 관객석을 가득 채운 정상적으로(?) 살이 붙
은 사람들과는 전혀 달랐다. 화려한 의상, 머리 위의 장식, 진한 화
장, 그치지 않는 웃음. 그런 상태의 화려함으로 멈추지 않는 춤. 그
재미있음에 끌려가다 한 편으론 그런 몸을 유지하느라 감수해야 했
을 고생 혹은 노력을 떠 올리곤 했다. 정해진 체중을 넘어설 경우에
는 무대 출연이 제한되고 어떤 경우에는 다른 직업을 찾을 수밖에
없는 그런 사정들. 그러니 눈에 보이는 게 전부가 아니다. 그런 날
씬함 아름다움 날렵함을 유지하기 위해 얼마나 참고 얼마나 희생하
고 얼마나 포기해야 했을까?

물랑루즈의 여성 무용수에 대해서는 물랭루즈의 전 사장인 자키
클레니코 (Jacki Clerico)의 다음과 같은 언급이 아주 인상적이다.

"물랭루즈의 무용수는 혈관 속의 피를 타고 춤이 흘러야 해요. 우리는 즐거운 마음으로 쇼를 만들고 쇼는 당신들에게 웃음을 선사하는 데 목적이 있죠. 우리는 춤 속에 많은 상상력과 재미, 깃털, 보석장식, 모조 다이아몬드를 넣습니다. 아름다움에 대한, 여체에 대한 찬사지요."[*]

그러나 춤들은 눈으로 들어와 머리 위에서 한참을 머물다 아하 하는 탄성으로 밖으로 나갔다. 가슴을 건드리지 못했다. 러시아 볼쇼이 발레단의 발레를 볼 때의 경이로움과는 달랐다. 백조의 호수라는 발레는 눈으로 들어와 가슴을 치고 가슴을 움직이고 그대로 그 안으로 가라앉았다. 오데드를 안무한 수석발레리나를 보며 사람의 몸이 저렇게 아름다움을 표현할 수 있구나, 저런 아름다움이 사람의 몸을 통해 표현되는구나. 그런 느낌. 손목과 팔의 움직임 하나, 위로 들어올리다 아래로 내리는 손가락의 선 하나, 발끝에서 다리 몸을 거쳐 머리 위로 움직여가는 흐름 하나가 가슴을 쳤다. 아름다웠다.

물랑루즈의 춤은 그와는 달리 즐거웠다. 압권은 프랑스 캉캉 춤이었다. 다리를 번쩍번쩍 들어 올리며 그 화려한 의상들이 원을 그리다 선을 그리다 조화를 이루는데 가장 탄성을 올리는 것은 춤을 추는 여성 댄서들이 내지르는 소리다. 아하 혹은 아싸. 대본에 있건 그렇지 않건 상관없다. 그 춤 자체가, 그 소리 자체가, 그날 물랑루즈를 찾은 모든 관객에게 즐거움을 한 바탕 풀어 던진다. 그 배경

---

[*] 칼라 칼슨 (2209), p. 105.

음악은 앉아있는 관객마저 들썩이게 한다. 혁명의 도시, 파리의 밤은 그렇게 깊어간다.

프랑스: 파리는 억압받지 않은 리비도의 도시다

　파리는 무엇인가? 다시 묻는다. 파리는 어떤 도시인가?

　이렇게 표현해도 괜찮을까? 파리는 쌓인 게 없는 도시, 콤플렉스가 없는 도시다. 쌓인 게 없고, 콤플렉스가 없으니 자신의 행동에 대한 쓸데없는 규제나 감독을 하지 않는다. 리비도가 억압당할 이유가 없고, 조금이라도 억압당하면, 무의식으로 내려보내 신경증을 일으키는 것이 아니라, 그 리비도를 그대로 드러내 버린다.

　프로이드는 이 리비도를 성적 에너지의 개념으로 이해한다. 그의 유명한 항문기, 구강기의 개념들은 이런 성적 에너지인 리비도를 배경으로 한다. 유아기에 정상적인 과정의 성적 성장 경로를 따르지 않은 사람들은 성인이 되어 신경증과 같은 다양한 정신적 징후를 드러낼 수 있다. 아들러는 이 성적 에너지를 권력에 대한 지향으로 이해한다. 그의 설명은 프로이드와는 다르지만 그 지향점은 그리 큰 차이를 보이지 않는다. 칼 융은 이런 리비도의 개념을 더욱

e choc »
s

humour.
les méninges »
t

tes ! »

sse et humour »

onie
rsante » ♥♥♥
ope

ots qui cognent.
de choc »

ELLES REVIENNENT EN OCTOBRE !

King
Kong
Théorie Mis
Van
de **Virginie Desp**

avec **Anne Azoula**
Marie Denarnaud
Valérie de Dietrich

éâtre de

telier   Location 01 46 06 49 24 | 1, Place
75018 Pa

확장한다. 성적인 에너지가 리비도의 큰 부분을 차지하는 것이 틀린 것은 아니지만, 리비도는 이것까지 포함한, 삶을 추구하는 활력 혹은 기운으로 이해하는 것이 타당하다는 것이다.

프랑스는 리비도의 나라다. 우선 프로이드 적인 의미에서 성적인 에너지의 과감한 발현은 상상력과 결합하여 하나의 문화적 아이콘이 되고 있다. 앞의 사진은 이런 주장의 작은 사례를 보여주는 것이다. 연극 공연을 알리는 포스터 사진에 여성의 젖꼭지 이미지를 차용하여 사용하고 있다. 또 다른 사례는 콘돔 판매를 위해 만든 광고 사진이다. (사진은 게재 않으니 상상으로 보시기를) 이 광고는 콘돔은 배의 구명정과 같이 당신의 생명을 구원하는 역할을 한다고 이야기한다. 콘돔도 둥글고 배의 구명보트도 둥글다는 것이다.

이런 사진들 혹은 이런 유형의 작품들은 분명 성적인 에너지와 연관이 없을 수 없다. 분명히 성적인 이미지를 차용하거나 혹은 보는 사람에게 성적인 이미지를 떠 올리게 하기 때문이다. 혹 한국에서 저런 형태의 포스터를 제작, 배포한다면 어떤 일이 벌어질까? 풍기 문란이나 최소한 일반적인 국민의 도덕적 기준과 어긋난다는 점에서 사회적 제재가 들어오지 않을까? 아직도 어처구니없는 엄숙함을 유지하는 사람들이 많기 때문이다. 하지만 프랑스는 그렇지 않다. 저게 왜 나빠? 아이디어가 좋지 않아? 사람들의 이목을 끄는데 이런 상상력을 발휘하는 게 왜 나쁘다는 거지?

이런 태도는 어떻게 연결될까? 프랑스의 정치인이 사생아를 가진다? 프랑스 대통령의 부인 나이가 대통령보다 매우 많다? 동성 연애와 동성 결혼을 허용해야 한다? 한국이라면 사회적 이슈가 되고도 남을 일들이 프랑스에서는 단지 '있을 수 있는 일이 아닌가?'라는 한마디로 정리된다. 이런 문제에 관한 한 프랑스의 입장은 단순하다. 성적인 이미지가 타인에게 고통을 주거나 괴롭히거나 폭력을 유발하지 않는 한 그것을 제약할 이유는 없다. 똑같은 이유로, 타인에게 고통을 주거나 괴롭히지 않는 한, 인간의 아랫도리에서 일어난 일로 그 사람을 평가해선 안 된다. 사람도 욕망을 가진 동물이라는 것을 너무 잘 알고 있기 때문이다.

이런 성적인 이미지, 혹은 리비도의 표현에 대한 외부적 제약이 없으면 인간의 상상력은 정말 모든 분야로 뻗어가게 된다. 스스로 규제를 하거나 자기 검열을 하는 일이 없게 된다. 그래서 성적인 리비도에서 출발했지만 이제 그것은 삶 전체를 관통하는 상상력, 발상의 전환, 자유스러움으로 발전하게 된다. 예술의 나라라고 하는 프랑스. 바로 이런 리비도의 제약 없는 발현이 그 기초가 된 것은 아니었을까?

혁명 또한 마찬가지다. 왕과 귀족들의 행패를 운명으로 보고 체념하는 것이 아니라, '지가 언제부터 왕이라고' '배가 고파 죽겠는데 뭐라고' '너만 사람이냐?'라는 저항의 말로 삶의 리비도를 그대로 드러낸다. 그 드러냄이 조금 과격하여 반동과 재반동을 경험하지 않는 것은 아니나, 사회 전체에 흐르는 스트레스를 리비도의 형태로 마음껏 분출했다는 것은 정말 높게 평가하지 않을 수 없다. 리비도를 이렇게 정당하게 분출하면 그 사건에 그리 큰 의미를 부여할 필요가 없다. 프랑스 파리 어디라도 둘러보라. 프랑스 대혁명을 기념한다는 기념관, 박물관 하나 제대로 찾을 수 있는가. 프랑스 사람들은 무엇이라고 할까? 당연한 것 아니냐! 그게 대관절 그리 기념할 일이냐라는 것이다. 그저 정치인들이 7월14일을 프랑스 대혁명일로 기념하니 프랑스 국민은 '아 그날 우리가 스트레스를 제대로 풀은 날이지' 하고 생각할 뿐이다. 옛날이나 지금이나 프랑스 국민들의 가장 큰 관심사는 살아가는 것이다. 제대로 살 수 없거나 노동조건이 맞지 않거나 대통령이랑 정치인들이 하는 일이 마음에 들지 않으면 '엎어버리면' 되는 것이다. 파리를 방문할 때 종종 지하철이나 공항의 파업을 경험한 적이 있다. 놀랍게도 프랑스 사람들 누구도 그런 공공기관의 파업에 쓴소리를 하거나 적대감을 드러내지 않는다. 아니 자기들도 먹고 살아야 하지 않나. 우리도 위에서 하는 일이 마음에 안 들면 저렇게 파업을 하는데, 그럴 때 저들이 우리를 도와야 하지 않나. 그런 태도.

파리는 아름답다. 하지만 파리가 대혁명 기념관이니, 나폴레옹 박물관이니, 마리 앙투와네트 추모비(이런 추모비가 있을 리가 없지만)와 같은 허장성세와 같은 기념물로 가득 차 있다면 누구도 파리를 아름답다 하지 않을 것이다. 자신들이 그토록 아끼는 빅토르 위고 역시 마레 지구에 조촐한 유적이 하나 있을 뿐이다. 대신 빅토르 위고의 소설 레미제라블은 뮤지컬로 각색되고 영화로 만들어져 전 세계를 종횡무진하지 않는가. 인물은 그런 식으로 기리는 법이다. 쌓인 게 없고, 콤플렉스가 없으니 인간의 상상력을 발휘하는 분야에서 기상천외한 작품들이 나오게 된다. 파리의 패션 쇼를 한 번 보라. 일상에서 입을 수는 없지만, 옷은 이래야 한다, 혹은 이런 옷이 우리 삶을 한 번 업그레이드 하는 게 아니냐, 혹은 이런 옷은 참 아름답지 않느냐는 메시지로 가득 차 있다. 물랑루즈의 프렌치 캉캉 춤을 추는 댄서들은 가슴을 그대로 드러낸다. 하지만 아무도 가슴을 드러낸다고 그것을 외설로 생각하지 않는다. 가슴을 드러내고 춤을 추는 그 자체가 프렌치 캉캉 춤의 가장 큰 장점 중의 하나로 드러난다. 나의 억측인가?

스페인: 세비야의 대성당에선 걸음을 멈추어라

어느 해 2월의 어느 날, 세비야의 대성당에 들어가기 위해 줄을 섰다. 세계 3대 고딕성당 중의 하나라 인파로 뒤덮이지 않을까 우려했지만 그렇지 않았다. 적당히 기다리기에 알맞은 줄, 50여 명.

성당에 들어서면 나를 맞이하는 것은 한없이 길고 큰 공간이다. 그 공간은 사람으로 차 있었지만, 그 사람들은 공간을 채우고 있는 것이 아니라 그 공간이 얼마나 큰 가를 역설적으로 보여주고 있었다. 소수의 사람들 이외에는 아무도 아무것도 없다는 점에서 공간은 비어 있었다. 하지만, 공간은 비어있는 것이 아니라, 무엇이라고 말을 걸고 있었고, 나는 안으로 들어가던 발걸음을 멈추고 눈마저 감아버렸다.

어서 오너라. 가지고 온, 어깨에 매고 온 짐을 풀어놓고 잠시 쉬지 않으련? 그렇게 말하는 듯 했다.

성소(聖所)라고 한다. 성스러운 장소. 성당을 보기 위해 온 것인데 이 세비야의 대성당은 내게 성소가 되었다. 성당을 장식한 갖가지의 십자가들은 단순한 장식이 아니라 내 개인의 희망, 절망, 상처, 고통을 이해하고 치유하고 그럼으로써 앞으로 나아가게 하는 힘이 되었다. 죄를 대신 사하는 그리스도. 그렇게 기독교에서는 말한다. 하지만 그날 만큼은 예수의 십자가는 죄와 죄의 사함을 말하는 것이 아니라, 공감과 위로 그리고 치유를 말하고 있었다. 이 지상의 삶에서 생명을 부지하느라 어쩔 수 없이 짊어져야 했던 그런 질곡을 잠시 떨쳐버리고, 그 질곡을 넘어서라고. 질곡이 질곡임은 당신이 이미 잘 알고 있으니, 그것을 당신 앞에 내려 놓고 깊은 휴식을 취하라고. 그렇게 말하고 있었다.

얼마의 시간이 흘렀던가? 잠시 눈을 들어 위를 보니 끝없이 하늘로 치솟는 듯한 천장이 펼쳐지고 있었다. 십자가의 예수를 바라보다 다시 천장을 보니 거기에는 자신의 고통과 상처를 떨쳐버리고, 이 지상의 영욕을 떠나, 위로 날아오르라는 위로와 권유가 가득 차 있었다. 단순한 위로가 아니라, 그 위로의 시간을 가슴에 안은 뒤 이 세상에 다시 돌아오라는, 세상에 얽매이지 않고 세상을 다시 보라는 그런 권유 같았다.

세비야의 대성당, 쾰른의 대성당, 밀라노의 대성당. 고딕양식으로 지어진 세계 3대 성당이다. 신의 도움으로 이 성당들을 모두 방문했다. 내부의 화려하고 장엄한 장식, 거대하고 광활한 내부 공간을

두 눈으로 모두 보았다. 그런데 왜 나는 세비야에서 들은 그 목소리를 쾰른과 밀라노에서는 듣지 못했을까? 화려함으로만 본다면 밀라노가 으뜸이고, 장대함으로만 본다면 쾰른이 으뜸인데 왜 화려함도 못하고 장대함도 다소 부족한 세비야에서만 하나님이 걸어오는 말을 들었을까?

쾰른의 대성당은 세상의 풍파를 지켜온 맏형님 같았다. 구태여 말을 걸지 않더라도 그 자체가 하나의 언어, 하나의 메시지였다. 그러니 구태여 내게 말을 걸지 않더라도 상관이 없다. 밀라노의 대성당은 (아 이런 표현 미안하다) 저잣거리에 내어놓은 때 묻은 보물이었다. 자세히 보면 엄청난 보물인데 너무 많은 사람들이 드나드는 시장 한 가운데 있어, 성당이 아무리 말을 걸더라도 들을 수 없었다. 너무 화려하니 너무 많은 사람들이 모이고, 너무 많은 사람들이 모이니 성당이 본래 가지고 있는 성소로서의 기능, 사람을 치유하고 다시 일으키는 그런 역할을 하지 못했다. 나는 그래서 '때 묻은'이라는 관형사를 첨가한다. 너무 뛰어난 것이 오히려 독이 되었다.

세비야의 대성당 안에는 콜롬부스의 무덤이 놓여있다. 신대륙을 발견한 공로가 있지만, 스페인의 이사벨 여왕은 그 공로를 치하하는 대신 콜롬버스를 홀대했다. 그래서 그는 다시는 스페인 땅을 밟지 않을 것이라고 약속했다. 그가 죽은 뒤 그 유해는 스페인으로 돌아왔지만, 그의 말을 존중하느라 이 성당 안에 있는 콜롬부스의 무덤은 공중에 떠 있다. 콜롬부스의 공과(功過)는 차치하더라도 600여 년을 건너뛰어 이 무덤을 보는 우리 모두에게는 이것은 하나의 희극이자 비극으로 다가온다.

콜롬부스 (1450~1506). 제노아의 Piazza Principe 역 앞에는 콜롬부스의 동상이 있다. 신대륙을 발견하기 위해 떠난 항구가 바로 이 제노아라는 것이다. 바르셀로나의 람블라스 거리로 가는 입구에는 거대한 탑 위에 콜롬부스가 서 있다. 그러니 콜롬부스는 전 유럽이 공유하는 공공재라고 할 수 있다. 아메리카라는 신대륙을 발견했으니까.

콜롬부스가 하필 세비야의 대성당에서 영원한 안식을 취하고 있는 것은 이 대성당이 건네는 공감과 위로가 큰 역할을 했을 것이다. 속으로 묻는다. 콜롬부스 선생님, 신대륙을 발견하는 과정에서 얼마나 많은 신산(辛酸)을 겪었는지요? 칭찬을 받을 때도 있었지만 수많은 비난을 받을 때도 있지 않았습니까? 그게 가치있는 일이었습니까? 당신은 신대륙을 발견했다고 하지만, 그곳에 살고있는 사람들에게는 질곡(桎梏)의 시작이 아니었던가요? 그러니 그게 삶 전체를 걸만한 일이었던가요? 나는 그저 허허 하고 하늘로 웃음 하나를 흘려보내지만 고향을 떠나 먼 길을 항해했던, 그리고 왕들과 수싸움을 하고 선원들과 힘겨루기를 했던 선생님의 고생과 수고는 미루어 짐작합니다. 그러니 이제 다 내려놓고 그냥 쉬시기 바랍니다.

세비야의 대성당이 내 마음을 사로잡았던 또 다른 이유는 지랄다라는 탑이 가지는 상징 때문이다. 그렇다. 이슬람이다. 이 세비야의 대성당은 분명 기독교적 유산이지만, 곳곳에 이슬람의 분위기와 흔적을 가지고 있다. 대표적인 것이 말을 타고 끝까지 올라갈 수 있는 지랄다라는 탑이다. 이슬람이 세비야를 사실상 지배하고 있었을 때 그들이 이 성당에 남긴 흔적 중의 하나다. 이 지랄다라는 탑을 올라가면 그 위에서 세비야 시를 한눈에 내려다 볼 수 있다. 정확히 말하면 세비야 구시가지이다. 대성당과 어울려, 늦겨울의 희미한 황량함과 어울려, 세비야 구시가지는 청량한 분위기를 자아내고 있었다.

그래서인가? 지랄다는 당연히 이슬람 형식과 문양을 가지고 있지만, 이 대성당과 전혀 이질적이지 않다. 마치 원래부터 있었던 것처럼 대성당과 어울린다. 특이하다. 이슬람이 이 도시를 지배할 당시 그들은 조금 고치기는 했지만 이 대성당을 이슬람 사원으로 바꾸지 않았다. 이스탄불에서 만나는 성당인지 사원인지 혼란스러운(?) 건축물을 보면 이건 놀라운 일이다. 배타와 편견이란 그래서 당연히 버려야 한다. 같은 신을 섬기는 두 종교가 이렇게 한 데 어울려 평화와 공존의 분위기를 던지는 것은 지금이라도 배워야 할 것이 아닌가. 전쟁이 나면 당연히 두 진영은 피비린내를 하늘 위로 던져 올린다. 하지만 최소한 문화적으로 이런 공존의 분위기를 보여주는 것은 평가해야 한다.

지랄다를 나서면 단아한 정원이 기다린다. 어딘가 모르게 이슬람의 분위기를 풍긴다. 기독교 대성당에서 이런 정원을 본 적은 없다. 대성당의 십자가, 이슬람과의 아름다운 공존, 지랄다에서 바라본 구시가지의 모습. 지금도 세비야 대성당을 생각하면 떠 오르는 이미지들이다.

하나 더 있다. 세비야 대성당 앞에서 우리는 지친 다리를 취할 장소를 찾고 있었다. 그때 찾은 곳이 색깔의 조화가 눈부신 작은 빵집이었다. 빵과 다과류를 파는 곳이니 카페라고도 할 수 있겠다. 그 카페의 화려한 빵과 에스프레소의 쓴 맛은 (아직 그 때까지는 에스프레소에 설탕을 타지 않았다) 세비야 대성당의 십자가와 함께 잊히지 않는 기억이다.

스페인: 가우디를 위해 울지마라

안토니 가우디 (1852~1926). 바르셀로나를 떠 올리면 가우디가 생각난다. 그가 바르셀로나 시내와 인근에 7개의 건축 유산을 남겼고, 당시의 건축 양식과 시공 기술의 발전에 기여했다는 그런 의례적인 말은 접어두어도 좋다. 그의 대표작인 사그리다 파밀리아, 성가족 대성당을 조금 더 깊이 말하고 싶을 뿐이다.

널리 알려진 바와 같이 성가족 대성당의 외형, 특히 그 외형을 둘러싼 조각들은 유명하다. 가우디가 직접 만든 조각들이 있는가 하면, 그의 사후 다른 조각가들이 첨가한 조각들도 있다. 그 조각들 중 하나는 가우디 자신의 모습을 딴 것도 있다. 그 조각들의 중후함, 그리고 그 조각들을 포용하고 있는 대성당 전체의 모습은 바르셀로나, 스페인, 더 나아가서는 유럽의 대표적인 건축물이라고 부르기에 손색이 없다. 하지만 나는 그 대성당 내부의 스테인드글라스와 이것이 만들어내는 분위기를 이야기하고 싶다. 어줍잖은 시비가 아니라 단지 개인적인 소회, 나의 해석을 말하고 싶을 뿐이다.

스테인드글래스가 어느 정도 완성된 성가족 대성당에 들어섰을 때 그 빈 공간은 세비야의 대성당 때의 경우와 비슷하게 나에게 말을 걸어왔다. 하지만 성가족 대성당이 나에게 던진 말은 세비야 대성당과는 달랐다. 세비야의 대성당이 던지는 말들은 성소가 가지는 경외와 거룩함과 위로였지만, 성가족 대성당은 포근함과 따뜻함과 즐거움의 말을 건네주고 있었다. 그것은 숲속이었다. 성당에서 신의 음성을 듣고 일상의 삶을 벗어나 위로와 참회 그리고 재생의 경험을 하고 싶었는데, 여기서는 지저귀는 새소리와 흐르는 물소리와 나무 사이로 내리비치는 햇빛을 느낄 수 있었다. 따뜻하고 즐거웠지만, 그것은 신과 대면하는 장소가 아니라, 신이 만드신, 아니 그 신도 그것의 일부일 수 있는, 자연과 대면하는 장소였다.

눈을 들어 앞을 보니 예수의 십자가가 보인다. 십자가는 보는 사람의 마음을 흔드는 메시지를 전하는 것이 아니라, 예술적 조형미 즉 공예와 조각이 가지는 아름다움이라는 메시지를 전하는 것 같았다. 아름다웠다. 마음속으로 건네는 신의 목소리 때문에 아름다운 것이 아니라, 예술이 가지는 초월적 아름다움의 일부로서 아름다웠다. 하기는 그 예술적 아름다움을 통해서도 신에게로 다가갈 수 있다. 하지만 대성당의 십자가가 바로 그 자체로서가 아니라 예술이라는 간접적 통로를 통해서 인간에게 다가가야 했는가?

성가족 대성당은 가우디 만의 것이 아니다. 사후 수많은 예술가들

과 수많은 바르셀로나 시민들의 도움과 성원에 힘입어 완성을 향해 하나하나 다가가고 있다. 분명 아름다운 대성당이고, 바르셀로나뿐 아니라 인류의 건축사에 길이 남을 수 있는 걸작임은 분명하다. 나는 그렇지만 그 대성당 안에서 신이 아니라 자연을 만났다. 분명, 색다른 해석이라 해도 할 말이 없다. 가우디의 다른 작품들을 보면 이런 해석에 공감을 할 수 있다. 가우디의 어떤 작품에서든지 그가 자연을 대하고 자연과 함께 하나가 되려는 태도를 느낄 수 있다. 구엘 공원에서 이런 태도를 더 진하게 느낄 수 있지 않을지. 천장이 바닥이 되고, 구릉이 다시 조형물이 되는 구엘 공원은 그 이상 자연 친화적일 수 없지 않을지.

74세의 나이로 유명을 달리한 가우디. 결혼 유무로 사람을 판단하는 것은 어리석다. 하지만 가우디는 그의 인생 말년에 이 성가족 대성당과 결혼했다. 그의 모든 열정과 시간, 그리고 재산을 이 성당을 만드는 데 사용했다. 그는 분명 행복했으리라. 인생의 황혼기에 가슴을 뛰게 만드는 대성당을 짓는 일에 자신의 모든 것을 던질 수 있었기 때문이다. 조셉 캠벨의 말대로 가우디는 그의 bliss(더없는 행복)를 따랐던 것이다.

그가 세상을 떠난 방식에는 깊은 슬픔을 느낀다. 여느 때와 같이 성당으로 가던 때 그는 불의의 교통사고를 당한다. 지나가는 전차에 치인 것이다. 교통사고지만 즉시 병원으로 옮겨져 치료를 받았다면 이 위대한 예술가는 대성당에 조금 더 자기의 흔적을 남길 수 있었을지 모른다. 초라한 그의 행색 때문에, 노숙자나 행려병자로 생각되었고, 뒤늦게 치료를 위해 시내의 이곳저곳으로 무심히 이송 되는 동안 유명을 달리하고 말았다. 그때나 지금이나 도시의 관료 적 행정이란 그럴 수 있을지 모른다. 행려병자 같은 그의 행색이라 는 표현에 깊은 아픔을 느낀다. 나이가 들었지만, 바르셀로나와 한 시대를 대표할 수 있는 건축가인데 그 남루한 행색이 그가 누구인 가를 가린 것이다. 뒤늦게 그가 누구인가를 알게 되었지만 무슨 소 용일까.

　가혹한가, 가혹하지 않은가? 인생의 말년, bliss를 따라가는 삶을 살았지만, 아무도 지켜주지 않는 자리에서 행려병자의 취급을 받으 며 쓸쓸히 눈을 감고 말았다. 삶은 비극인가, 그렇지 않으면 희극인 가? 성가족 대성당을 떠나며 이 거인의 삶을 다시 반추한다.

스페인: 팔마 데 마요르카 Palma de Mallorca, 그 여인들

지중해에 면해 있는 스페인 령의 이 섬.

들르는 섬마다 많은 정보를 가지지 못한다. 섬을 둘러본 뒤의 소회는 품격이 있다는 것. 나중에 알게 된 것이지만 이 섬은 테니스 선수 라파엘 나달의 출생지라고 한다. 결혼도 이 섬에서 했으니. 이 작은 마요르카 섬이 나달로 인해 유명해졌다고 한다. 하지만 그 이전에도 이 섬은 우아함을 유지하고 있었음에 틀림없다.

여행자는 길을 따지지 않는다. 길을 걷다 길을 잃어버려 어느 골목으로 들어섰다. 아직도 그 골목의 이름을 모른다. 우연히 들어선 골목의 상점마저 제 나름의 아우라를 가지고 있었다. 놀라웠다. 진주를 파는 그 상점의 분위기가 장난이 아니어서 주머니가 가벼운 여행객의 어깨는 절로 움츠러들었다. 19세기부터 양식하기 시작했다는 이 섬의 진주는 아름다웠다. 목걸이에 넋을 잃은 여행객이 흥정을 시작한다. 한국과 비교해서는 그 가격이 아주 싸다고 한다. 진

주의 품질을 감별할 능력이 없는 방관자는 그저 필요한 말만을 상점의 주인에게 전달한다. 주인이 하는 말은 여기의 진주는 아주 상품(上品)이 아니라 중간 정도라고 한다. 진솔하게 말했다고 평가해야 하는지, 아니면 상인이 중간 정도라면 실제로는 그 말을 폄하여 한 단계 더 낮게 평가해야 하는지 판단하기 어렵다.

도시를 둘러보고 배로 들어가려다 진주 목걸이를 파는 또 다른 상점 앞에서 걸음을 멈춘다. 살지 말지는 나중에 결정하더라도 일단은 상점 안으로 들어가야 한다. 이 상점, 이 도시가 가지는 분위기가 한곳에 모인 듯하다. 세련되고 품위 있고, 그리고 고풍을 띠고 있었다. 이 상점 안에서 스페인 여인의 다양한 모습을 담은 타일을 발견하고, 주인의 양해를 얻어 사진을 찍었다.

정사각형의 타일에 스페인 여인들의 모습이 담겨져 있다. 타일 두 개만이 다르다. 한 타일에는 명화가 담겨있고, 또 다른 타일에는 담배를 꼬나문 젊은 청년의 모습이 담겨있지만 나머지는 전부 여인들이다. 그것도 아주 다채로운 표정들을 짓고있는. 웃고 있거나, 단정하게 앉아있는 모습도 있지만, 이죽거리거나 시니컬한 표정을 짓고 있는 모습들에는 화가 나기는커녕 마냥 귀엽기만 하다.

이 섬이 가지는 분위기를 이렇게 담는다.

진주 목걸이? 결국 사지 못하고 만다. 이 마요르카 섬에서는 이슬람이 힘을 쓰지 못할 줄 알았는데 도시의 안쪽으로 들어가면 그렇지 않다는 것을 알게 된다. 그냥 지나칠까 하다 5유로의 입장료를 내고 무심히 들른 장소가 이슬람의 목욕시설과 관개시설의 흔적이라는 것은 상당한 놀라움을 안겨준다. 조금 무너졌지만, 정원은 아직도 그 아름다움의 흔적을 간직하고 있었다. 스페인은 이슬람의 잔재 혹은 흔적을 완전히 없애버리지 않았다. 아니 아직 이슬람과 소통하고 있을지도 모른다.

  팔마 델 마요르카에 대한 느낌은 이 도시를 떠나면서 담은 한 장의 사진으로 대신한다. 이것은 배 위에서 찍은 이 도시의 석양 사진이다. 나는 석양이 그렇게 핏 빛처럼 붉게 하늘에 걸릴 수 있음을 알지 못했다.

  사족이다. 나달 때문에 마요르카가 유명해진 것이 아니라, 마요르카 때문에 나달이 그렇게 성공할 수 있었던 것은 아닌지. 마요르카는 풍수로 말하면 품격을 가진 귀인을 배출해 내는 길지(吉地)이다.

스페인: 말라가, 이슬람과 기독교의 그 절묘한 조화

알카사바(Alcazaba). 정말 익숙하지 못한 이름이다. 하지만 이슬람, 성채, 요새, 박물관이라는 단어를 들으면서 이것이 가지는 의미를 이해하기 시작했다. 알카사바는 말라가 시를 이루는 산 능선의 굴곡을 이용해서 11세기에 만들어진 성채다. 당연히 지금은 성채가 아니라 박물관으로 사용되고 있다. 말라가에 있는 이 성채 겸 박물관을 둘러보면 놀라고 또 놀란다.

Gate of Vault라고 불리는 첫 번째 문을 지나 무슬림들의 예배 장소로 사용되었던 두 번째 문(Torre del Cristo, 그리스도의 문)을 지나면 알카사바가 가지는 분위기에 완전히 젖어 든다. 석회암으로 만들어져 자주 보수를 해야 했고, 보수의 흔적이 성채의 곳곳에 남아있지만 가파르지 않은 산 능선을 따라 성채를 오르면 시간과 공간은 십여 세기를 건너뛰어 과거로 되돌아간다.

그래서 11월의 맑은 늦가을 하늘, 파란 하늘과 푸른 바다가 맞닿아 있는 이곳에서 잠시 혼비백산한다. 분명히 스페인 말라가 시의 산 중턱인데, 눈을 감으면 어디선가 코란의 암송 소리가 들리는 것 같고, 불어오는 바람은 모로코에서 맛보았던 짭조름하니 비린 내음을 가득 품은 것 같고, 생각을 모으면 터번을 쓰고 반달 칼을 든 이슬람 전사들이 어디선가 나타나 함성을 지르는 것 같다. 그 모든 풍경과 내음과 소리는 이 성채를 바라보는 마음에 쓸쓸함과 기쁨과 아련함을 동시에 전해준다. 이제는 사라지고 없는 이슬람의 과거의 영화는 매우 쓸쓸하고, 기독교와 이슬람 문화가 혼재한 그 다양함은 영혼을 기쁘게 하지만, 이 성채에서 내려다본 항구는 각종의 배와 방파제가 어우러져 과거의 흔적을 다시 볼 수 없어 아련하다.

알카사바는 말라가 시의 산 정상에 위치한 지브랄파로(Gibralfaro) 성과 연결되어 있다. 그래서 과거에는 알카사바와 지브랄파로가 서로 연결된 하나의 성 혹은 요새로 사용되었다. 하지만 지금은 서로 이어져 있지 않고 있고, 지브랄파로 성을 가기 위해서는 가파른 길을 올라가거나, 다시 시내로 내려가 35번 버스를 타고 먼 길을 가야 한다. 지브랄파로 성. 그 성 위에 난 작은 길을 따라 걸으면 이 성이 얼마나 정교하게 만들어져 있고, 외적을 방비하기에 얼마나 좋은지 알게 된다. 하지만 그런 방어의 우수성에도 불구하고, 다 아는 바와 같이 이슬람 세력은 15세기 스페인에서 추방된다. 시간은 그렇게 흐르는 법이다.

역사를 아는지 모르는지, 이 성 위에서 내려다보는 말라가 시는
아, 아, 아름답다.

11월의 늦가을이라는 시절의 영향도 있겠지만 바다와 하늘과 시
가지가 어울린 모습은 탐스러울 정도로 아름답다. 한참을 우두커
니 서 있다, 하산 길에 오른다. 무어라고 말해야 할까? 역사의 아이
러니를 말해도 좋을 여기서 나는 엉뚱하게도 기뻐서 어쩔 줄 모르
고 있었다. 편견 없이 바라보는 이 아름다움이여. 누가 기독교를 선
(善)이라 하고 이슬람을 악(惡)이라 했는가? 누가 기독교의 십자
군 전쟁을 성전(聖戰)이라 하고, 이슬람의 침공을 악마의 전쟁이라
했는가? 누가 이슬람의 그 문화를 기독교 문화보다 열등하다 했는
가? 나쁜 것도 없고 좋은 것도 없고, 아니 아무것도 판단하지 않고
한 도시에 가톨릭과 이슬람이 사이좋게 어깨를 나란히 하고 있다는
것이 왜 그리 기쁜가? 알카사바에서 보는 정원, 문의 구조, 문양, 토
기, 늘어선 성벽, 구조. 도대체 누가 이슬람 문화와 이슬람에 터무니
없는 누명을 씌웠는가? 세비야에서도, 그라나다에서도 느껴보지
못했던 문화의 공존, 정신세계의 공존을 가슴 깊이 느낀다. 아하, 살
아있는 것은 모두 아름답지만, 죽어서 그 정신의 훈향을 수 세기 멀
리 보내는 것도 더욱 아름답다.

산에서 내려와 다시 알카사바에 다다르니 올라갈 때 보지 못했던
로마 시대 원형극장의 유적이 떡하니 버티고 있었다. 왜 올라갈 때

는 보지 못하던 것이 내려와서야 보였을까? 생각과 마음, 관심과 집중은 그런 속성을 따라 흘러간다. 그러니 오르지도 않고, 내리지도 않고 항상 거리를 두고 있는 게 제일 좋을 수 있다. 고은 시인의 짧은 시가 떠 오른다. '내려갈 때 보았네. 올라갈 때 보지 못한 그 꽃'

기원전 2세기경에 만들어진 로마의 원형극장과 그보다 800~900년 뒤에 만들어진 알카사바가 하나의 앵글로 들어온다. 사진 한 장에 그러니 1000년 이상의 세월이 담긴 셈이다. 로마의 그 광대한 영향력, 그리고 그 로마를 뛰어넘어 나타난 스페인 절대 왕조, 그리고 이슬람의 지배. 한 장의 사진에 정신을 집중하면 이 천년의 세월이 말을 걸어온다. 말라가라는 이 스페인의 항구 도시는 그러니 늙은이다. 하기는 스페인과 유럽 모두가 1000년 심지어는 그 이상의 역사적 지층을 안고 있는 할아버지들인 셈이다.

브라질: 살바도르 데 바이아 Salvador De Bahia, 타운과 시티

브라질 바이아 주의 주도(州都), 살바도르.

배는 5일간의 항해를 마친 끝에 살바도르 항에 도착한다. 멀리서 항구가 보일 때부터 5일간의 울렁거림을 마무리한다는 설레임이 배에 탄 사람들의 얼굴에 보인다. 대서양을 건너느라 배에서 5일을 보냈기 때문이다. 늘 보는 항구이고, 늘 보는 컨테이너 크레인인데도 바다를 건넌 사람들에게는 그게 새로운 모양이다.

1549년. 이 도시가 만들어진 해다. 포르투칼의 카브랄 (Pedro Alvares Cabral)이 이 지역에 상륙하고 연이어 베스푸치 (Amerigo Vespucci)가 이끄는 포르투칼 점령군이 뒤를 이었다. 포르투칼의 식민지, 조금 고상하게는 포르투칼 점령군이 만든 도시. 그게 살바도르다.

현재 바이아 주의 주도이며 인구는 300만 명에 이른다. 이 도시에는 365개의 교회가 있으며, 주민의 65%가 기독교인(아마 가톨릭이 아닐까 싶다)이라고 한다. 1549년 이 도시가 만들어진 뒤, 그로부터 470년. 얼마나 많은 역사적 지층이 쌓였을 것이며, 얼마나 많은 사람들의 고통과 상처가 이를 덮었을 것인가? 달리 생각하자. 얼마나 많은 사람들이 이 고통과 상처를 이겨내고 즐거운 삶을 살았을 것인가?

브라질을 처음 방문한 것은 아니지만 이 도시는 처음이다. 항구에 내려 시가지에 들어서는 순간 나를 반기는 것은 색깔이다. 유럽의 어느 도시에서도, 심지어는 아시아의 어느 도시에서도 보지 못한 원색의 향연이다. 그 원색은 이 항구에 한없이 쏟아지는 햇빛과 어울려, 바다를 건너온 여행객들의 마음을 들뜨게 한다. 470년 전 카브랄과 베스푸치가 이 도시에 발을 디뎠을 때도 아마 이 햇빛과 원색이 그들을 맞이했을 것 같다.

도시를 걸어서 다니기 위해 나서는데 안내 책자의 설명이 조금 낯설다. 도시가 Upper town과 Lower city로 나누어져 있단다. 살바도르는 해변을 중심으로 항구와 항만 시설과 창고가 들어서 있는 city가 만들어져 있고, 교회와 광장, 기념탑 그리고 일반 주택들은 이 city와 분리된 산 중턱에 만들어져 있다. 그래서 town이라 한다. 이 미묘한 이중성. 누가 기획한 것일까? 아니면 자연 지형을 따라 스스로 만들어진 것일까? city의 누추함과 town의 역사성이 묘한 대비를 이룬다. town이라고 호화스러운 주택이 들어선 것은 아니고, 식민지 시대의 낡은 교회와 건축물들이 historic 이라는 이름으로 포장되어 있다. city 역시 낡은 건물들과 다소의 현대적 상업과 업무 시설들이 섞여 있다. 하기는 본격적인 행정과 업무 시설은 여기서 한참을 가야 한다.

환전을 해야 하는데 영어를 하지 못하는 현지인들과 포르투칼어를 하지 못하는 방문객의 대화는 기기묘묘하다. 달러와 브라질 헤알을 말하며 몸짓으로 판토마임을 하니 항구를 지키는 경찰은 그제서야 알아듣고 저 멀리 걸어가 엘리베이터를 타고 도시의 위로 올라가란다. 엘리베이터? 도시를 이동하는데 엘리베이터가 필요하다니. 살바도르의 city와 town은 엘리베이터로 연결되어 있다. 택시를 타고 멀리 돌아가면 어디선가 두 지역은 연결되겠지만, 항구에서는 이게 제일 빠르다. 비용은 0.15 헤알이다. 환전도 안 한 상태에서 돈이 없다고 하니, 경찰은 그냥 타고 올라가란다. 알고 보니 이 엘레베이터의 공식명칭은 Elevador Lacerda이고 1869년에서 1873년까지 4년에 걸쳐 Lacerda라는 엔지니어가 설계하여 만들어졌다고 한다. 이 도시의 기념물이다.

town에 들어서니 역사적 기념물들이 늘어서 있다. 유럽의 역사적 기념물들이 전쟁으로 훼손되고 복원한 역사를 간직하고 있다면 여기 살바도르의 역사적 기념물들은 세월의 무게를 잔뜩 이고 있을 뿐이다. 낡았다. 오래되었다. 하지만, 포르투칼의 유산인 것은 분명한데 유럽과는 그 분위기가 전혀 다르다. 이제는 사라진 먼 첫사랑

의 흔적을 보는 기분이다. 낡아서 그 소멸이 멀지 않은 것 같은데, 그 기념물들은 부드럽다. 이 기분은 뭐지? 산 도밍고 교회, 예수 광장, 아프리카-브라질 박물관, Se 광장. 산 도밍고 교회 앞의 커다란 십자가를 보는 기분은 묘하다. 브라질 사람들의 종교성과 영혼을 부정하는 것은 아니지만, 기독교가 어떤 과정을 거쳐 남미에 전해졌는지 조금 알고 있으므로 그 복잡 미묘한 감정은 숨기기 힘들다. 선교와 약탈. 그 이중성이 이 도시의 town과 city로 나누어져 버렸다면 지나친 단순화일 것이다.

오늘의 주요한 목적지 중의 하나인 호게 아마도 (Joge Amado) 재단으로 간다. 그 재단이 있는 조그만 광장에서는 이 도시의 젊은 이들이 북으로 리듬을 맞추고 있다. 오늘 여러모로 즐겁다. 이 리듬이 몸속으로 파고들면 나도 모르는 사이에 몸을 흔들게 된다. 하지만, 브라질의 민족 작가인 호게 아마도 재단은 문이 닫혀있다. 재단 자체가 문을 닫은 것인지, 방문한 날이 열지 않는 날인지 분명하지 않다. '호게 아마도'라는 이름은 브라질로 가면서 알게 되었다. '가브리엘라: 정향과 계피'는 그의 유명한 소설이지만 읽지 못했다. 살바도르는 그가 태어난 곳이고, 내일 방문할 일혜우스 Ilheus는 소설의 배경이라고 한다. 어떤 사연, 어떤 역사적 지층이 기다릴지 가슴이 설렌다. 사람과 사람이 살아가는 삶, 그리고 그 삶의 궤적인 역사 속에서는 언제라도 해가 뜨고 해가 지고, 비가 내리고, 그런 과정을 통해 한 지층이 만들어진다.

항구로 돌아가기 위해 엘리베이터를 타러 가는 길에 기념품을 파는 노점상을 만난다. 그 노점상의 판촉을 담당하는 살바도르 젊은 여성의 표정이 너무 밝다. 몇 살인지는 가늠하기 어렵지만, 백인도 흑인도 아니고 그렇다고 메스티조도 아닌 계피색에 가까운 갈색 피부와 얼굴. 마음을 잡아끈 것은 그 밝은 표정이다. 브라질의 역사, 현재의 브라질의 경제와 정치. 그리고 브라질이 처해있는 상태를 조금 아는 사람으로서, 그녀의 얼굴은 호게 재단 광장에서 들은 음악의 리듬과 어울려 삶의 또 다른 측면을 보여주는 것 같아 내심 흐뭇하다.

얼마 되지 않는 팔찌 하나를 팔면서 이렇게 밝은 표정을 짓는 젊은 여성이 너무 아름답다. 사진에는 얼굴을 담고, 마음에는 그 기쁨을 담는다. 그 표정은 사뭇 다음과 같이 말하는 듯하다.

'상처와 고통? 아저씨, 그게 뭐예요. 지금 햇빛은 이렇게 밝고, 저 삼바 리듬은 이렇게 나를 움직이고, 아저씨는 내가 파는 팔찌에 관심을 가지는데, 우리는 오늘 행복할 따름이에요. 아저씨, 너무 심각한 것 아니에요? 저 하늘과 바다와, 햇빛과 그리고 나의 젊음이 있는데, 아, 그리고 오늘 이렇게 행복한데 왜 역사의 상처와 고통에 관심을 가지고 그것을 들여다보려는 거예요?'

브라질: 일헤우스와 호게 아마도

호게 아마도, 1921~2001

누구인지도 알지 못했던 브라질의 국민 작가를 오늘 드디어 만난다. 성 세바스찬 교회를 보고 나오니 그 교회 바로 앞에 작은 카페가 하나 있고 그 앞에 의자에 앉아있는 국민 작가가 있다. (사진 참조) 그 카페도 보통 카페가 아니다. '가브리엘라: 정향과 계피'의 주인공들이 만나서 이야기를 풀어 간 카페란다. The Vesuvius Bar. 읽지도 못했던 소설이고 만나보지도 못했던 주인공이고 알지도 못했던 카페이지만 벌써 친숙하다.

부지런히 이야기를 들어본다. 무대는 바로 이 일혜우스. 전근대에서 근대로 넘어오는 시절, 코코아를 둘러싼 작은 부락의 권력관계, 정부와 치정에 얽힌 이야기, 그에 따른 복수 이야기, 그리고 하시드와 가브리엘라의 사랑 이야기. 그런데 제목이 왜 이럴까? 가브리엘라는 사람 이름. 계피는 이 여성의 피부 색깔, 그럼 정향은? 이 여성의 몸에서 나는 냄새란다. 냄새라는 명사에는 좋은 어감이 없으니 '정향 향기가 은은한 몸'이라는 표현으로 대신한다. 읽지도 않은 책에 이런 찬사는 우습지만 그 제목에서 벌써 브라질 내음이 난다. 코코아와 정향, 그리고 계피. 한 시대를 살다간 브라질 사람들의 상처와 고통 그리고 역사적 향내가 난다. 읽어야 할 책 목록에 하나를 추가한다. 여행하면서 하지 않던 일탈을 하나 한다. 호게 아마도의 청동 상 옆에서 다녀간 흔적을 남긴다.

우연히 일헤우스를 관광하는 팀에 몸담게 되었다. 30도에 가까운 열기가 발산하는 지역인지라, 에어컨이 빵빵 나오는 대형 밴이 반갑다. 부두에서 시내까지 그 먼 길을 걸어오지 않아도 좋았고, 땀을 흘리며 열심히 안내하고 사진을 찍어주는 젊은 일헤우스 청년의 태도도 좋았다.

호게 아마도에 반은 홀린 상태라 당연히 그 생가는 들어갈 줄 알았다. 하지만 2달러의 입장료가 있다는 말에 다들 고개를 흔든다. 누구인지 알지 못하는 브라질 국민 작가의 생가를 보는데 2불을 지불할 필요는 없다는 것이다. 혼자서 팀의 일정을 방해할 수 없기에, 눈물을 머금고 뒤돌아 그 생가를 여러 각도에서 기웃거리기만 하다 돌아선다.

조금 시무룩한 상태로 다음 목적지를 향해 간다. 일헤우스는 생각만큼 큰 도시가 아니었고 식민지의 잔재, 전근대의 잔재, 그리고 미개발의 잔재가 남아있는 동남아시아의 어느 개발 중인 도시 같은 느낌을 주고 있었다.

대형 밴이 덜컹거리며 포장이 여기저기 갈라진 길로 들어선 순간, 운전수가 옆으로 살짝 비치는 해변을 가리킨다. 정신을 차리니 왼쪽으로 풍경이 이어지고 있다. '참 아름다운 해변이구나. 언제 끝나지' 하는 순간 다시 물결들이 이어진다.

밴에서 내리자 말자 주위를 의식하지 않고 바로 해변으로 뛰어나간다. 감탄사를 잘 발하지 않지만, 이 풍경을 두고도 감탄사를 발하지 않는다면 그것은 거짓말이다. 솔직히 말한다. 이 해변을 둘러싼 인간이 만든 인프라는 누추하기 짝이 없다. 허름한 방갈로마저 드문드문 늘어서 있어 도대체 사람들의 이목을 끌지 못한다. 하지만, 열병식 하듯 줄지어 늘어선 이 해변, 오가는 사람은 거의 없고 모래사장과 바다와 야자나무와 그리고 파도. 그리고, 그리고 이런 해변이 일 킬로도 아니고 이 킬로도 아니고, 눈이 닿을 수 있는 곳까지 펼쳐져 있는. 어찌 이런 해변이 이렇게도 알려지지 않았단 말인가? 이 광경은 두 눈으로, 두 발은 바닷물에 담그면서 보아야 한다. 사진으로 어찌 이런 느낌을 전할 수 있는가? 하지만 차선으로 나는 앞의 사진으로 소개할 수밖에 없다.

해운대만 하냐고? 탈락. 시드니의 골드 코스트는? 비교할 것을 해야지. 하와이의 해변은? 당신은 하와이의 해변 길이가 얼마라고 생각하느냐? 탈락. 독일 북부의 베르네 뮌데에 있는 그 환상적인 해변은? 그 길이와 폭을 비교한 적이 있느냐? 탈락. 내가 방문했던 해변들을 아무리 떠올려도 이 해변과는 비교할 수 없다. 리오의 코파카바나 해변은? 그 옛날, 일을 하러 리오에 방문했을 때 그 길이와 폭에 감탄한 적이 있다. 내일 모레, 다시 방문하니 이 코파카바나 해변은 유보다.

밴을 타고 항구로 돌아오는 길. 일헤우스의 빈약한 모습이 다시 다가온다. 제3세계. 식민지를 경험한, 한때는 번성했던 하지만 지금은 그렇지 않은, 자연은 여전히 아름다운 도시. 호게 아마도가 도시를 유명하게 한 건지, 도시 때문에 호게 아마도가 유명하게 된 건지 여전히 헷갈리는 곳.

브라질: 리우 데 자네이로 그 안개 속의 도시

강이라는 의미를 가진 리우. 1월이라는 의미를 가진 자네이로. 그러니 리오 데 자네이로는 1월의 강이라는 의미다. 1502년 이 지역을 처음 발견한 사람은 이곳을 강이라고 생각했고 당시가 1월이었기에 이런 이름을 붙였다고 한다. 지명은 사소한 인연을 따라간다. 그로부터 500여 년. 어떻게 변했을까?

배가 리우로 접어드는 시각이 새벽 6시. 왼쪽으로 고개를 돌리면 안개 속에서 빵 산이라 부르는 슈가로프와 예수상이 보이는 코르카도바가 함께 나타난다. 새벽 안개 속에서 두 산은, 예수상을 제외하고는, 500년 전 원시의 모습 그대로다. 엄청나게 큰 예수상이지만 멀리서 보면 거의 안 보인다. 지금 안개 속에서 모습을 드러내는 저 두 산은 리우를 처음 발견한 사람이 보던 그대로일지 모른다. 안개가 옅어지면서 두 산 밑에 자리한 인간의 건축물과 배, 그리고 해안

들이 드러난다. 차라리 이들 모습이 없는 것이 리우를 완벽하게 만드는 것 같다. 자연이 만든 것에 인간이 부적절한 수정을 가한 것이라면 지나친 말인가.

브라질 그리고 리우를 방문하는 것이 두 번째다. 거의 20년 전 방문한 것을 생각하면 처음이라 불러도 무방하다. 기억 속에 남아있는 리우는 햇빛과 내음과 비치, 그리고 코파카바나 해변을 둘러싼 소음이다. 아련하다. 그때와 같이 투어는 예수상과 슈거로프를 방문하는 것으로 시작된다.

20년 전 코르코바도를 방문할 때는 버스와 트램 그리고 계단을 오르내렸다. 하지만 오늘은 트램을 타지 않고 투어 버스가 아닌 브라질 관광처에서 마련한 버스로 더 편하게, 더 빠르게 예수상을 보러 올라간다. 수많은 인파. 90m가 넘는 거대한 예수상을 보는 모든 사람들의 얼굴에는 흥분한 기색이 역력하다. 사람들은 1920년대 만들어진 이 예수상이 어떤 경로로 누구에 의해 어떤 방법으로 만들어졌는지 전혀 궁금해하지 않는다. 양손을 번쩍 들고 온통 카메라 소음이다. 예수상은 브라질 독립 100주년을 기념하여 만든 것으로 동체는 콘크리트로 만든 것이지만 그 외곽은 제각기 타일을 이어 붙인 것이다. 타일은 당시 리오의 가톨릭 교인들의 마음을 모아 만든 것이라 한다. 여보시오. 그게 뭐가 중요하오? 맑은 날, 이렇게 좋은 곳에서 인증샷을 찍는 것보다 중요한 일이 뭐가 있냐는 말이오?

슈거로프는 두 개의 케이블카를 타고 오른다. 해발 300 미터에 불과한데 해변에서 돌연변이 격으로 치솟아 올라 보는 사람들의 마음을 설레게 한다. 첫 번째 케이블카를 타고 중간기착지에 오르면 슈거로프 케이블카 기념물들이 기다린다. 일종의 작은 박물관이다. 어떻게 케이블카를 설치할 생각을 했을까? 구식 케이블카가 슈거로프의 역사를 말해준다. 여기서 보는 리우 만의 경치도 대단하지만 두 번째 케이블카를 내려 만나는 경치는 두 개의 케이블카를 타기 위해 기다리던 시간과 오르던 시간의 지루함을 잊게 해준다. 멀리서 코파카바나 비치가 보인다. 코르코바도에서와는 달리 여기서는 예수상이 작게 보인다. 바다를 가로지르는 세계에서 제일 긴 다리도 보이고, 건너편의 이테나마 비치, 이색적인 호수의 모습까지두 눈에 들어온다. 푸른 창공을 바라보며 기지개를 펴자, 리우가 얼마나 복 받은 도시인지, 그리고 이 복 받은 도시를 확인하기 위해이곳을 방문한 우리가 얼마나 복 받은 사람들인지 생각이 꼬리에꼬리를 문다.

브라질, 아르헨티나: 이과수 폭포를 보지 않고선 폭포를 보았다 하지마라

이과수 폭포는 두 개로 나뉜다. 아르헨티나의 푸에르토 이과수 (Puerto Iguazu)에서 보는 이과수 폭포, 브라질의 포스 두 이과수 (Foz do Iguacu)에서 보는 이과수 폭포. 하나의 이과수 폭포를 인간은 나라와 지명을 들어 두 개로 나누어 버린다. 정작 이과수 폭포는 하나밖에 없다.

이과수 폭포를 보러 여러 갈래의 길을 오르며 나는 두 가지를 생각하고 있었다. 영화 더 미션(The Mission)에 나오는 가브리엘의 오보에. 그리고 이십여 년 전 이과수 폭포를 보러 오르던 그때의 기억. 아마 영화 이야기를 먼저 해야 할 것 같다. 이과수 폭포를 생각하면 이 영화가 흩어져버린 첫사랑의 기억처럼 떠오르기 때문이다.

영화가 시작되면 폭포의 상류로부터 사제를 매단 십자가가 떠내려오다 이과수 폭포 아래로 포말을 일으키며 사라진다. 낙화도 그

런 낙화가 있을 수 없다. 순교다. 그리고는 가브리엘의 오보에다. 가브리엘 신부(제러미 아이언스 분)는 자기가 파견한 신부가 순교하자, 다른 사제를 파견하지 않고 본인이 직접 나선다. 자신을 경계하던 과라니족에게 다가가기 위해 가브리엘은 오보에를 분다. 떨어져 내리는 폭포의 포말과 천둥소리를 능가하는 폭포 소리와 오보에의 선율. 영화 더 미션을 떠올릴 때면 언제나 생각나는 장면이다. 사라 브라이트만은 1998년 이 곡을 작곡한 엔니오 모리코네의 허락을 받아 여기에 가사를 붙인다. 그게 넬라 판타지아다.

그 오보에 소리를 되살리며 걷고 또 걸으면 어느새 악마의 목구멍이라는 절세의 폭포에 이른다. 오보에 소리를 잠시 쉬게 만들면 악마의 목구멍은 정말 악마의 목구멍이 되고 만다. 표현할 길이 없다. 모든 것을 잃어버린다. 소리, 떨어져 내리는 물, 솟아

오르는 포말, 소용돌이, 그리고 그 위를 선회하는 이름 모를 새들,
마지막으로 무지개까지. 브라질 쪽에서는 이 악마의 목구멍을 난간
을 타고 가 폭포의 가운데에서 볼 수 있도록 하고 있다.

여기서는 떨어지는 그 폭포의 물을, 온몸이 젖는 것을 감수하면,
바로 눈앞에서 볼 수 있다. 20여 년 전 이과수 폭포를 처음 보았을
때 그 느낌을 다음과 같이 정리한 바 있다.

"폭포의 한가운데로 나 있는 다리.
기역 자와 니은 자를 연결한 듯한 다리를 이리저리 다니니
물방울이 무지개를 안고 달려든다.
난생처음으로 느껴보는 감격.
그렇게 가까이에서 폭포의 물방울을 보기는 처음.
무리 지어 내리는 물이 마치
신의 눈물 덩어리, 신의 한숨 덩어리,
인간의 더러움에 대한 서러움의 덩어리,
가슴에 찬 격정을 쏟어내리는 덩어리.
닭 똥 같은 이라는 표현이 너무나 어울리는 덩어리.
그런 덩어리가 조금도 쉴 사이 없이 바로 눈앞에서 흘러내린다.
덩어리와 덩어리.
씻어 내린다. 씻어서 보이지 않을 때까지 흘러내린다."

영화 이야기를 좀 더 하고 싶다.

If might is true, then love has no place in the world. (만약 힘이 진리라면, 사랑이 설 자리는 없을 것이다)* 기억나는 것은 이 대목밖에 없었다. 영화 미션에서 가장 인상 깊게 가슴에 새긴 대사이다. 힘과 진리, 사랑과 진리, 선교와 제국주의, 인간의 죄악과 회심.

영화의 마지막 무렵, 회심한 로드리고는 선교마을을 없애버리려는 식민지배 권력에 맞서서, 이전에 놓았던 총과 칼을 다시 집어 든다. 그리고는 그 투쟁에 앞서 가브리엘 신부의 축복을 받으러 간다. 신부는 말한다.

No. If you are right, you'll have God's blessing. If you are wrong, my blessing won't mean anything. (아니오 축복을 할 수 없소. 그대가 맞으면 그대는 이미 신의 축복을 받은 것이고, 그대가 틀리면 나의 축복은 아무런 의미가 없는 것이오).

그러면서 힘이 진리가 되는 세상이라면 자신이 설 자리가 없다는 말을 한다.

이 영화가 실화를 배경으로 한 것이라지만 여러모로 논란이 있다. 하지만, 영화는 가장 중요한 몇 가지를 웅변적으로 말한다. 아마존의 이과수 지역에 살고있는 원주민들의 아무런 동의나 허락 없이, 스페인과 포르투칼은 자기들 마음대로 이 지역의 경계선을 획정한다. 처음은 1494년 토르데시아 조약이고, 그 다음은 1750년의 마드리드 조약이다. 자기들 마음대로 선을 그어 그 오른쪽은 스페인, 그

---

* 이 대사는 balocha.tistory.com에 있는 것을 인용

왼쪽은 포르투칼의 소유로 한다. 과라니족의 선교마을은 애초 스페인이 관할하던 곳이었으나, 이 조약으로 포르투칼이 차지하게 되고, 포르투칼은 인디오 원주민들을 인간이 아닌 노예로 보고, 부려 먹거나 팔아넘기려고 한다. 대항해 시대 이후 스페인과 포르투칼의 영토 분쟁 아래 일어난 남미 원주민 학살이 그러니 이 영화의 배경이다. 유럽, 유럽. 아하.

선교마을을 개척한 신부는 이런 포르투칼의 정책에 당연히 반대한다. 선교마을과 포르투칼의 갈등을 중재하기 위해 교황청이 나선다. 교황청은 세속권력의 눈치를 보느라 신부들에게 선교마을을 해체하고 떠날 것을 권유한다. 그것은 원주민들을 포르투칼의 노예로 넘기라는 것과 다르지 않다. 가톨릭 교황청의 비겁한 현실주의. 자신의 권위를 유지하기 위해 현실 권력과 줄타기를 한 것이다. 예수는 그 어디에도 없다. 사제

들은 반대하나 무력을 가지고 반대하지 않는다. 무저항이다. 하지만 회심한 로드리고는 무력으로 이에 맞서려 한다. 결론? 죽어가는 로드리고의 눈앞에 가브리엘 신부는 원주민들을 이끌고 평화적으로 행진한다. 포르투칼 군대의 총에 맞아 가브리엘 신부가 쓰러지는 장면을 보며 로드리고도 눈을 감는다.

'권력이, 힘이 선이라면 사랑이 설 자리는 없을 것이오' 가브리엘 신부의 이 말은 지금도 울림을 갖는다. 가브리엘 신부는 계속해서 말한다. '만약 그렇다면(힘이 선이라면) 나는 이 세상에서 살아갈 수 없을 것이오.'

조셉 캠벨은 말한다. '교황, 그거 행정직입니다.' 예수의 정신이 시대를 거쳐 재해석되고 다시 살아나지 않으면, 예수는 교회라는 시스템의 틀에 갇혀 기득권을 보호하는 수단으로 전락하고 만다. 중세의 교황청이 그랬다. 그 시대에 교회에는 사랑은 없었고, 죽어가는 이름 모를 사제 혹은 신부에게 그 사랑의 그림자를 찾을 수 있을 뿐이다.

왜 이과수 폭포에서 예수를 생각하고 사랑을 생각해야 하는가? 눈이 찢어지게 아름다운 이 폭포, 모든 것을 쓸어안아 버리는 이 폭포, 아무것도 남기지 않는 이 폭포에서 왜 예수와 사랑인가? 흔적도 남아있지 않지만, 이과수 폭포에도 인디오 원주민들이 살았을 것이고, 그들은 역사적 상처와 고통의 희생양이 되었을 것이다. 그것만으로는 이과수 폭포를 보면서 내내 애통해할 이유가 되지 않는다.

이과수 폭포라는 배경을 통하지 않고서는 로드리고의 회심이 설득력을 가질 수 없다. 모든 것을 씻어 내리고 모든 것을 원초의 상태로 돌려버리는 저 폭포가 아니었다면 어떻게 자신의 동족을 팔아버린 노예 상인을 자신의 형제로 받아들일 수 있었겠는가? 20여 년 전 그때도 그런 생각을 한 것 같다.

"떨어지는 포말을 보면서 세상에 이런 물 덩어리, 이런 광경도 가능하구나 그렇게 생각했다. 그렇구나. 영화 미션이 왜 이곳을 배경으로 촬영을 했는지 이제 그 편린이나마 잡을 수 있다. 사람의 어리석음과 집착, 그 더러운 편견의 싹이 어떻게 제거될 수 있는지는 이런 광경을 통하지 않고서는 결코 설명할 수 없었으리라.

로버트 드 니로. 개심한 악당이 어떻게 그런 눈빛을 하고 하나님과 정의를 위해, 그리고 이과수 폭포에 사는 원주민의 진실과 생존을 위해 자신의 목숨을 던질 수 있었던가? 목숨을 걸만한 모티브를 이과수 폭포는 충분히 제공하고 있다."

비록 영화에서지만 '힘이 정의라면' 이라는 고백은 혹은 독백은 이 세상을 관통하는 하나의 키워드다. 힘이 정의가 되어서는 안된다. 역설적으로 말하면 지금까지 힘이 정의였다. 하지만 무저항주의로 죽어가는 저 가브리엘 신부의 모습이 왜 우리를 울리는가? 왜 사랑이라는 단어가 여기서 울림을 가지는가? 저 무책임한 교황청의 행동이나 식민지 건설을 내걸고 남미를 유린하는 두 유럽 국가의 행동은 어떻게 보아야 하는가? 역사에 정의는 있는가?

"우리 시각에서 식민지화, 이교도에 대한 선교, 문명의 전파 등으로 부르던 것에는 다른 얼굴이 있었다. 바로 해적이나 노상강도에게나 어울리는 얼굴, 먼 곳의 먹이를 찾아 잔인하게 집중하는 맹금의 얼굴이었다."*

이과수 폭포 어디를 둘러보아도 역사적 상처와 고통의 그림자는 흔적도 찾을 수 없다. 어디서나 볼 수 있는 것은 웅장한, 정말 웅장한, 사람의 마음을 흔드는 물줄기가 있을 뿐이다. 언제부터 이 물줄기가 있었을까? 아마 인간의 역사가 시작되기 전부터일 것이다. 지금 이 지역을 자기 것이라고 말하는 아르헨티나와 브라질은 이 폭포에 대한 소유권을 주장할 수 없을 것이고, 그 이전에 여기서 살던 인디오 원주민 마찬가지일 것이다. 이과수 폭포는 그저 오래전부터 존재해 왔을 뿐이다. 아주 옛날부터 있어 온 폭포일 뿐인데 인간이 그저 자기들 것이고, 우리들 것이니 싸워왔을 뿐이고, 그래서 상처니 고통이니 말들을 주고받을 따름이다. 이과수 폭포를 관장하는 신들의 눈으로 보면 기가 찰 따름이다. 스페인과 포르투칼은 상당히 미운 놈들이고, 인디오 원주민들은 상당히 바보일 따름이고, 그 뒤 이 지역을 차지한 혼혈인 브라질과 아르헨티나 인들은 운 좋은

---

* 카를 융 영혼의 치유자, 클레어 던 Claire Dunne 지음 공지민 옮김, 2013년 6월, 지와 사랑. p. 141.

놈들일 따름이다. 하지만, 신들도 만약 어느 한쪽의 편을 들라고 했다면 아마도 바보 편을 들었을 것이다.

마나우스를 보았을 때에도 마찬가지지만 이과수 폭포와 그 일대의 밀림을 보면서 나도 모르게 가끔씩 경건해질 때가 있다. 특히 부에노스 아이레스에서 푸에르토 이과수 공항으로 비행기가 접근해 갈 때, 그 녹색의 정원을 보면서 숨을 죽였다. 인간이 아주 못된 짐승이 아닐까 하는 부끄러움 때문에. 이 정원을, 이 밀림에 대해 인간이 도대체 무엇을 한 것일까?

자연은 하나의 무의식 같다. 인간이 아무리 못된 짓을 하더라도 아무런 반응이 없다. 마치 인간이 상처와 고통으로 자신을 학대하고 편견으로 자신을 잘못 인도하더라도 그럭저럭 살아나가는 것과 같다. 그러다 그 못된 짓이 어느 임계점에 이르면 무의식은 의식의 잘못을 치유하기 위해 일대 변혁에 나선다. 인간에게는 그게 신경증에서 시작해 정신병으로 발전해나가고 급기야는 인격의 와해로 이어진다. 자연의 경우 인간의 못된 짓이 임계점에만 이르지 않으면 아무런 반응이 없다. '인간은 자연을 정복해야 한다'는 잘못된 구호가, 하지만, 어느 정점에 이르면 자연은 도저히 견디지 못하여 그 잘못된 것을 스스로 치유해 나간다. 지진이나 해일, 태풍 혹은 자연재해는 그런 것으로 해석할 수 있다. 하지만, 도저히 스스로 치유해 나갈 정도가 되지 못하면 그런 짓을 한 인간에게로 그 잘못을 되돌린다. 바다의 오염은 먹이 생태계를 통해 인간을 오염시키고,

풍요로운 삶을 위한 공장 건립은 자연 고갈을 통해 인간의 생존을 위협한다. 아이러니하지만, 이것도 어디까지나 인간의 시각일 뿐이다. 자연의 입장에서 인간은 아주 성가시고, 귀찮고, 얄밉고, 그리고 때때로 사악한 존재일 뿐이다. 무의식의 공격이 시작되면 인간은 그 공격을 견디지 못한다. 무의식의 힘은 원천적으로 의식을 압도하기 때문이다. 자연도 마찬가지다. 아무리 생각해도 지금 자연이라는 무의식은 인간이라는 벌레(이런 표현 미안하다)를 향해 공격을 시작할 시점인 것 같다.

1박 2일의 이과수 순례(나는 이것을 순례라고 표현하고 싶다)를 마치고 비행기가 공항을 박차 오르는 순간, 그 밑으로 끝없이 펼쳐진 녹색의 바다를 보면서 나를 포함한, 못된 짐승인 인간들이 자연에 한 짓을 생각하고는 모골이 송연해졌다. 아무런 반응이 없다고, 부드럽게 반응한다고 물로 보지 말아라. 세상에서 제일 무서운 것이 물이다. 가브리엘, 로드리고, 예수, 그리고 물. 아, 이 무슨 발칙한 상상인가?

아르헨티나: 피츠로이에서 외쳐라

 피츠로이. 해발 3,405미터. 한라산(1,950미터)이나 백두산(2,744미터)보다 높지만, 8,848미터의 에베레스트나 8,000미터를 뛰어넘는 수많은 산들보다 낮다. 이런 산을 파타고니아를 찾은 사람들은 아무 질문도 하지 않고 오른다. 파타고니아 트레킹 성지(聖地)의 하나로 불린다. 그 산의 모양새, 그리고 파타고니아의 바람과 빙하와 공기와 황량함과 어울렸기 때문이리라.

 시간이 많지 않은 여행자들은 마을 입구의 곤도르 전망대에서 이 산을 둘러보아도 좋다. 엘 칼라파테에서 출발한 버스가 엘 찰텐 마을 입구에 도착하면 모든 사람들은 버스에서 내려 피츠로이를 방문하는 예절, 국립공원에서의 행동수칙을 들어야 한다. 이때 공원지기(레인저라고 한다)는 이 곤도르 전망대를 슬쩍 언급한다. 이 국립공원 방문객 센터에서 바로 이 곤도르 전망대로 연결된다. 30분의 짧은 거리. 아무도 나서지 않는다. 저 멀리 보이는 피츠로이를 향한 본격적인 트레킹이 기다리기 때문이다.

시간이 어중간하거나 체력에 자신이 없는 사람이라면 피츠로이로 향하는 여정의 카프리 호수 (Laguna Capri, 오른쪽 사진 참조)까지만 가도 된다. 이 호수에서도 피츠로이를 정면으로 볼 수 있다. 이보다 더 갈 수 있다면 근처의 전망대(viewpoint)를 둘러보는 것으로 이 산을 가슴에 안을 수 있다.

망설였다. 일부러 충분한 시간을 내어 왔지만 트레스 호수 (laguna de Los Tres)가 보이는 피츠로이 트레킹의 마지막까지 가야하는지 결정하지 못했다. 마지막 2km 구간이 험난하다는 이야기를 들었고, 국립공원 방문객 센터의 레인저도 매우 힘들고 험난하다고 (very steep) 강조를 했기 때문이다. 일단 가보자. 마지막까지 올라갈지는 험난한 길이 시작되는 포인세놋 Poincenot까지 가서 결정하기로 했다.

트레킹 입구부터 포인세놋까지는 3시간 정도 걸렸다. 엘 찰텐을 벗어나 30분 정도를 오르면 파타고니아의 거대한 평원이 산 사이로 펼쳐진다. 산은 강을 건너지 못하고, 강은 산을 넘지 못한다. 평원은 그 산과 강 사이를 자기 마음대로 달리고 있다. 공간이 주는 해방감은 이토록 크다. 조금씩 바람이 불기 시작하는데 바람, 산, 공기는 왜 이곳이 파타고니아인지, 왜 파타고니아가 바람, 산, 공기를 자랑하는지 분명히 일깨워준다. 정경을 보는 두 눈과 공기를 들이마시는 가슴이 기쁨에 절여진다.

Guillaumet
2574 m

ciar
Blancas

Laguna
Piedras Blancas

Piedras
Blancas
Viewpoint

RP
41

ciar de
Tres

Laguna
e los Tres

una
cia

레스 호수(정상)

Poincenot

Chorrillo
del Salto

Fitz Roy
Viewpoint

Laguna
Madre

1500

Laguna
Hija

Laguna
Capri

카프리 호수

Río de las
Vueltas
Viewpoint

wpoint

una
re

Prestadores

Cº Torre
Viewpoint

El C

P

De Agostini

Río Fitz Roy

Los Cóno
Viewpo

1000

Las Águilas
Viewpoint

Loma

카프리 호수를 지나 포인세놋에 이르는 길은 전형적인 트레킹을 생각나게 한다. 높지도 낮지도 않은 길을 바람을 등에 안으며, 혹은 가슴에 안으며 걷는다. 포인세놋의 마지막 한 시간 구간은 거대한 분지와 초원을 지난다. 지금도 이 구간을 생각하면 어디서 이런 초원과 분지가 태어났는지, 그리고 이 초원과 분지가 왜 이곳의 바람과 이렇게 어울리는지 가슴이 시려온다. (238p, 아래사진) 힘들게 걷다가 눈을 앞으로 돌리면 피츠로이의 기묘한 봉우리가 들어오고, 오른쪽이나 왼쪽을 돌리면 저 멀리 보이는 또 다른 산까지 녹색과 갈색이 묘하게 어울린 초원이 들어온다. 중간중간에 보이는 빙하도 말해야 한다. 걸음을 멈추고 그 자리에 서 있다, 그러다 주저앉고 싶을 정도로 사람을 뒤흔들었다.

그냥 가기로 했다. '지리산 종주도 했고, 설악산을 오르내리기도 했는데 험난하다고 한들 설마 사람이 죽을 정도야 되겠어?' 그런데 정말 그랬다. 결국 과감했던 결정은 한 편으로는 감탄을 자아내는 결과를 가져오기도 했지만, 한 편으로는 '다시는, 다시는' 이라는 다짐을 할 정도로 힘든 결과를 가져오기도 했다. 포인세놋까지 오는 길과 풍경, 느낌들이 너무 좋았지만 말이다.

처음 200미터 구간은 약간 가파른 정도였다. '겨우 이 정도의 경사이면서 사람을 겁나게 했어?' 하는 마음으로 올랐다. 이정표는 한시간이면 도착한다고 되어있었다. 까짓 한 시간. 하지만 세상에. 내가 이런 길을 오르다니. 70도 이상으로 보이는 경사로 된 길이, 그것도 흙이 아니라 자갈로 덮여 있어 자칫 발을 잘못 디디면 미끄러져 내리기 좋은 길이, 위로 오르는 미끄럼틀처럼 끝도 없이 펼쳐져 있었다. 저기만 오르면 조금 평탄하겠거니 하고 올라서면, 수직에 가까운 길이 눈앞을 가로막고, 조금 평탄하다 싶으면 그것을 비웃기라도 하듯 다시 자갈 경사길이 눈앞을 가로막았다.

태어나서 그토록 불평과 욕(부끄럽지만 정말 그랬다)을 많이 한 적이 없었다. 자갈길에 미끄러져 내릴 때마다, 불평과 욕의 대상들을 하나씩 하나씩 꼽기 시작했다.

오만한 놈. 악의에 가득 찬 놈. 건방진 놈. 배신을 일삼는 놈. 무례한 놈. 그리고 자기를 모르는 놈.

사람의 인생을 우울하게 만드는 귀신. 탐욕의 귀신. 주야장천 화를 내게 하는 귀신. 자기를 해치게 하는 귀신. 삶을 포기하게 만드는 귀신. 그리고 그 귀신을 휘두르는 귀신.

역사의 정의를 앗아간 마귀. 포르투칼 마귀. 스페인 마귀. 일본 마귀. 중국 마귀. 독일 마귀. 그리고 제국의 마귀. 그런 인간, 귀신, 마귀에 대해 한마디씩 하기 시작했다. 하지만 아무리 생각해도 듣는 사람의 귀에 착착 감기는 시루떡처럼 찰진 욕은 나오지 않았다.

그러기를 한 시간 반. 힘든 발을 위로 올리는 순간 트레스 호수와 함께 피츠로이의 봉우리가 모습을 드러내었다. (238p, 위 사진)

아무 생각도 나지 않았다. 짙은 녹색과 청색이 섞인 호수의 물과 그 주변을 덮고 있는 얼음, 그 뒤에 병풍처럼 버티고 서있는 봉우리

들. 태초에서부터 거기에 있었다. 피로를 날려버리는 그런 표현, 가슴을 시원하게 하는 그런 상투적인 표현은 이 자리에 어울리지 않는다. 그냥 트레스 호수와 피츠로이 봉우리가 거기에 그대로 있었다. 그냥 주저앉았다. 더 걸을 힘도 없었지만 어떤 말로도 바로 눈앞에 있는 호수와 봉우리를 표현할 수 없었다. 사진으로는 백 분의 일도 표현하지 못한다. 가령 엘찰텐 어느 식당에 걸려있는 피츠로이의 아름다운 사진을 보라. 탄성이 절로 나온다. 선물 가게에 숱하게 널려있는 그림엽서를 보면 막연히 좋다는 느낌이 든다. 하지만 다섯 시간 가까이 걸어 종아리와 무릎과 허리에는 다소의 통증을 느끼고 허기와 목마름으로 아무 생각도 나지 않는 그런 상태에서, 눈앞을 휘어잡는 저 가슴 속 밑의 흐느낌 같은 호수와 봉우리를 보면 그냥 입을 다무는 게 상책이다.

더 있고 싶었다. 아무리 있어도 질리지 않는 경치와 풍경, 그리고 바람이었다. 하지만 70도 가까운 경사의 산은 내려가기도 쉽지 않았다. 어려운 발걸음을 떼기 시작했다. 올라가는데 한 시간 반이 걸렸는데 내려가는 데는 그 반이면 충분하지 않을까. 착각 또 착각이었다. 한 걸음 내려 딛는데 한 세월이 지나는 것 같았고, 한 걸음 아래로 다리를 내어 디딜 때마다 무릎과 허리와 종아리는 클레임을 걸어왔다. 이 산을 오를 때 내어 뱉었던 그 무수한 불평은 하나도 나오지 않았다. 불평도 힘과 기운이 있을 때 하는 법이다. 두 다리로 내려오는 것이 아니라, 두 다리 그리고 두 등산용 스틱, 그러니 네 다리로 기어 내려온 셈이다. 20대 30대의 이국 청년들은 수직에 가까운 그 길을 뛰어 내려간다. 나도 저럴 때가 있었다. 부럽지 않다. 청년은 살아갈 날의 그 무수한 불확실성 때문에 저런 가슴을 부여안을 수밖에 없다. 간신히 기어 내려오니, 동행자가 박수를 친다. 살아서 내려와 고맙다고. 주위를 살피니 나이 든 분들은 다들 나와 오십 보 백 보다. 어느 할아버지는 할머니를 업고 내려온다. 피츠로이는 그렇게 사람의 사이를 가깝게 하기도 한다.

다시 엘 찰텐까지 쉬지도 못하고 먼 길을 걸어 내려온다. 온몸이 쉬라고 말을 하지만 이왕 하는 고생 빨리 끝내고 충분한 휴식을 주고 싶었다. 엘 찰텐으로 내려와 기록을 보니 오늘 내가 10시간, 30킬로를 걸은 것으로 나와 있다. 걸음으로는 4만5천 보. 그것도 산길을. 다시 자료를 보니 포인세놋에서 트레스 호수까지의 표고차가 400m다. 트레킹을 시작하면서 세 시간을 걸어 겨우 350m를 올랐는데, 마지막에는 한 시간 반 가량의 시간에 수직으로 400m를 오른 셈이다. 이런 일이 가능하구나. 다시 하라고 하면 어떨지 모르지만, 트레킹을 끝낸 지금 눈만 감으면 트레스 호수와 피츠로이의 봉우리, 그리고 그 주변 일대를 감싸 안고 있는 파타고니아 지역의 모습이 가슴 밑에서부터 위로 솟아오른다. 무엇 보다 잊지 못하는 것은 그 바람과 공기, 그리고 황량함이다.

숙소로 돌아와 맥주 한 잔을 먹는다. 고맙다. 오늘 나는 내 몸에 커다란 신세를 입은 셈이다. 자네에게 진 신세를 어떻게 갚아야 하지? 일단 오늘은 맥주 한 잔으로 넘어가 주게나. 그 맥주 한 잔이 빈속으로 들어가면서 피로는 조금씩 풀리기 시작했다. 이층 방까지 계단을 올라갈 자신이 없어 엉금엉금 기어 올라가 샤워를 마친 뒤 그 대로 깊은 잠의 골짜기로 들어갔다. 그리스의 아테네 신이 그런 잠을 부어주었나 보다.

고맙네. 내 몸이여. 오늘 큰 신세를 졌네. 지난 10년간 오늘처럼 무리하게 산길을 걸은 적이 없는데도 무탈하게 내려와 주어 고맙네. 60년 이상 나와 동행해 주면서 가끔씩 자네에게 소홀히 한 나를 용서해 주게나. 자네의 그 은공을 내 어찌 모르겠나. 이제 바람이 불거나, 비가 내리거나, 해가 뜨고 지는 사소한 일의 배경에서라도 자네를 생각하겠네.

그러고 보니 내 정신이여. 자네도 고맙네. 고통과 상처 운운하며 오히려 자네를 괴롭힌 감이 없지 않네. 내 예민한 심성으로 하지 않아도 될 마음고생은 또 얼마나 많이 하고, 사지 않아도 될 오해는 또 얼마나 많이 샀는가? 자네가 신음소리를 낼 때마다 내 몸도 따라서 신음소리를 내는 것을 알고 있었네. 이제 새삼스레 다짐하는 것은 우습기도 하지만, 이제 자네를 임의로 고생시키지는 않겠네. 바람이 불거나, 비가 내리거나, 해가 뜨고 지는 그 사소한 일의 배경에서라도 자네를 해방시켜 주겠네.

그 모든 것을 보는 나 자신이여. 이만 모든 것을 접고 모든 것을 감싸 안고 우리가 왔던 그곳으로 돌아가세.

남미를 떠나 다시 유럽으로: 포르투로 가는 길

아르헨티나의 부에노스 아이레스를 떠나 브라질의 상파울로를 거쳐 포르투칼의 리스본으로 간다. 거기에서 다시 기차를 타고 포르투로 가는 먼 일정이다. 한국으로 돌아가는 비행기 삯을 아끼기 위한 불가피한 선택이다. 고단한 여정이다.

상파울로를 떠나면서 이상한 기분이 들었다. 20년 전과 달리 구랄루스 공항은 현대화되어 그 번쩍임을 자랑하고 있었고, 들어선 명품 상점들은 유럽의 어느 공항과 다를 바 없는데, 브라질과 아르헨티나라는 원시의 자연을 떠나 유럽이라는 문명 세계로 돌아가는 기분이 드는 것은 참으로 이해할 수 없는 일이었다.

공항을 떠난 비행기가 정상 고도에 들어선 뒤에야 어느 정도 그 이유를 이해할 수 있었다. 이과수와 파타고니아 때문이었다. 이과수의 물, 덩어리, 밀림과 파타고니아의 바람, 공기, 공간, 황량함 때문이었다. 인간의 손길이 닿지 않는, 인간의 손길이 닿을 수 없는,

인간의 손길이 닿더라도 순식간에 원상태를 회복하는 그 자연 때문이었다. 인간이란 무엇인가라는 질문 자체가 별 의미가 없었다. 자연 앞에서는 인간은 그야말로 좁쌀 같은 존재에 지나지 않았다. 자연과 문명이라는 대립한 개념 앞에서, 문명을 높이 평가하고 자연을 정복 대상으로 삼는 것이 아니라, 오히려 그 반대로 자연 앞에는 문명이란 얼마나 보잘것없고 얼마나 초라한 것인가를 온몸과 마음으로 체험한 셈이다. 문명 세계로 돌아가니 반가운 것이 아니라, 이 자연을 떠나니 처량하기 이를 데 없는 마음이다. 자연이라는 단어가 별로 마음에 들지 않는다. 이과수, 파타고니아, 폭포, 빙하, 피츠로이, 밀림, 공기, 황량함을 어떻게 '자연'이라는 때 묻고 신선하지 않은 단어로 표현해야 한단 말인가? 인간이 만든 문명이란 얼마나 자기 당착적인가?

비행기가 안전고도에 이를 무렵, 나이로비의 수렵 금지 구역인 아티 평원에서 칼 융이 한 다음과 같은 말이 떠올랐다.

"수평선의 가장 끝에서 우리는 가젤, 영양, 누, 얼룩말, 흑멧돼지 등 거대한 짐승 떼를 보았다. 짐승들은 풀을 뜯고 머리를 끄덕이면서 느린 강처럼 천천히 앞으로 이동했다. 맹금의 우울한 울음 외에는 아무 소리도 들리지 않았다. 그것은 태초의 정적이며 언제나 무존재의 상태로 그렇게 존재했던 세상이었다. 그 순간까지 아무도 이 세상이 이러했다는 것을 알지 못했다. (……) 그 때 의식의 우주론적 의미가 선명하게 다가왔다. (……) 인간인 나는 보이지 않는 창조행위를 하고 이 세상에 객관적인 존재의 의미를 부여함으로써 세상을 완성했다. (……) 인간은 창조의 완성에 필수불가결한 존재이며, 사실상 제2의 창조자라고 할 수 있다."

칼 융이 이과수 폭포의 무리지어 떨어져 내리는 물 덩어리를 보고, 폭이 5 km나 되는 모래나 빙하를 보고, 그 빙하의 한 부분이 떨어져 내리는 소리를 듣고, 온몸이 클레임을 제기하는 가운데 피츠 로이의 영봉을 보았더라면 어떤 말을 했을까? 아마도 같은 말을 했을 것 같다.

자연과 문명을 대조적인 것으로 본 나의 인식은 뉴턴 물리학의 세계다. 보는 사람이 있고 볼 대상이 각각 존재하며 이 양자가 서로 관계를 주고받지 않는 (근원적으로 교감하지 않는) 세계다. 이 세계에서는 보는 대상은 보는 사람의 종속물 혹은 지배물이 될 가능성이 높으며, 그래서 양자는 상호대립된다.

인간을 제2의 창조자로 보는 칼 융의 인식은 양자 물리학의 세계다. 보는 사람과 볼 대상이 하나이며, 보는 사람이 없으면 볼 대상이 존재하지 않는 세계다. 보는 사람이 없다고 어찌 모레노 빙하가 떨어지는 소리가 나지 않을 것이며, 보는 사람이 없다고 어찌 피츠 로이가 존재하지 않을 것인가? 이런 질문은 조금만 더 깊이 들어가 보면 틀렸다. 들어주는 사람이 없고, 보는 사람이 없으면 그 대상은 존재하지 않는다. 이런 세계에서 빛은 고정되지 않고 입자이면서 파동이다. 관찰하는 사람이 있고 없고의 차이에 따라 드러나는 형태가 다르다. 그런 의미에서 인간은 신이 창조한 사물을 있게 하는 또 다른 창조자이다.

조금 더 나아간다. 칼 융은 독일이 미친 악마처럼 횡행하는 유럽의 그 절망적인 시대를 헤쳐나간 사람이다. 뉴턴 물리학의 세계에서라면 '저 미친놈의 세상' 하고 절망하고 복수를 꿈꿀 것이지만, 양자 물리학의 세계에서라면 그것을 뛰어넘을 가능성이 생긴다. 욕을 하고(받고), 배신하고(당하고), 모욕하고(당하고), 약탈하고(당하고), 심지어는 사람을 죽이고(죽임을 당하고), 그래서 악마적인 행태가 횡행하더라도 그것을 뛰어넘는 세상이 존재하고 그런 세상으로 나아가기 위해서는 칼 융과 같은 제2의 창조자 적인 깨달음이 필요하다. '고통과 상처가 만연한 이 세상' 하고 부르짖으며 복수의 칼날을 갈 수도 있고, 때로는 그 복수가 필요할 때가 있다. 하지만, 어깨에 떨어지는 죽비처럼 한순간 세상과 나의 관계, 그 존재의 비밀을 기웃거리면 그 고통과 상처, 그리고 그것에 이어지는 복수가 얼마나 초라한 것인지 알게 된다. 그 존재의 비밀을 일초라도 기웃거리고, 찰나일망정 그런 세계가 있다는 것을 알게 되면, 외부로 드러나는 세상의 모순과 상처와 고통에 대해서 일순 슬픈 마음이 들지언정, 복수하거나 밤잠을 자지 못하고 이를 가는 일은 없게 된다. 칼 융이 말한 '신을 만난다' 라는 말의 의미는 이것이 아닐지. 이런 순간을 경험하면 인간과 삶과 역사의 고통과 상처가 아무리 심할지라도 그것이 우리가 살아가는 일상의 해가 뜨고, 달이 지고, 바람이 부는 배경에 지나지 않는다는 것을 알게 된다.

포르투칼의 리스본에 도착할 무렵, 포르투칼을 둘러볼 마음이 나지 않았다. 성당과 기념비와 시청사와 중세의 건물들을 볼 게 틀림없는데 그게 무슨 의미를 가지는지. 살아있는 자연을 내 정신이 경험하고 나니 문명과 자연의 개념에 혼돈이 온 셈이다. 공항에서 지하철을 타고 오리엔테 역으로 가고, 거기서 다시 포르투의 생벤투 역으로 가야 하는데, 브라질을 식민지로 삼고, 아마존 지역의 학살을 자행하고, 대항해 시대 스페인과 자웅을 겨루며 세계를 식민지로 삼아서 물자와 돈을 약탈하기 위해 동분서주한 나라를 왜 보아야 하는지. 몰락이라는 단어는 적절하지 않지만, 과거의 영광은 이제 머나먼 나라의 신화가 된 셈이지만, 남미에서 경험했던 역사의 상처와 고통은, 과거와는 달리, 이 나라를 둘러볼 마음을 거의 사라지게 했다.

공항에 내려 입국 절차를 마치고 오리엔테 역으로 가니 7시 30분밖에 되지 않는다. 새벽 5시 30분에 도착해 입국 절차와 짐을 찾는데 1시간 정도, 이것저것 챙기고 오리엔테 역으로 오는데 한 시간 정도 걸렸다. 예상보다는 훨씬 더 빠르다. 브라질과는 달리 춥다. 그리고 안개가, 아침 안개가 오리엔테 역을 감싸고 있다. 시차와 피곤으로 몽롱한 내 의식을 대변하듯, 뉴턴과 양자 물리학적 세계를 오가는 혼돈을 시사하듯 그야말로 짙은 안개다. 포르투로 조금 빨리 떠나기 위해 기차표를 바꾸려 하니 예매한 금액보다 더 큰 금액을 요구한다. 여행자에게는 버거운 금액이라 포기한다.

에스프레소 한 잔을 시키고 조그만 카페에서 시간을 보낸다. 출

퇴근하는 사람들이 보이기 시작하고, 오래된 책을 50% 할인 판매하는 간이 노점상도 문을 열기 시작하고, 인적이 없던 지하철 창구도 사람으로 붐비기 시작한다. 여느 곳과 다를 바 없이 여기도 생계를 위해 사람들이 분주한 하루를 시작한다. 문명과 자연에 갇혀 있던 내 인식이 안개가 사라지듯 옅어진다. 역사야 어떠했든, 과거야 어떠했든 저기 저 사람들은 오늘 하루의 일상을 영위하는 사람들이고, 리스본의 이 사람들이야, 영광이든 그렇지 않든 과거 역사의 흔적 속에서 함께 발버둥치는 사람들이다. 타박을 해야 할 아무런 이유가 없다. 노숙자나, 도도한 채 짙은 향수를 풍기고 사라지는 여인이나 누구의 시비와 간섭을 받을 여지가 없지 않은가. 리스본에서 포르투로 가는 길의 풍경은 차라리 눈을 감는 게 낫다. 브라질과 아르헨티나의 기억 속에서 벗어나지 않은 채라 누추하고 지루하기 짝이 없다. 하지만 누구의 잘못도 아니지 않은가? 있는 그대로 보이는 그대로가 지금 최선일 따름이다. 식민지를 개척했건 아니건 그것은 스크린 위로 사라진 영화의 한 장면에 불과할 따름이다. 차표를 검사하는 차장의 뚱뚱한 얼굴이 순간 귀여워진다.

4 장.

한 여름의 서늘한 바람

성찰 #2

치유가 안되는 상처는 없다고 콜비츠는 말하지만

독일: 고통과 상처는 드러내어도 좋다

그것을 처음 본 것은 독일 로텐부르크로 가기 위해 들린 젤리겐스 타트 Seligenstadt라는 작은 도시에서였다. 길을 걸어가다 인도의 한 복판에 노란 동판이 있길래 무심코 들여다 보았다.

Friedrich Jaffe, Mathilde Jaffe

짐작하는 것처럼 사람의 이름이다. 어떤 사람들일까? 두 사람은 부부다.

남편 프리드리히 야페 Friedrich Jaffe는 1888년에 태어났고 아내 마틸데 야페 Mathilde Jaffe는 1893년에 태어났다. 두 사람 모두 이 젤리겐스타트라는 도시에서 살아왔다. 1942년 아우슈비츠로 추방되었고 1942년 10월 살해되었다. 구리로 된 명패는 그 사실을 ermoedet라고 표현하고 있다. 살해 murder되었다는 것이다.

이 작은 거리, 아무도 눈여겨보지 않는 길가 모퉁이에 이 도시는, 아니 독일은 자신들이 거의 80년 전에 행한 유대인 학살의 만행과 죄과를 이렇게 드러내고 있었다. 두 사람이 여기서 살다가 수용소로 추방되었고, 독일 국가에 의해 살해되었다. 유대인이라는 이유 하나로.

이런 일화들이 하나의 삽화에 그치는 것이 아니라 독일 전역에 걸쳐있다는 것을 뒤늦게 알게 되었다. 베를린을 방문했을 때는 곳곳에서 이런 구리 명패를 발견하게 된다. 유대인이 밀접해 살았던 지역에서는 거의 무더기다. 유대인이라는 이유로 잡혀가고, 살해당했다. 자랑도 아니고, 부끄럽고 고통스러운 기억들을 담담히 보여주고 있다.

내가 살아남더라도 내 삶은 무슨 가치가 있을까? 바르샤바에 있는 내 고향 누구에게로 돌아가야 하는가? 이 삶 전체를 누구를 위해 무엇을 위해 살아야 하는가? 무엇을 위해 인내하면서 견뎌야 하는가?

베를린의 유대인 학살 추념관에서 발견한 어느 유대인의 편지는 제2차 세계대전, 그 광기의 시대를 지났던 한 인간의 가슴 저린 편지다. 독일 히틀러의 제3제국이 학살한 유대인의 숫자는 600만에 달한다. 그 600만 한 사람, 한 사람이 이런 고통, 이런 허무, 이런 슬

HIER WOHNTE
FRIEDRICH JAFFÉ
JG. 1888
DEPORTIERT 1942
AUSCHWITZ
ERMORDET OKT. 1942

HIER WOHNTE
MATHILDE JAFFÉ
GEB. BACHARACH
JG. 1893
DEPORTIERT 1942
AUSCHWITZ
ERMORDET OKT. 1942

품에 시달렸음에 틀림없다. 그런 고통과 허무, 슬픔에 가슴 저린 공감을 하면서, 한편으론 사실을 있는 그대로 드러내는 독일이라는 나라를 다시 볼 수 있게도 해 준다.

슈톨퍼슈타인 Stolperstein 프로젝트.
독일의 도시에서 숱하게 발견되는 구리 동판들이 독일 정부에 의해서 만들어진 줄 알았다. 내가 틀렸다. 구리동판은 귄터 뎀니히 Gunter Demnig 라는 독일 예술가에 의해 1997년 시작되었다고 한다. 제2차 세계대전 당시 나치에 의해 끌려가고 죽음을 당한 유태인들 (그리고 집시와 희생자들)의 마지막 주소를 찾아, 그곳에 그 사실을 알리는 구리 동판을 설치하는 그런 작업이다. 베를린에서 시작된 것이 이제는 전 유럽의 도시로 번져가고 있다. 인상 깊은 것은 브란덴브루그의 어느 도시에서는 고등학생들이 역사 시간에 삽을 들고 나와서 이 작업을 같이 했다는 것이다. 귄터 뎀니히에 의해 시작되었지만 이제 혼자서 하는 작업이 아니라는 것이다.

들은 이야기다.
바르샤바로 수학여행을 간 독일 학생들이 자신들의 할아버지가 바르샤바의 유대인과 폴란드 국민들에게 한 일의 증거를 눈앞에 보고선 기절해 버렸단다. 아우슈비츠의 그 만행을 보고서는 이해할 수도, 공감할 수도, 상상할 수도 없었던 것이다. 그런 고등학생들이 이제 군터씨와 함께 학살당한 유대인이 마지막으로 살았던 주소를 확인하고 작은 구리 동판을 길바닥에 함께 묻고 있다. 학생들은 동판을 묻으면서 자신의 나라, 자기 나라의 과거에 대해 무슨 생각을 할까?

슈톨퍼슈타인이란 걸림돌, 혹은 작은 장애물이란 뜻이 있다. 길을 걸어가다 잠시 걸음을 멈추고 동판의 의미를 마음속에 새기라는 것이다. 그러니 걸음의 걸림돌이 되지만, 사실은 마음의 걸림돌이라는게 더 정확할지 모른다.

한 국가, 한 사회, 혹은 한 개인이라도 고통과 상처는 아프더라도 햇볕에 드러내는 게 좋을 수 있다. 무슨 자랑이라고 그렇게 하느냐는 반론은 당연히 나온다. 하지만 한 개인(차라리 개인으로 이야기를 하자)이 그 고통과 상처를 이기고 새로운 인격으로 솟아오르기 위해서는 자신의 고통과 상처를 숨겨서는 안된다. 위험이 다가오면 모래 속에 얼굴을 묻는 것으로 그 위험이 없어지지 않는다. 고통과 상처를 직면하지 않으면 그것으로부터 자유로워질 수 없다. 숨기면 그것은 무의식으로 가라앉아 자신도 의식하지 못하는 사이에 자신의 의식과 행동에 영향을 미친다. 하지만 직면만으로 충분하지 않다. 그것을 자신의 일부로 통합해야 한다. 통합이란 그 상처와 고통을 자신의 도약을 위한 새로운 자양분으로 만드는 것을 의미한다.

칼 융은 그것을 개성화(individualization)라는 용어로 표현했다. 고통과 상처를 인격의 한 부분으로 끌어안는 통합, 그리고 그 고통과 상처의 근원이기도 한 인간의 악과 선에 대한 이분법을 넘어서는 통합, 그 통합을 거쳐 자신의 개별성을 확보하고 그럼으로써 인간의 영혼을 한 단계 더 높인다는 것. 상처입은 치유자 (wounded healer)라는 개념은 여기서 나온다. 칼 융은 그 개성화의 과정에서 가장 필요한 것은 '신을 만나는 것'이라고 말한다. 더 정확히 말하면 신을 체험하는 것이다. 신을 체험하는 것, 그것은 조셉 캠벨의 표현으로 바꾸어 말하면 '슬픈 세상에 기쁜 마음으로 참여하는 것'이고 니코스 카잔차키스의 표현을 빌면 '신이 행진하는 리듬을 발견하는 것'이 된다.

상처와 고통으로 신음하는 자, 우선 그 고통과 상처를 저 밝은 곳으로 드러내자. 아프고 힘들어 신음소리가 나오더라도, 그래그래 하며 자꾸 드러내자. 그래서, 그럼으로써 앞으로 나아가자.

독일: 니콜라이 성당에선 인간을 다시 생각해도 좋다

함부르크 시청을 지나다 길을 잘못 들었다. 걸어서 한 시간이면 도심의 모든 것을 볼 수 있는 이 아담하고 작은 도시에서 길을 놓쳐 헤맬 가능성은 그리 크지 않다. 하지만 초행자는 이 작은 도시의 작은 거리마저 익숙하지 못하다. 날씨를 친구 삼아, 햇볕을 가이드 삼아 어느 모퉁이를 도는 순간 거대한 성당이 눈앞을 가로막는다. 정확히 말하면 성당이 아니라 성당의 잔해다. 첨탑. 그것도 파괴되고 그을린 부분이 그대로 드러난 첨탑. 니콜라이 성당이다.

작전명 고모라(Operation Gommorra). 영국을 위시한 연합군은 1943년 7월 24일, 독일 제조업과 경제의 기반이던 함부르크를 궤멸하기로 결정한다. 구약성서에 나오는 타락한 도시의 대명사 고모라. 연합군은 독일과 독일의 함부르크를 타락한 도시 고모라로 간주하고 그 타락한 고모라를 징벌하기 위해 7박 8일간의 공습을 감행한 것이다. 이 공습은 제2차 세계대전 그 당시까지 있었던 공습 중 가장 심한 것이었다. 영국의 관계자들은 이 고모라 작전에 의해 파괴된 함부르크를 독일의 히로시마라고 부르기도 했다. 그만큼 격렬했다.

3만 4천 명. 혹은 3만 5천명. 니콜라이 성당의 지하에 자리한 박물관에서는 이 성 니콜라이 성당에 대한 연합군(정확히는 영국과 미국)의 폭격으로 인해 희생된 함부르크 시민의 숫자를 이렇게 추정하고 있었다. 희생된 이 숫자만 들어도 그 참혹한 심정을 가눌 길 없지만, 폭격으로 폐허가 된 함부르크 시의 모습은 말로는 표현하기 어렵다.

박물관은, 하지만, 이런 참사와 피해만을 강조하지는 않는다. 이런 참사는 독일 제3제국의 공군이 런던과 다른 유럽의 도시를 공습한 것에 대한 반발이라는 것을 분명히 하고 있다. 히틀러의 공군이 런던과 다른 도시를 공습하지 않았더라면 함부르크 참사는 없었을 것이다. 그 균형이 무섭도록 공정하다. 3만 5천 명의 시민이 죽고 그이상의 시민이 부상을 입거나 행방불명이 되고, 수십만 명의 이재민이 발생한 그 공습의 일차적 책임이 히틀러의 제3제국에 있다는 것이다.

그래서 이 박물관에는 이 공습으로 인해 희생을 당한 시민들의 참상을 보여주는 사진이 넘쳐난다. 자갈로 변한 폐허란 바로 이를 두고 하는 말이다. 더 가슴을 아프게 하는 것이 있다. 희생된 시민들

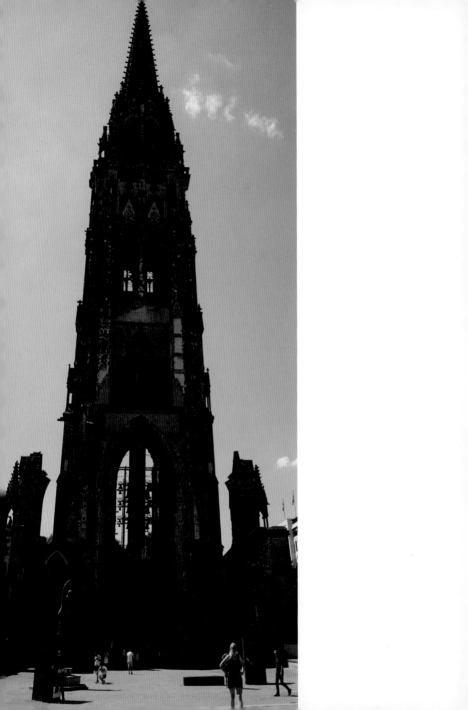

의 시체를 수습한 사람들은 수용소에 있었던 유태인들이었다. 박물관에는 유태인들의 고난과 희생 - 이것 역시 참상이다 -에 대한 자료도 넘쳐난다.

연합군의 공습으로 함부르크와 성 니콜라이 성당이 파괴되었다는 것. 이 공습에 대한 일차적 책임이 히틀러와 제3제국에 있지만, 함부르크 시민의 희생은 엄청났다는 것. 유태인들이 이 사태 수습에 나섰다는 것. 역사는 수많은 사람들에게 고통과 상처를 안긴다.

독일인들은 성 니콜라이 성당을 원상태로 복원하는 대신 제2차 세계대전, 히틀러, 전쟁에 대한 경각심으로 그 폐허를 그대로 남겨두었다. 개성화의 길을 걷는 개인처럼 독일은 자신의 고통과 상처를 있는 그대로 드러내고 있다. 철저한 인식과 함께.

반응에는 반작용이 있는 법이다. 지하 박물관을 관람한 동행자는 마지막 유태인의 학살과 고통에 대한 자료를 보고 나서 심적인 고통을 호소한다. 어두운 세력, 어두운 힘이 가지는 파괴성에 대한 본능적 거리 둠이다. 보고 듣는 모든 것이 어둡고 괴로운 것이라면 그 사람의 심성은 황폐할 수밖에 없다.

함부르크 시청 옆에는 인공으로 만든 호수가 있다. 아무도 눈여겨 보지 않는 유람선 선착장 옆에 덩치만 큰 기념탑이 하나 서 있다.

'우리 시민의 자유를 위해 목숨을 바친 4만 명의 함부르크 젊은

이를 위해 1914~1918' Vierzig Tausend sohne der stadt liessen Ihr leben fur euch 1914-1918.

제1차 세계대전 당시 참전한 함부르크 젊은이들을 위한 추념비다. 하지만 어디를 가도 제2차 세계대전에 참전한 독일 젊은이들을 추념하는 비는, 짧은 견문이지만, 들은 바 없다. 누구의 목숨인들 아깝지 않으랴만 전쟁에서 일차적으로 죽는 것은 젊은이들이다. 그냥 터져 나오는 질문을 허공에 던진다. 누가 전쟁을 시작하는가?

265

독일: 카이저 빌헬름 교회, 다시 희망을 본다

베를린으로 들어선다. 유럽을 숱하게 방문했지만 베를린은 처음이다. 왜 이 도시를 이렇게 늦게 방문하게 되었을까? 계절 때문이리라. 늦봄에서 초가을까지의 기간이 아니면 북유럽을 방문하지 않는게 좋다. 늦게 뜨는 해, 짧은 낮, 일찍 지는 해, 피부로 스며드는 추위, 구름이 잔뜩 낀 흐린 날씨. 일하러 다니는 동안에는 그래서 베를린을 피했나 보다.

베를린의 100번과 200번 버스의 한쪽 종점에 내리면(승전 기념탑 방면) 불타버린 거대한 괴물 같은 건물이 사람들을 맞이한다. 카이저 빌헬름 교회. 정확히 말하면 새로운 카이저 빌헬름 교회는 옆에 다시 지어졌기에, 이 검은색 건물은 카이저 빌헬름 기념관이라고 하는 게 맞다. 제2차 세계대전의 흔적을 그대로 간직한채 다시짓지 않았다. 함부르크의 성 니콜라이 성당, 쾰른의 쾰른 대성당, 그리고 이 베를린의 빌헬름 교회가 제2차 세계대전의 상처를 그대로 간직하고 있는 대표적 기념물이다. 이 교회의 역사는 압도적이다. 기념관의 한쪽을 차지한 벽면에는 이 교회가 과거 어떻게 만들어졌고 누가, 무슨 행사로 이 교회를 이용했는지 사진으로 설명하고 있다.

하지만 이 교회에서 마주친 가장 인상적인 것은 월광 소나타와 네일 크로스(nail-cross)라는 말이다. 월광 소나타는 무엇이고 네일 크로스는 무엇인가, 그리고 이 두 가지는 어디서 어떻게 연결되는가?

월광 소나타 작전(Operation Moonlight Sonata). 이토록 아름다운 이름이 붙은 작전명은 1940년 11월 14일 영국의 코벤트리 시를 폭격한 독일 공군이 지은 것이다. 월광 소나타라는 이름이 가지는 아름다움과 도시를 괴멸시키는 잔인함은 어울리지 않는다. 하지만 그게 역사이며 상상력이다. 독일군의 엄청난 폭격으로 코벤트리 시는 무참히 파괴된다. 그 시에 있는 코벤트리 성당 역시 파괴의 운명을 피하지 못한다. 하지만, 이상하게도 이 성당의 주임 신부는 그 잔해에서 두 가지 형태의 십자가 형상을 목격한다. 하나는 지붕을 지탱하는 새카맣게 탄 두 개의 빔이 성당 제단에 십자가 형태로 떨어진 것이고, 또 다른 하나는 지붕을 만드는데 사용된 못 역시 십자가의 형태로 떨어진 것이다. 반드시 이것 때문인지는 알 수 없지만, 프로보스트 딕 하워드 Provost Dick Howard 신부는 독일의 폭격에 대해 보복하지 않고, 용서와 화해를 위한 기도 운동을 시작하기로 결심한다. 그래서 1940년 크리스마스, 아직 전쟁이 끝날 기미도 보이지 않던 그 시절에 그는 BBC라디오 방송에서 전쟁이 끝나면 한때 총부리를 겨누었던 적들과 '보다 더 친절하고, 보다 더 그리스도 같은 (Christ-like) 세계'를 만들기 위해 협력할 것이라 선언한다.

그것이 유명한 네일 크로스 (못으로 만든 십자가) 연합과 '아버지여 용서하소서'라는 기도문의 시작이다. 그 기도문은 1959년 11월 그 형태가 갖추어졌다. 그 뒤 매주 금요일 정오에 폐허가 된 코벤트리 성당에서 이 기도문은 낭독된다. 잔인과 폭력, 증오와 학살에 대한 화해와 용서의 기도. 그 시작이다. 월광 소나타라는 폭력적인 공습이 화해와 용서를 위한 네일 크로스로 연결된다. 축복인가, 아이러니인가?

하지만, 정작 나의 두 눈을 크게 뜨게 한 것은 이 카이저 빌헬름 교회가 네일 크로스 연합에 1987년 1월 전 세계에서 26번째로 가입했다는 것이다. 그래서 매주 금요일 오후 1시면 카이저 빌헬름 교회의 제단에서 '아버지여 용서하소서' 라는 기도문이 낭송된다. 기도문은 장중한 형태로 사람의 심금을 울리면서 인간 존재의 유한성과 사악성 그러면서도 그것을 뛰어넘을 수 있는 가능성을 열어 주고 있다. 못으로 된 십자가가 폭격의 소용돌이에서 만들어졌다. 예수를 고통스럽게 못 박은 그 못으로 구원과 용서를 상징하는 십자가를 만들고, 그 십자가로서 화해와 용서의 대장정에 나선다.

For all have sinned, and fall short of the glory of the God

(Romans 3, 23)
모두가 죄를 범하였으매 하나님의 영광에 이르지 못하더라
(로마서 3장 23절)

The hatred which divides nation from nation, race from race,
class from class
Father forgive
나라와 나라, 민족과 민족, 계층과 계층을 분리시키는 증오여
아버지여 용서하소서

The covetous desires of people and nations to posses what is
not their own
Father forgive
자기들의 것이 아닌 것을 탐내는 사람과 국가들의 탐욕이여
아버지여 용서하소서

The greed which exploits the work of human hands and lays
waste the earth
Father forgive
사람들이 힘들여 만든 성과를 이용하고 그 쓰레기로 지구를 더럽히
는 탐욕이여
아버지여 용서하소서

Our envy of welfare and happiness of others

Father forgive

다른 이들의 안락함과 행복을 탐내는 우리의 시기심이어

아버지여 용서하소서

Our indifference to the plight of imprisoned, the homeless, the refugee

Father forgive

감옥에 갇힌 자들과, 노숙자들, 그리고 피난민들의 곤경에

대한 우리의 무관심이어

아버지여 용서하소서

The lust which dishonors the bodies of men, women and children

Father forgive

남성들, 여성들, 그리고 어린이들의 몸에 멍에를 지우는 성적인 탐욕이어

아버지여 용서하소서

The pride which leads us to trust in ourselves and not in God

Father forgive

하나님을 의지하지 않고 우리 자신들을 의지하게 만든 우리의 자만
심이여
아버지여 용서하소서

Be kind to one another, tender-hearted, forgiving one another
as God in Christ forgave you (Ephesians 4, 32)
하나님이 그리스도 안에서 너희를 용서한 것처럼 너희도 서로 친절
하고 서로 부드럽게 대하며 서로 용서하라

코벤트리 연합에 가입한 것을 설명하면서 이 교회 기념관의 한 모
서리에는 누가 쓴 것인지는 모르지만 다음과 같은 편지의 사진이
전시되어 있다. 베를린 인터컨티넨털 호텔의 메모지에 2007년 6월
11일 펜으로 적은 글이다.

'나는 이 교회의 예배와 6월 9일 이 교회의 칸타타 서비스에 참석
하면서 드디어 (전쟁을 일으킨) 독일인과 내 아버지를 죽인 독일
과 독일 공군의 조종사를 용서할 수 있게 되었다'(Because of this
church and the Cantata service on June 9, I have been able to
forgive the German people and German pilot for the death of
my father.)

누가 어떤 목적으로 베를린에 와, 자신의 아버지가 어디서 죽음을

맞이한 지는 구체적으로 밝히지 않고 있지만, 화해와 용서가 어떻게 작용하고 있는지를 이 사진은 보여주고 있다. 세계는, 아니 유럽은, 아니 더 좁히면 유대인은 제3제국과 히틀러가 저지른 그 행위 혹은 만행들을 용서한 것인가? 지금 독일은 EU의 중심일 뿐 아니라 세계의 중심으로 살아간다. 그러면 그 죄과는 그 살육의 역사는 용서된 것인가? 용서란 무엇인가? 아니 용서하지 않는다면 그것은 무엇을 의미하는가?

11.6.07

Because of this church and
the Cantata service on June
I have been able to forgive
the German people and
German pilot for the death
of my father George North
Watson R.A.M.C Sept 13, 1943 on
the hospital ship Newfoundland
off Salerno. I believe that
God does too! I feel a lot
better now.

독일: 유대인 학살 추념관, 한없이 슬퍼하자

600만 명. 6만도 아니고, 60만도 아니고, 600만 명이다. 독일 히틀러의 제3제국이 몰락할 때까지 죽여 없앤 (여기서 단순한 죽음이 아닌 '죽여 없앤'이라는 표현을 사용한다. 독일의 유대인 말살 정책은 씨를 말리고 없애는 것이다) 유대인의 숫자다. 이 숫자는 유럽 전역에 걸친 숫자로 추정치에 불과하다. 그렇다면 더 많을 수도 있다. 600만 명을 넘는 유대인의 원한이 전 유럽을 떠돌았다.

브란덴부르크 문에서 엎어지면 코 닿을 거리에 있는 유대인 학살 기념비. 정식 명칭은 Denkmal fur die ermordeten Juden Europas 이다. 유럽에서 학살된 유대인을 위한 기념비. 그 묘한 기념비(추모 공원 같기도 하다)를 일별하다 지하로 들어서면 본격적인 박물관이 펼쳐진다. 히틀러의 제3제국이 집권하면서 유대인 말살 정책이 펼쳐진 과정을 담담하게 기술한다. 상업적 배려는 전혀 없다. 그것이 끼어들 틈이 없지 않은가. 그 설명은 아우슈비츠라는 지명, 그리고 독가스(poison gas)라는 표현에 이르러서는 정점에 이른다. 설명을 읽어 내려가는 사람들의 등골과 간담을 서늘하게 한다. 그 설명을 다 읽은 뒤 오른쪽으로 시선을 돌리면 학살당한 유대인의 사진들이 가벼운 미소를 띤 채 걸려있다. 학살과 미소라니.

왼쪽의 좁은 방으로 들어서면 단편적으로 모은 유대인들의 편지, 일기, 메모 조각이 어두운 방에 환한 불빛, 그것도 바닥에 불빛으로 빛나고 있다. 편지나 일기의 한 부분을 어두운 방의 바닥에 설치된 네모난 화면에 보여주고 있다. 그 내용 한 편을 소개한다.

"내가 살아남더라도 내 삶은 무슨 가치가 있을까? 바르샤바에 있는 내 고향 누구에게로 돌아가야 하는가? 이 삶 전체를 누구를 위해 무엇을 위해 살아야 하는가? 무엇을 위해 인내하면서 견뎌야 하는가?" (번역은 필자 임의)

What is my life worth even if I remain alive? Whom to return to in my old home town of Warsaw? For what and for whom do I carry on this whole pursuit of life, enduring, holding out- for what?

폴란드 바르샤바에 살던 유대인임에 틀림없다. 온 가족, 친척, 지인들이 죽고 난 뒤(학살)에도 과연 살아있을 이유가 있는지 묻고 있다. 그 바닥에는 이웃의 죽음을 목격한 자가 자기 앞에 놓여있는 죽음을 인지하는 글, 도착하지 않을지도 모르는 엽서에 적혀진, 사랑한다며 가족에게 보내진 어린 소녀의 엽서 글들. 그냥, 그냥, 그냥 보고 나온다.

그 방을 지나 바로 옆 방으로 들어서면 신원이 파악된 유대인들의 이름이 벽에 걸린 큰 스크린에 한 사람씩 비쳐진다. 먹먹하니 막혀오는 가슴과 시려지는 눈시울을 어쩔 수가 없다.

도대체, 도대체, 사람이 사람에게, 국가가 사람에게 이런 일을 할 수 있다니.

박물관을 보고 나오는데 박물관의 개선, 유지, 보수를 위해 기부를 하라고 한다(박물관의 입장료는 무료다).

　박물관을 위해서는, 전쟁의 참상을 인류가 지켜보기 위해서는 당연히 기부를 해야했다. 하지만 박물관에서 본 것들이 너무 충격적었는지, 혹은 나치 독일에 대한 미움 때문이었는지, 순간적으로 나도 모르게 엉뚱한 말을 내뱉고 말았다. "Absoloutly No."

　박물관을 나오면 묘한 기념비들이 여행객을 맞이한다. 낮고 작은 사각형의 기둥을 지나면 높고 큰 사각형의 기둥들이 나타나고, 그 사이에는 한 사람만이 지나갈 수 있는 미로 같은 작은 길들이 펼쳐진다. 그러니 여행객들은 그 작은 미로 사이를 한 사람씩 지나간다. 그러다 자기 키보다 높은 기둥에 가로막히면 알지 못하는 공포가 번져나가는 것을 느낀다. 7월 하순. 절정에 이른 여름. 하지만 이 사각형의 기둥에 사로잡히면 더위를 느끼지 못한다.

독일: 브란덴브루크 문, 눈물어린 무지개 계절

베를린 중앙역에서 국회의사당을 거쳐 모퉁이를 도는 순간 브란 덴부르크 문이 보이기 시작했다. 사진으로 숱하게 보았지만 두 눈으로 그 자리에서 실물을 보는 순간의 감회, 그 현장감은 남다르다.

브란덴부르크 협주곡. 요한 세바스찬 바흐의 곡. 브란덴부르크 문이 만들어지기 전에 작곡된 것이라 브란덴부르크 문과는 직접적인 관련이 없지만, 이 문을 생각할 때면 언제든지 이 협주곡이 생각난다. 음악에 문외한이라 이 곡의 가치를 평가할 재주는 없다. 7월의 어느 더운 날. 이 브란덴부르크 문을 쳐다보면서, 이 협주곡의 느낌을 되살리려는데 무의식의 어느 구석엔가 스며있던 노래가 떠오르기 시작했다.

목련꽃 피는 언덕에서
베르테르의 편지를 읽노라

구름 꽃 피는 언덕에서
피리를 부노라

왜 브란덴부르크 문 앞에서 이 노래를 떠 올리는가? 베르테르? 괴
테의 베르테르의 연가? 그럴 수도 있다. 오전인데도 달아오른 여름
의 열기로 몸을 움직이기도 불편한데, 왜 어느 봄날의 언덕에서 베
르테르의 편지를 읽는, 그래서 피리를 부는 이 노래를 떠 올리는가?
브란덴부르크 문. 프러시아 왕국의 영광을 기념하기 위해 카를 랑
한스가 1791년에 완성한 이 문의 젊은 날은 화려했다. 전쟁에 승리
를 거두고 돌아오면 이 문을 통과해 영광을 스스로 기리고자 했다.
베르테르의 편지와 같은 그런 젊은 날이다. 누가 무어라고 해도 언
덕, 구름이 흘러가는 그 언덕에서 전승가를 불렀다. 문 위에 장식된
승리의 쿼드리가(Quad-riga: 브란덴부르크 문 위에 조각된 그리
스 여신 에이레네와 그녀를 끄는 청동 말 4마리의 조각)는 말 그대
로 사방을 호령했다.

아아 멀리 떠나와
이름 없는 항구에서 배를 타노라

시간이 너무 흘렀다. 프러시아의 영광을 기리기 위해 만들어진 이
문은 어느새 프랑스 나폴레옹의 영광을 기리기도 했고, 문 위의 쿼
드리가는 프랑스로 실려 가기도 했다. 우여곡절 끝에 이 쿼드리가

는 다시 브란덴부르크 문으로 돌아와 독일의 영광을 드높이게 되었는데, 제3제국의 히틀러와 제2차 세계대전의 패망은 이 문을 베를린 분단의 상징으로 만들었다.

멀리 떠나왔다. 처음 만들어질 당시의 그 모습, 그 형태에서 너무 다르게 변했고 너무 많은 우여곡절을 겪었다. 베르테르의 편지를 읽고 구름 언덕 위에서 피리를 불던 그 시절, 그 모습은 지나갔다. 어느 항구에서 배를 탈지 모르고, 어느 기차역에서 그리운 정인과 이별을 할지 모른다. 젊은 날의 잘못된 착각 하나로 평생을 같이 할 수 있는 영혼의 동반자를 놓쳐버리기도 하고, 우연히 지원한 직장 서류 하나로 평생의 직업이 결정되기도 한다. 프로이센의 영광을 기리기 위한 문이 나폴레옹을 돋보이는 수단이 되기도 하고, 자기를 만든 독일의 분단을 상징하는 기념비로 변신하기도 한다. 시간은 모든 고통과 상처를 어루만져 주는 위대한 위무자(慰撫者)이기도 하지만, 베르테르의 편지 하나에 들뜨고, 봄날의 피리 소리 하나에 가슴이 부풀어 오르는 그런 시절, 그런 느낌을 앗아가기도 한다.

돌아온 사월은
생명의 불길을 밝혀 준다
돌아온 꿈의 계절아
눈물 어린 무지개 계절아

봄은 돌아온다. 꽃 피는 사월은 돌아온다. 아무런 말 없이, 아무런 변명 없이, 아무런 약속 없이 사월은, 봄은 돌아온다. 그래서 모든 사람과 사건과 공간에 새 생명을 부여한다. 정녕 꿈의 계절이다. 하지만 아는가. 그 돌아온 사월은 꿈의 계절이고 무지개의 계절이지만 '눈물 어린' 계절이다. 누가 그 베르테르의 편지에 설레이던 감정을 되돌리고, 누가 무엇이 봄의 언덕에서 피리를 불던 그 환희를 되살리게 하는가? 8월의 더운 여름날. 누가 무엇을 어떻게 했길래 나는 그 봄날의 눈물 어린 무지개 계절을 떠 올렸던가?

독일의 재통일 후 브란덴부르크 문은 이제 독일의 통합과 번영, 그리고 역사의 시련을 상징하는 문으로 다시 등장했다. 동서 베를린을 가로지르던 그 문이 어느 날 없어져 버리더니, 승전을 기념하던 그 문으로 월드컵에서 우승하던 선수들이 개선하는 그런 문으로도 변하기도 한다.

이 문은 그동안의 역사적 사건들을 지켜보았다. 지금 이 문을 오가는 사람들과 사건들을 내려다보면서 어떤 생각을 하고 있을까? 빛나는 꿈의 계절은 돌아왔지만, 그 돌아온 꿈의 계절은 상처와 고통 그리고 회복으로 점철된 '눈물 어린' 계절이 아닐 수 없을 것이다.

사람도 그렇지 않을까? 봄이 오면 나이 든 몸에도 꿈이 찾아오지만 그 꿈은 눈물 어린 그런 꿈이 아닐까?

Unter den Linden. 무슨 거리의 이름이 이러한가? 보리수 아래서. 아니 거리의 이름이 보리수 아래라니. 브란덴부르크 문을 사이에 두고 서쪽으로는 승전기념비, 동쪽으로는 알렉산더 광장에 이르는 그 길. 중간에 훔볼트 대학이 있고, 노이에 바헤(Neue Bache)가 있고, 박물관 섬이 있는 그 보리수 아래의 길.

왜 이럴까? 이 길을 걸으면 슈베르트의 아리아가 생각난다. 나의 기쁜 맘 그대에게 드리려 하는 ~~ 베를린을 떠나는 마지막 날, 체코의 프라하로 가기 위해 베를린 중앙역으로 가면서 이 길과 브란덴부르크 문을 다시 지나면서 다시 생각한다. 이 문이 가지고 있는 독일의 영광과 상처, 그로 인한 유럽의 영광과 상처, 그리고 그 영광과 상처로 인해 더 큰 고통과 상처를 입은 이름 없고 힘없는 독일과 유럽의 사람들.

눈물 어린 무지개 계절아!

독일: 케테 콜비츠의 조각상은 가슴으로 외친다

홈볼트 대학을 지나 박물관 섬 방향으로 조금만 내려가면 작은 건물 하나를 만난다. 노이에 바흐 Neue Wache. '전쟁과 폭정에 시달린 희생자들에게' 라는 헌사가 쓰어 있다.

어머니가 아들을 안고 있다. 전쟁에서 죽은 아들. 이제 이 세상을 떠나, 다시 살아있는 그 얼굴과 목소리를 들을 수 없지만, 그토록 사랑했던 아니 사랑하는 아들이 자기의 품 안에 놓여있다. 하지만, 슬프다 비통하다. 자기 품 안에 놓여있는 아들이 두 번 다시 웃지도 배고픔을 토로하지도 사랑한다는 말을 하지도 않는다. 아니 못 한다. 어머니의 표정에는 괴로움과 고통, 비탄이 그대로 스며 나온다. 무엇으로도 치유되지 못하는 그런 아픔이 절절이 흘러 나온다.

이 조각상의 원저자인 케테 콜비치는 말한다.
"살다 보면 치유가 안 되고 치유돼서도 안 되는 상처도 있다"

이 조각상은 케테 콜비치가 제1차 세계대전에 참전한 자기 아들을 잃은 비통함을 표현한 진흙 조각상을 하랄트 하케가 1993년에 다시 청동으로 주조한 것이다. 케테 콜비치는 자기 아들을 잃은 슬픔과 아픔을 독일의 30년 전쟁(1617~1648)과 농민 전쟁에서 다시 발견한다. 그 전쟁에서 인구의 절반에 해당되는 180만 명이 죽었다. 한 명 한 명이 우주를 대변할 수 있는 그런 생명 180만 개가 사라졌다. 180만의 슬픔과 고통, 하소연이 전 우주에 가득 차 있다. 케테 콜비치는 그런 독일 민족의 고통이자 상처, 전쟁에 참여함으로써 자기 아들을 잃어버린, 그래서 죽을 때까지 알지 못하는 죄책감에 시달려야 하는 수많은 독일 어머니들의 슬픔을 대변하고 있다.

착각하지 말자. 이런 죽음을 강조함으로써 독일의 지배층이 저지른 과오, 실책에 면죄부를 부여하는 것이 아니다. 단지 독일이라는 역사의 과정에서 자행된 그 수많은 죽음들이, 그 죽음을 부여안는 어머니 혹은 부모님의 마음속에서 어떻게 자리매김하고 있는지를 보여주는 것이다. 그것은 고통이자 상처. 이런 고통이자 상처는 독일 역사에서 한두 번이 아니다. 30년 전쟁. 농민 전쟁. 그리고 가장 최근의 1, 2차 세계대전. 가해자였지만 조금 더 시야를 넓혀서 보면 이들 독일 국민들 역시 피해자에 불과하다. 독일 국민들이 피해자라고 해서 선조가 저지른 죄악으로부터 완전히 면죄부를 받는 것은 아니다. 하지만, 국민들이 깨어있지 못하면 그들 역시 피해의 소용돌이를 벗어날 수 없다. 지배층이라는 것. 민족과 영토라는 것. 이념과 사상이라는 것. 제국이라는 정치 놀음. 그들 혹은 그 이념의 마지막 단계에서 죽어 나가는 것은 그래서 항상 그들을 뒷받침 해온 국민들이다.

케테 콜비츠의 조각상에는 어디에도 구원의 그림자를 발견할 수 없다. 고통과 상처를 어떻게 극복할 수 있는지, 혹은 극복이 가능한지, 그 작은 실마리도 제시하지 않는다. 오히려 비탄과 절망을 더 심화시킬 뿐이다. 로마 바티칸 성당에 전시된 미켈란젤로의 피에타와 다른 점이다. 오히려 그럼으로써 그 상처와 고통을 직면할 수 있다. 무의식으로 가라앉아 알게 모르게 사람과 사회를 부조리로 몰고 가기보다는 이렇게 드러내는 것이 차라리 낫다. 인식하고 마주하고 새롭게 각성하기 때문이다. 치유가 안 되는 상처는 없다고 콜비츠는 말하지만 치유되지 않는 상처는 없다. 필요한 것은 어떤 방식으로 무엇을 위해 상처를 치료해야 하느냐는 것이다.

조각상이 전시된 이후 조금의 비판이 일었다. 이 조각상이 제1차 세계대전의 희생자를 기릴 뿐 2차 세계대전의 희생자는 포함하지 않았다는 것이다. 콜비치가 이 조각상을 만든 직접적인 계기가 1차 세계대전에서 자기 아들을 잃은 슬픔 때문이었고 그래서 2차 세계대전의 희생자는 논외였다는 것이다. 독일인의 철저함인지, 그냥 논리를 위한 논리인지.

독일: 쾰른 대성당, 고통과 상처 그리고 극복

감기약에 취해 잠의 세계로 접어들었는데 어느 순간 일어나니 기차는 쾰른으로 들어서고 있었다. 소스라니 정신을 차리고 쾰른이라는 도시로 접어들 준비를 한다.

무어라고 표현할까. 쾰른 중앙역으로 나오니 그 앞에 바벨탑처럼 하늘로 치솟아있는 두 첨탑이 나를 내려다본다. 시커먼 놈이 하늘을 향해 괴수 영화의 한 장면처럼. 도움(Dome)이라고 하는 쾰른 대성당이었다. 도움과는 그렇게 만났다.

동방박사의 유골함을 모시기 위해 만들었다는 쾰른 대성당. 1248년부터 건설하기 시작해 완공까지 무려 630년이 걸렸으며, 중세 이후 십자가의 원형이 되었다는 '게로 십자가'를 보관하고 있다. 바이에른 창이라 불리는 스테인드 글래스의 형상이 매우 아름답다. 쾰른 중앙역 바로 옆에 있는 이 도움 (Dome)은 그 위치로 인해 쾰른에 오래 머물지 않는 여행자들도 잠깐 보고 갈 수 있는 곳이다. 대성당이 베푸는 자비라고나 할까. 대성당을 외부로부터 보니 안타까운 것은 그 외관이 여전히 수리 혹은 복원 중이라는 것이다. 630년 만에 완공되었지만 채 영광을 누리기도 전에 제2차 세계대전의 여파로 검게 그을리고, 새로 복원하는 등 과거와 현재가 뒤섞인 상태로 있다.

정문으로 들어서니 내부 역시 고딕 양식으로 장식된 공간과 보물들이 세계 3대 고딕 성당으로 불리기에 부족함이 없었다. 압도한다는 단어로는 도저히 설명이 부족한 넓은 공간이 나를 기다리고 있었다. 스테인드 글래스, 예수의 십자가 상, 각종 제대(祭臺)들, 그림들, 성가대석 그리고 그 사이를 휘집고 돌아다니는 수많은 관람객들. 하지만 슬프게도 대성당은 나에게 아무런 말을 걸지 않았다. 고딕 형태로 꾸며진 규모, 형태 그 어느 것으로도 세비야의 대성당, 밀라노의 대성당에 뒤지지 않았지만, 대성당은 아무런 신호도 보내지 않았다. 무엇 때문이었을까?

아쉬운 마음으로 돌아서는데 쾰른 대성당의 과거 모습을 담은 흑백사진이 눈에 들어왔다. 그래도 함부르크나 베를린의 파괴되고 흔적만 남은 성당들과 달리 쾰른의 대성당은 아직 쾰른 시민의 정신적 위안일 것 같다. 함부르크나 베를린의 성당은 파괴된 채 박물관으로 기능하고 있을 뿐이지만, 쾰른의 성당은 아직 장엄하다.

성당 옆에 전시된 사진 중의 하나는 제2차 세계대전 당시 연합국의 폭격으로 다 망가진 쾰른 시내를, 처참한 피해를 입은 대성당을 배경으로, 정장을 하고 걸어가는 시민들의 모습을 담고 있다.

파괴와 다시 일어 섬. 제3제국과 히틀러의 만행이야 말해 무엇하랴만 대성당은 그 아프고 어리석은 역사적 지층을 하나의 지나가는 과정으로 소화하고 있었다. 내 짐작이 틀리지 않았다. 놀랍게도 쾰른 대성당은 1960년대 이후 한 때 이슬람 사람들의 예배장소로 사용되기도 했다. 정복에 의한 강제가 아니라 쾰른에 몰려드는 이슬람 사람들의 종교적 자유를 위해 스스로 장소를 개방했다. 하기는 30년 전쟁을 거치며 이 성당 역시 개신교도들의 예배를 위해 사용되었다고 하니 배타적 기독교의 역사에서 이 정도의 포용력을 발휘하는 것도 쉬운 일은 아니다.

또 다른 이야기도 있다. 최근의 일이다. 2015년에서 2016년으로 넘어가는 그 날. 쾰른에 거주하는 1,000여 명의 이슬람 난민 (정확히는 난민 신청자)들이 쾰른 대성당 주변의 중앙역을 중심으로 강도, 폭력, 절도, 성폭력을 저지른 사건이 발생했다. 당시 성폭력, 강도 등으로 경찰에 신고한 여성만 1,200여 명에 달했다고 한다. 대성당은 눈 뜨고도 볼 수 없는 그런 만행을 목도했다. 이슬람인들의 예배를 위해 대성당을 사용하도록 했는데…… 쾰른 시민들, 독일인들의 분노가 터져 나왔다. 유럽에서 가장 개방적이고 난민 친화적인 독일 시민들이 이 사건으로 입장을 바꾸는 일이 벌어졌다.

역사의 지층을 따라가던 그 순간 하나의 탄식이 터져 나왔다. 쾰른 대성당이 말을 걸지 않은 것이 아니라 정확히 말을 걸고 있었던 것이다. 하지만, 나를 향해서가 아니라 불특정 다수를 향해 말을 하고 있었다. 쾰른 대성당은 한 사람 한 사람에게 말을 걸지 않고, 묵묵히 그 자리에 있어주는 것만으로 자신을 방문하는 모든 사람에게 할 말과, 할 일을 다 하고 있었던 것이다.

'상처와 경험은 마주하는 그 순간 아플지 모르나, 시간의 자비를 얻고 세상을 감싸 안을 포용의 넓이를 가지면 그 상처와 경험도 어느 순간 역사의 한 지층에 불과할 수 있고, 그 역사의 한 지층은 어느새 단순히 하나의 감정 없는 기억으로 변할 수 있다.'

쾰른 대성당은 아주 구체적으로 그렇게 말을 하고 있었다. 주제넘게 말하자면 세비야에서의 체험은 참선(參禪)을 통한 깨달음 같은 것이었고, 쾰른에서의 체험은 돈오점수(頓悟漸修)와 같은 공부를 통한 이해와 같은 것이었다.

독일을 떠나며

칼 융은 동시성(同時性) synchronicity의 원리를 주장한 바 있다. 여기서 동시성은 비슷한 의미를 가지고 동시에 일어나는 두 사건(사물도 포함될 수 있다)을 말한다. 그래서 아무런 의미 없이 단순히 두 개의 사건이 동시에 일어나는 공시성((共時性) synchronism과는 다르다. 가령, 한국 대통령이 미국을 방문한다고 발표하는 순간, 내 손자가 울음을 터뜨린다면 그것은 공시성에 불과하다. 하지만, 소련이 실험한 바와 같이 모스크바에 있는 새끼 고양이가 죽을 때 심해의 잠수함에 있는 어미 고양이가 단말마의 비명을 지른다면 그건 동시성을 가진 사건이다.

뮌헨에 도착하면서 감기 몸살, 그리고 허리의 통증이 본격적으로 시작되었다. 감기 몸살이야 흔히 지나가는 것이고, 물건을 잘 못 들거나 자세가 잘못되면 허리에 통증이 올 수 있지만 이 두 가지가 결합하여 한 육체를 괴롭히는 것은 그리 자주 경험하는 일이 아니다.

10월 독일의 날씨는 매서웠다. 피부에 스며드는 한기가 장난이 아니었다. 그 한기는 쾰른 대성당을 방문하면서, 쾰른 대성당에 진을 치고 있는 관광객들을 보면서, 대성당 입구에 자리 잡고 앉아 구걸을 하는 난민들을 보면서, 이해할 수 없는 비감으로 번졌다. 더구나 쾰른을 방문할 즈음 숙소를 예약했는데, 행사가 있기 때문인지 전 숙소가 만석이었고, 그나마 남아있는 호스텔도 구차하기 짝이 없는 곳이었다. 겨우 한 호스텔로 들어갔지만 10만 원에 가까운 돈을 지불했음에도 불구하고 수용소 수준이었다. 아무것도 하지 못하고 잠만 자고 나왔다. 난민 수용소를 우연히 체험한 것인가.

독일을 처음 여행하면서는 정신적 상처와 고통만을 경험하고 왔다. 이번 두 번째 여행에는 그 정신적 상처와 고통 외에 육체적 상처와 고통까지 아울러 경험하고 왔다. 왜 그랬을까? 독일을 여행하면서 남들은 쇼핑의 즐거움과, 로맨틱 가도의 낭만과, 맥주와 소시지의 즐거움을 누리는데, 왜 역사적 지층에 눈을 떠서 상처와 고통이라는 두 주제를 안고 신음해야 했던가? 즐거움과 흥분과 만취함이라는 주제 대신, 제3제국과 히틀러와 30년 전쟁과 농민전쟁과 비스마르크와 제2차 세계대전이라는 뜨거운 감자 만을 안으려 했던가? 관찰자가 그런 주제를 신음하니 눈길 가는 모든 곳마다 관찰의 대상들은 그런 주제로 말을 걸어온 것이다. 그리고 그 상처와 고통을 더 깊이 체험하기 위해 날씨마저 그런 방향으로 몰고 간 것이다.

동시성의 원칙을 말하기에는 비할 나위 없이 누추하지만, 고통과 상처를 통해 비약할 수 있는 가능성을 쾰른의 대성당에서, 그리고 쾰른을 떠나면서 발견한다.

다시 한번 이 나라를 방문한다면 내 질문의 방향이 바뀔 수 있겠다. 지금까지 독일 여행에서 내 질문은 다음과 같았다: 문학의 괴테와 토마스 만, 음악의 베토벤과 슈베르트, 철학의 헤겔과 니체, 이런 인물들을 배출한 독일에서 왜 히틀러와 같은 세기의 상처가 나왔는가? 이제 이 질문은 다음과 같이 바뀔 수 있겠다. 히틀러와 같은 세기의 불순물이 나온 독일에서 어떻게 괴테, 베토벤, 헤겔이 가능할 수 있었는가? 공시성은 동시성의 세계를 품고 늘어선다.

쾰른을 지나 기차가 암스테르담으로 접어들면서, 암스테르담의 맑은 가을 하늘을 보면서 나의 하느님이 조용히 말한다. 상처와 고통은 독일의 것만이 아니라 바로 나의, 우리 모두의 것이라고.

여기서 작은 생각 하나가 싹튼다. 한국의 정신적 역사를 돌이켜보면 반드시 만나는 사람의 하나가 경허선사다. 잘 알지도 못하고, 선어집(仙語集)을 그냥 흘낏 쳐다본 것에 불과한 인연이다.

그러나 그에게 묻고 싶다.

역사적 지층? 슬픔, 눈물, 비통, 한숨?

그게 무엇이고, 한국은 왜 그런 고통을 경험해야 했고, 그게 무엇이냐고?

 정중히 설명을 부탁하면 다음과 같이 말할 것만 같다.
 '어허 햇살이 비추면 사라져 버릴, 어제 내린 이슬이구먼.'
 '차나 한잔 하고 가'

이탈리아: 미켈란젤로를 이해하면 꿈과 초월이 무엇인지 가슴에 다가온다

미켈란젤로에 대한 글은 매우 많다. 소란스럽게 또 하나의 글을 보낼 생각은 없다. 단지 미켈란젤로가 남긴 세 개 혹은 네 개의 피에타상에 대해 개인적인 생각을 밝히고 싶을 뿐이다. 우선 그의 연표를 보자. 이 연표는 미켈란젤로의 모든 작품을 망라한 연표가 아니다. 중요하다고 생각되는 작품을 발표한 혹은 만든 년도 만을 간략히 정리한 것이다. 그의 나이는 작품을 시작한 만 나이를 기준으로 했다. 참고로 팔레스트리나의 피에타는 이것이 과연 미켈란젤로의 작품인지를 두고 논란이 그치지 않기 때문에 말미(末尾)에 다시 정리하기로 한다.

1475년: 출생
1496년~1497년: 바쿠스, 바르젤로 국립미술관, 피렌체, 키 203cm
1499년~1500년 (24살): 피에타, 성베드로 성당, 로마, 키 174cm

1501년~1504년 (26살): 다비드, 아카데미아 갤러리, 피렌체, 키 517cm

1503년~1506년: 성 가족, 우피치 미술관, 피렌체 (그림)

1508년~1512년 (33살): 시스티나 성당 천장화, 시스티나 성당 바티칸,
로마 (프레스코 화)

1513년~1515년 (38살): 모세, 산 피에트로 인 빈콜리 성당, 로마, 키 51.5 cm

1534년~1541년 (59살): 최후의 심판, 시스티나 성당, 바티칸, 로마 (프레스코 화)

1550년~1555년 (75살): 반디니의 피에타, 두오모 오페라 박물관, 피렌체.

1555년~? (80살): 팔레스트리나의 피에타, 아카데미아 갤러리, 피렌체.

1552년~1564년 (77살): 론다니니의 피에타, 스포르체스코 성 박물관, 밀라노,
키 195cm

1564년: 사망

피에타. 이탈리아 말로 비탄이라고 한다. 십자가에 못 박혀 죽은 아들 예수를 자기 품에 안은 성모 마리아의 슬픔을 조각으로 나타낸 것인데, 이것을 일반명사처럼 사용한다. 미켈란젤로는 평생 3개 (4개라고 주장하기도 한다)의 피에타상을 남겼다. 첫 번째는 1499년 프랑스 추기경 산 디오지니의 주문으로 만든 것으로 현재 로마의 성 베드로 성당에 전시되어 있다. 두 번째 피에타 (반디니의 피에타라고 한다)는 1550~1555년 경 만든 것으로 추정되며 현재 피렌체 두오모 오페라 박물관에 전시되어 있다. 마지막 피에타상 (이것을 론다니니의 피에타라고 한다)은 1552년 시작해 1564년 그가 죽기 전까지 작업한 것으로 전해진다. 현재 밀라노 스포르체스코 성 박물관에 소장되어 있다. 첫 번째는 그의 나이 24세, 두 번째는 75세(1550년 기준), 세 번째는 77세(1552년 기준)에 만든 것이다.

두 번째와 세 번째의 피에타상은 2년의 차이밖에 나지 않지만, 첫 번째와 두 번째의 피에타상은 50년의 기간을 건너 띠었다.

모든 사람과 마찬가지로 나도 24살에 만든 피에타상을 최고로 간주하고 싶다.(좌측 사진) '모든 사람과 마찬가지로'라는 표현을 사용했지만 사람에 따라서는 이 피에타상을 최고로 여기지 않은 사람도 있을 것이다. 하지만, 이 이상 가는 피에타상은 찾아보기 힘들지 않을까. 3~4년 전, 로마의 성 베드로 성당에서 이 작품을 처음 접했을 때의 느낌을 다음과 같이 정리한 적이 있다.

"대리석을 마음대로 부릴 수 있는 능력은 차치하더라도, 예수와 마리아의 전체적인 모습, 특히 성모 마리아의 얼굴 표정은 단순한 기법만 가지고서는 만들 수 없는 것이다. 24세의 젊은이지만 마치 70을 넘은 노인이나 가지고 있을 인생과 삶에 대한 통찰력을 보여주고 있다. 도대체 24세의 젊은이가 삶이 가지고 있는 그 다양하고 예측할 수 없는 사실들을 어떻게 이해해서 저런 형태로 작품 속에 표현할 수 있단 말인가?"

지금 이 표현에 한 가지를 더하고 싶다. 미켈란젤로가 표현한 마리아의 모습은 무엇을 나타내는 것일까? 아름답다는 말을 뛰어넘어 고귀하고 성스럽고 슬픔을 승화시키는 저 얼굴은 어떤 심리상태, 여성에 대한 어떤 이해, 예수와 마리아와 대한 어떤 이해를 바탕으로 한 것일까? 떠 오르는 단어가 있다. 칼 융의 아니마 anima

가 그것이다. (남성의 여성적인 부분, 혹은 남성이 이상적으로 그리는 무의식의 여성상, 그것을 아니마라고 하고 여성의 남성적인 부분은 아니무스 animus라고 한다.)

미켈란젤로는 6살 때 어머니를 잃었다. 가장 어머니의 사랑을 많이 받고, 어머니의 보살핌이 필요한 시절에 그런 사랑과 보살핌을 받지 못했다. 10살도 되지 않은 어린아이의 마음에 어떤 여성상이 자리 잡기 시작했을까? 현실의 여성상이 아닌 완벽하고 무결점의, 거기에다가 관능미까지 갖춘 최고의 여성이 어머니를 대신하는 여성상으로 자리잡은 것은 아닐까? 사랑받지 못하고 보살핌을 받지 못한 그 심정에서, 이런 여인이라면 이렇게 나를 사랑하고 이렇게 나를 아껴줄 것이라는 생각이 무의식에 자리 잡지 않았을까? 피에타상에 보여지는 마리아의 모습에 대한 비판도 없지 않다. 예수의 어머니가 너무 젊고, 지나치게 관능적이라는 것이다. 그렇지만, 성모 마리아의 얼굴은 아름답고, 성스럽고, 슬프지만 그 슬픔을 뛰어넘는, 존경과 사랑과 찬탄의 대상이 되고 있다. 미켈란젤로의 아니마는 대리석을 다루는 그의 재능과 결합하여 인류에게 잊지 못할 여성상을 선사한다. 하지만 지금 이 피에타상은 방탄 유리에 갇혀 있다. 술에 취한 무뢰한이 이 성모 마리아가 정말 조각품인지를 확인하기 위해 부숴보았다는 괴담이 전해진다. 멀리서 보는 이 성모 마리의 코에는 그때의 흔적이 남아있다. 부상 이전의 마리아를 보기 위해서는 그 이전에 찍은 Hupka의 피에타 사진집을 참고할 수밖에 없다.

미켈란젤로가 다시 피에타상을 만든 것은 무려 50년이 지나서였다. 그 50년 동안 우리는 미켈란젤로가 무엇을 했는지 다 알고 있다. 중요한 것만 들어보자. 그는 이 피에타를 마친 뒤 불후의 명작이라고 평가받고 있는 다비드를 25살에 만들기 시작한다. 피렌체의 아카데미아 갤러리에 전시되어 있는 이 다비드상은 바티칸의 피에타와 함께 젊은 시절의 미켈란젤로가 과연 어느 정도의 예술적 재능을 지닌 천재인지를 보여준다. 38세에는 현재 로마의 산 피에트로 인 빈콜리 성당에 있는 모세상 조각을 시작한다. 조각만 보아도 그는 천재라는 말을 들을 만하다. 조각 만이 아니다. 33세 때 그린 바티칸의 시스티나 성당 천장 벽화와, 59세 때 그린 시스티나 성당 입구의 최후의 심판은 그가 왜 한 시대를 대표하는 장인인지 여실히 보여준다. 둘 다 프레스코 기법으로 그린 것인데, 천장 벽화는 4년 6개월 만에 완성했다. 이 벽화를 완성하고 내려온 37세 그의 모습은 황폐 그 자체였다. 생각해 보라. 오래 동안 고개를 들어 올리고 그림을 그렸으니 어찌 정상적인 생활이 가능했겠는가? 하지만, 이런 고생을 하고 그린 그림은 오늘날에도 사람의 마음을 홀린다. 대신 37세의 젊은이는 세상을 조금씩 알아간다. 세월이 흐르며 그림과 조각 모두 일가를 이루어 가는데, 그 과정에서 갈등과 치유 그리고 협력의 서사가 쌓여갔다. 이 모든 것들은 그림과 조각의 의뢰자인 추기경, 교황과의 친소 관계라는 당시의 세상적 접속이 그 중심을 이룬다.

피렌체의 두오모에 전시되어 있는 반디니의 피에타는 첫 번째 피에타와 전혀 다르다.

50년의 세월을 두고 등장한 이 두 번째 피에타에는 첫 번째 피에타에는 등장하지 않았던 니고데모와 막달라 마리아가 등장한다. 예수와 성모 마리아가 주인공이 아니다. 또 다른 변화는 첫 번째 피에타에서는 예수가 성모 마리아의 무릎에 누워 있었는데, 여기서는 니고데모가 예수의 뒤에서 예수를 일으켜 세우려 하고 있고 마리아는 예수의 뒤에서 그를 부축하고 있을 뿐이다. 어떤 변화가 있었던 것일까? 피에타라는 작품에 대한 이해가 없이 단편적으로 보면 이 피에타의 주인공은 니고데모처럼 보이기도 한다. 가장 중앙에 서서 조각 전체의 균형을 이루고 있기 때문이다. 사실 이 니고데모는 미켈란젤로 자신의 모습을 표현한 것이다. 75살의 늙은이인 미켈란젤로는 이 피에타에서 자신이 예수를 부축하여 일으켜 세우려 하고 있다. 당시 75살이라면 지금의 90 이상의 나이이다. 죽음을 바로 눈앞에 둔 상태에서 인생과 삶을 돌이켜보며 자신을 구원할 대상으로서의 예수에 대한 신앙을 이렇게 표현한 것은 아닐까? 피렌체 두오모 오페라 박물관에는 이 피에타를 조각할 무렵 미켈란젤로가 sonnet 형식으로 쓴 글을 다음과 같이 전하고 있다. 이탈리아어를 영어로 번역한 것이고, 그것도 소네트 형식이라 원문을 그대로 전재한다.

The course of my life has brought me now
Through a stormy sea, in a frail ship,
To the common port where, landing,
We account for every deed, wretched or holy.

So that finally I see
How wrong the fond illusion was
That made art my idol and my king,
Leading me to want what harmed me.

My amorous fancies, once foolish and happy:
What sense have they, now that I approach two deaths—
The first of which I know is sure, the second threatening.

Let neither painting nor carving any longer calm
My soul turned to that divine love
Who to embrace us opened his arms upon the cross.

　첫 번째 연에서는 자신의 인생은 폭풍우 속의 작은 배이며, 두 번째 연에서는 예술을 자신의 우상으로 삼은 것이 하나의 환상에 불과하고, 세 번째 연에서는 자신의 죽음을 언급한다. 마지막 연에서는 그림도 조각도 자신의 영혼을 위로하지 못했으며, 영혼의 구원은 고귀한 사랑, 즉 십자가의 예수에 달려있음을 고백하고 있다. 이런 미켈란젤로의 고백은 사람의 심금을 울린다. 그림과 조각이 하나의 환상에 불과하다는 고백은, 그의 작품을 보면서 찬탄을 금치 못하는 지금의 우리들에게 강한 울림을 준다. (단, 그 울림을 들을 수 있는 사람에게만.) 나이가 들면서 자신의 본성, 자신의 근본에 대한 성찰을 하지 않고서는 죽음을 온전히 대비하기 힘들다. 한 시대를 대표하는 거장도 예외는 아니다.

반디니의 피에타를 조금 다르게 해석할 수도 있다. 첫 번째 피에타가 아니마적인 어머니상 혹은 이상적인 여성상을 드러낸 것이라면, 두 번째 피에타는 그 50년 동안 미켈란젤로의 변화된 자기 인식과 사회 인식을 드러낸 것이다. 변화된 자기 인식이란 무엇인가? 자기 인식은 자기 영혼의 구원과 관계된 것이니, 위에서 살핀 sonnet가 바로 그것을 나타낸다. 변화된 사회 인식이란 무엇일까? 예수의 십자가 죽음과 이에 대한 성모 마리아의 슬픔은 변함이 없지만, 이 슬픔은 성모 마리아만이 느끼는 것이 아니라 막달라 마리아와 니고데모 역시 그 슬픔, 절망, 좌절을 함께 느낄 수밖에 없다는 것이다. 무슨 말인가? 마리아와 예수 두 사람 사이에만 국한된 슬픔이 예수를 둘러싼 사람들 모두에게 퍼졌다. 예수가 이 세상에 오셔서 한 그 모든 일도 결국 가까운 사람들의 도움 혹은 공감이 필요했다. 십자가에 달리신 33살의 예수 역시 혼자서 살아온 것이 아니라는 것이다. 미켈란젤로는 두 번째 피에타에 니고데모라는 자전적 인물을 더함으로써 피에타의 구성 공간을 사회적으로 확장하고 있다. 50년의 연륜 혹은 삶의 경험은 한 인간을 인간적으로, 사회적으로 더

성숙시키고 있다.

　세 번째, 론다니니의 피에타는 죽기 직전까지 미켈란젤로가 붙들고 있었다. 변화는 다시 일어난다. 니고데모가 사라지고 예수와 성모 마리아가 다시 등장한다. 그리고 두 번째 반디니의 피에타에서 보여졌던 성모 마리아의 모습이 더 강화된다. 반디니의 피에타에서 성모는 예수의 뒤에서 안간힘을 쓰며 예수를 위로 밀어 올리려 했다면, 세 번째 론다니니의 피에타에서는 성모는 예수의 위에 서서 예수를 위로 끌어올리려 하고 있다. 니고데모가 사라진 것이 미켈란젤로의 인간적, 사회적 인식이 다시 반전한 것을 의미하는 것일까? 그렇지는 않다. 위에서 제시된 sonnet는 반디니의 피에타 뿐 아니라 론다니니의 피에타에도 그대로 적용된다. 정확한 것인지는 모르지만, 위에서 제시된 연보에 따르면 반디니의 피에타를 끝내기 전에 론다니니의 피에타를 만들기 시작한 것으로 되어있다. 그러니, 노년에 들어서 피에타를 만드는 미켈란젤로의 예수에 대한 신앙은 이 두 피에타에서 거의 같은 상태라고 할 수 있다. 반디니의 피에타가 미완성 상태이고, 심지어는 끌을 잘못 사용하는 바람에 미켈란젤로가 이 피에타를 포기했다는 말도 있다. (반디니의 피에타는 미완성으로 보기 어렵지 않을까) 그래서 세 번째 론다니니의 피에타를 다시 만들기 시작했는데 이것도 역시 미완성이다.

　론다니니의 피에타에서 보여지는 마리아의 모습은 무엇일까? 이

것은 우리들이 잘 아는 어머니의 모습이다.

"아들아, 왜 그리 죽었느냐? 일어나거라. 이 어미는 절망하지 않는다. 네가 일어설 때까지 나는 너를 붙들고 부축할 것이다."

아쉽게도 이 론다니니의 피에타에서는 예수와 성모 마리아의 모습이 분명히 드러나지 않는다. 미완성이라는 것이다. 스포르체스코 성의 박물관에서 아무리 기를 쓰고 봐도, 카메라의 망원렌즈를 정조준해도, 희미한 모습 그 이상의 얼굴은 볼 수 없다. 미켈란젤로의 개인적이고 사회적인 인식은 더 발전하지만, 우리는 그의 조각에서 그 고귀한 성모의 모습은 다시 보지 못한다. 어떤 이는 이 론다니니의 피에타에서 추상화의 흔적을 찾고, 그래서 그 추상화와 같은 피에타가 우리들의 상상력을 자극한다고 한다. 과연 그럴까? 이 피에타가 미켈란젤로가 만든 것이 아니라고 할 때도 이 피에타 (앞의 반디니의 피에타도 마찬가지다)가 지금처럼 높은 평가를 받을 수 있을까? 개인적으로 아니라고 생각한다. 바티칸의 피에타 그리고 피렌체의 다비드를 조각한 그 미켈란젤로가 만든 것이기에, 미완성이라도, 높은 평가를 받고있는 것이 아닐까. 예수와 마리아의 얼굴도 제대로 보이지 않는 피에타를 누가 걸작이라고 감히 말할 수 있을까? (개인적으로 이와 비슷한 이유에서 팔레스트리나의 피에타는 여기서 설명하지 않으려 한다. 아카데미아 갤러리의 설명에서도 이 피에타가 베르니니의 작품일 가능성을 강하게 시사하고 있기 때문이다.)

이런 피에타상의 발전은 한 인간이 젊은 시절, 어린 나이에 어머니를 상실한 그 마음의 상처와 상실감을 어떻게 극복하였으며, 어떤 과정을 거쳐 사회적으로 성숙하게 되었으며, 또 죽음을 목전에 둔 노년에는 무엇을 지향해야 할지를 보여주고 있다. 어머니를 일찍 여읜 그 상실감이 자신의 무의식 속에서 창조의 포텐셜과 결합하여 오히려 희대의 걸작으로 나타났으며, 사회적으로 성숙되어 가는 인식은 혼자가 아니라 더불어 살아야 하는 삶의 모습으로 나타났다. 또, 노년에는 자신의 영혼에 대한 구원과, 죽음마저 부인하려는 성모 마리아의 태도를 통해 역설적으로 죽음을 보는 시야가 어떠해야 하는지를 어두운 하늘의 섬광처럼 보여주고 있다.

하지만, 이렇게 피에타의 변천을 인정하면서도 나는 아직도 24살 청년이 만든 피에타의 성모 마리아가 그립다. 유럽을 여행하며 어떤 조각과 어떤 그림에서도 바티칸 피에타가 보여주는 성모 마리아에 버금가는 얼굴을 본 적이 없다. 우아함, 맑음, 평화. 꿈속에서라도 그런 얼굴을 볼 수 있다면 마냥 잠들고 싶다. 그런 얼굴은, 실제로 존재하지 않는다는 비판에도 불구하고, 인간을 구원하는 여신의 모습이다. 눈을 감으면, 이제는 방탄 유리에 갇혀 있지만, 그 모습이, 그 얼굴이 한 여름의 서늘한 바람처럼 가슴을 스친다.

이탈리아: 밀라노를 떠나며. 모든 것은 사라진다

제노아를 가기 위해 이른 아침 밀라노 중앙역으로 간다. 유럽 어느 도시나 중앙역 부근은 소란스럽다. 독일이 그나마 조금 단정하다면 이탈리아는 한바탕의 디스코를 연상케 한다. 그 소란스러움을 뚫고 제노아로 가는 기차(정확히는 전철)를 탄다. 좌석이 지정되지 않기 때문에 짐을 보기 편리한 곳에 자리를 잡지만 (짐이 사라질지 모르니까) 창밖을 보기위해 일부러 창 옆에 앉는다. 밀라노 중앙역을 떠난 뒤 10여 분, 밀라노의 외곽지역을 지나는 기차는, 세상의 어느 도시나 마찬가지로, 도심의 화려함과는 비교가 되지 않는 누추한 외곽 지역을 지난다. 아무리 고상함과 우아함을 자랑하더라도 이런 변두리의 낙서와 오물 그리고 쓰레기는 피할 수 없다. 우울하다. 세상은 아무리 고상을 떨더라도 그 고상을 유지하기 위해서는 이런 누추함을 감수할 수밖에 없나보다.

그런 상념에 젖을 때였다. 기차는 밀라노를 벗어나 전형적인 이탈리아의 평야 지역에 접어들고 있었다. 일찍 기차를 탔기 때문에 이제 해가 뜨기 시작하고 있었고, 그 뜨는 해는 평야 지역의 안개, 수풀, 집들과 어울려 몽환적인 분위기를 자아내기 시작했다. 그 평야들은 이탈리아가 통일되기 전의 아득한 옛날부터 존재했던 것들이고, 그래서 그 위에 살포시 내린 안개와 구름 속에서 그 안개를 비추는 태양들은 과거와 다를 바 없는 것 같이 보였다. 말의 무의미함이여. 지나가는 차창에 기대어 무수한 사진을 찍었고 그 사진 중 몽환적인 분위기의 사진 하나를 선택한다.

너무 감상적인 말이 될 수도 있겠다. 그런 몽환적인 분위기는 이탈리아 역사와 맞물리면서 인간이 만들어낸 문화, 예술이 풍경들 이상 가는 가치를 가지기는 어려울 것이라는 느낌을 자아냈다. 밀라노의 그 찬란한 두오모도 저 몽환적인 안개 속에서 외로이 서 있는 나무 한 그루에 비할 바 못되며, 미켈란젤로나 레오나르도 다빈치의 작품도 안개속에 줄지어 서 있는 저 숲에 비할 바 못되었다. 하물며 그 성당과 작가들의 작품을 보기 위해 멀리서 온 방랑자의 인생이란, 햇빛이 본격적으로 나면 사라질 저 안개보다 나을 이유를 찾기 어려웠다.

김아타라는 사진작가는 고정된 장소에 오랫동안 노출을 허용한 사진을 많이 찍었다. 노출을 오래 하면 지나가는 행인들은 사진에 잡히지 않고, 그 사진들 뒤에 있는 건물들만 찍히기 마련이다. 하루나 이틀 정도 노출을 주면 이런 사진을 얻을 수 있다. 상상력을 발휘하여 이 노출을 10년 혹은 100년 혹은 1000년 할 수 있다면 어떤 사진을 얻을 수 있을까? 아무것도 찍히지 않는다. 한때 그의 홈페이지를 열면, 그 연작 사진의 옆에 적혀져 있던 한 문장이 시간이 지나면 사라지곤 했다. 그 문장은 다음과 같다.

Everything eventually disappears!

모든 것이 사라진다. 감동을 받은 건축물, 살고 싶은 환희를 일깨워준 그림, 보고 또 보고 싶은 조각, 오감을 자극하며 입속으로 사라진 다시 먹고 싶은 그 음식들, 그 모든 것도 결국 마지막에는 사라진다. 문명이란, 문화란, 예술이란, 역사란 그러니 한갓 허깨비에 불과하다. 그러니 지금 호흡하는 이 순간, 느끼고 먹고 사랑하고 껴안는 것이 최고다. 기차는 이탈리아의 위대한 예술의 도시 밀라노를 지난다.

네덜란드: 헤이그에서는 우리를 한 번 돌아보아야 한다

Den Haag HS 역. 암스테르담에서 인터시티 열차 (한국으로서는 전철)을 타고 50분 가량 가면 헤이그 중앙역 다음의 작은 역인 Den Haag HS 역에 내린다. 아담하고 깨끗한 역. 그 역에서 10분 가량 걸으면 오늘의 목적지에 도착한다. 이준 열사 기념관. Den Haag HS 역의 모퉁이, 차이나 타운 주변 변두리에 자리한 초라한 기념관. 하지만 그 의의는 결코 그렇지 않은 곳.

이준. 1859~1907년.

12살, 아직 철없던 철부지 시절에 양이(洋夷) 미국이 강화도에 쳐들어온 이야기를 지나가는 동화를 듣는 것처럼 알게 된다. (신미양요) 1875년 그의 나이 16살 때 다시 일본이 일으킨 운양호 사건도 알게 된다. 뭔가 나라 안팎으로 어수선한 기미가 없었던 것은 아니었지만 행복한 어린 시절을 보낸다. 그로부터 10년 뒤인 26살

(1885년)에 우리나라 최초의 한성법관 양성소를 졸업하여 조선 최초의 검사가 된다. 1895년, 명성황후가 시해(弑害)된다. 그 어수선한 시기에도 묵묵히 공부를 계속해 1898년에는 일본 와세다 대학 법학부를 졸업한다. 한 개인의 이력을 둘러보는 것은 이 정도로 하자. 스러져가는 집안, 가라앉는 배에 타고 있는 개인의 살아감이야 대동소이하지 않겠는가.

그 스러져가는 집안이 결정적으로 기울어지게 되는 것은, 아니 그 스러짐의 결과로 오게 된 것이 1905년 을사늑약 체결이다. 일본과 씻을 수 없는 역사적 연결고리가 만들어지게 된다. 1910년 한일 합방까지 수많은 의병과 저항이 일어났지만 500년을 지탱해오던 배는 마침내 가라앉고 만다.

그 중간인 1907년. 네덜란드 헤이그에서 열리는 제2차 만국평화회의의 소식을 듣고 고종 황제는 이준을 중심으로 한 밀사를 파견하여 1905년 을사늑약의 원천무효를 주장하며 세계 열강의 이해와 도움을 청하고자 한다. 그 결과가 어떠했는지 모두 안다. 만국평화회의에 입장도 하지 못하고, 제대로 우리의 주장도 알리지 못했으며, 그 모든 일의 결과로 1907년 7월 14일 이준은 스스로 목숨을 끊는다. 그의 나이 만 48세였다.

암스테르담에서 헤이그로 가는 기차 안. 나는 이준 열사가 100여 년 전 지금 기차가 가는 이 지역을 열차나 자동차 혹은 걸어서 가는 모습을 떠올렸다. 헤이그가 암스테르담 남쪽에 있으니 어떤 식으로

든 지금 이 열차가 달리는 논과 밭, 혹은 평야 지역을 지났음이 틀림없다. 이상설, 이위종과 동행했기 때문에 혼자라는 외형적 외로움은 없었을지 모르나 기울어져 가는 배의 운명을 지고서, 혹은 그 배가 마지막으로 가라앉는 것을 막기 위해서, 그것도 아니라면 그 배가 가라앉는 것을 늦추기 위해서 이 지역을 지나는 그의 마음은 충분히 상상할 수 있었다. 100여 년 뒤 한 후손이 그의 행적을 마음속으로 그리며 그가 머물던 곳으로 간다는 것은 상상도 하지 못했을 것이고, 100여 년 뒤 어디에 내밀만한 대한민국이라는 나라가 있게 되리라고는 꿈에라도 생각하지 못했으리라. 그래서 그저 망해가는 집의 처마 하나라도 붙잡으려는 애절한 심정이 가슴으로 더 다가왔다. 나도 대한민국 사람이니까. 일본에 대해서는 말로 표현할 수 없는 분노를 넘어선 증오, 고종황제와 두고 온 조국을 생각하면 가슴이 밑바닥으로 내려앉는 아득한 절망. 그것이 아니었을까? 덴 하그로 가는 그날 구름이 잔뜩 끼었고 더러운 차창에 비친 바깥 풍경과 겹쳐 나는 그 외로운 길을 가던 1907년의 이준, 이상설, 이위종을 생각하곤 끝내 목이 메었다.

호텔로 사용되던 건물의 2층과 3층이 주로 기념관으로 사용되고 있었고 1층은 공식적인 행사가 있을 때 사용되는 회의장인 것 같았다. 이준, 이상설, 이위종 세 분의 행적과 일대기, 을사늑약 당시의 조선의 상황, 을사 5적, 고종 황제가 내린 밀사 신임장, 당시 이들의 행적을 보도한 신문기사들이 좌우로 전시되어 있다. 어느 하나 허투루 볼 것은 아니지만, 전시된 물품들이 짜임새가 없어 보였던 것은 다소 아쉬웠다. 이 기념관 혹은 박물관이 좀 더 많은 사람들이 즐겨 찾는 장소가 되었으면 하는 바램이 있었기 때문이다.

전시물 중 을사늑약의 체결을 반대하는 상소문 (이상설 혹은 이위종의 상소문으로 기억한다)에 실려 있던 한 구절이 가슴을 때린다. '전하, 조약을 체결해도 (조선이) 망하고 체결하지 않아도 망할 것이지만 이 조약은 결코 체결되어서는 아니 됩니다' 체결해도 망하고, 체결하지 않아도 망하지 않을 수 없게 되었던 조선. 그 풍전등화의 조선. 그리고 우리의 기억에 남아있는 그 시일야 (是日也) 방성대곡 (放聲大哭). 오늘 우리는 목 놓아 대성통곡한다. 그게 조선의 최근 역사다.

유럽을 방황하듯 여행하면서 알지 못하게 천착하게 된 것이 역사적 지층을 살펴볼 때 그 사이에서 번져나오는 상처와 고통의 느낌과 목소리를 새기는 것이었다. 독일을 여행하지 않았더라면 아마 이런 살핌이 없었을지 모른다. 여행 내내 느낀 것이지만 독일의 고통과 상처는 보통이 아니다. 하지만 그 중의 상당 부분은 스스로 자초한 것이다. 유럽의 많은 지역은 독일의 거치른 행동 때문에 입은 상처와 고통을 싸매고 그 위에 다시 건설한 것이다. 문명과 예술과 도시란 그런 성격을 가진다. 하지만 독일의 고통과 상처는, 농민전쟁과 30년 전쟁을 제외하고는 가해자의 입장이지 피해자의 입장에서 받은 것이 아니다. 또 그 고통과 상처를 유럽의 다른 나라들과 '주거니 받거니' 하면서 지내왔다. 프랑스, 영국이 주로 그 대상이었다. 한 도시가 스트라스 부르, 혹은 스트라스 부르크로 불리기도 하고(그러니 서로 뺏고 뺏기고), 한 왕을 두고 서로 자신들의 선조라 하며 샤를마뉴 대제(프랑스) 혹은 카를 대제(독일)라고 부르기도 한다. 얽히고 설킨 것이다. 그러니 일방적으로 상처와 고통을 입기만 한 것은 아니다.

하지만 가해자가 아닌 피해자의 입장에서 생각할 때 한국만한 나라는 없다. 경주, 부여, 서울, 평양, 혹은 군산이나 여수, 제주도 등 어느 지역을 가더라도 그 역사적 지층을 조금이라도 들추면 고통과 상처가 한여름의 소나기처럼 쏟아져 내린다. 20세기 초 일본의 강제점탈 35년과 그 뒤 이어진 3년간의 동족상잔의 역사는 그 유례를 찾기 힘들다. 그 고통과 상처는 독일과 달리 주로 피해자, 당하는 자의 입장에서 우리 집단 무의식에 새겨진 것이다. 그리고 그 고통과 상처는 아직 끝나지 않았다.

이런 우리 한국의 고난사(苦難史)에 의미를 부여한 책이 있다. 함석헌의『뜻으로 본 한국역사』. 이 책은 한국의 역사를 고통과 상처, 그리고 부활이라는 기독교의 관점에서 헤아려 본 것이다. 동의하고 하지 않고는 읽는 자의 몫이다. 한때 이 책 모서리가 닳을 만큼 보기도 했다. 개인의 상처와 고통을 한국의 상처와 고통으로 치환해 본 것이리라. 한국이 경험한 고통과 상처가 자초한 것이라고 비하

할 수도 있다. 또 전적으로 그런 측면이 없는 것은 아니다. (이 논리에 반론이 없는 것은 아니다. 하지만 을사오적의 배경을 생각할 때 전적으로 부인할 용기가 없다) 하지만 그럴수록 우리가 시선을 돌려야 할 것은 그런 어려운 시대, 자신을 버리고, 자신의 삶을 버리고, 우리가 사는 공동체를 향해 무언의 혹은 유언의 소리를 높인 사람들이다. 이준 열사가 그 선두에 선 인물이었다면 이름 없이 한 가지 대의(조선독립)를 위해 역사의 뒤 안뜰에서 소리 없이 사라져간 우리 민중들은 그 주류를 이룬 사람들이다. 의병전쟁을 드높이고, 그 어려움을 들춰내면서도 그들을 더욱 조명해야 하는 것은 바로 이런 이유 때문이다. 그래서 고통과 상처가 반복되어서는 안 된다는 교훈을 보내고, 어쩔 수 없었다는 평계 하에 사리사욕을 추구했던 일부의 사람들에게 끝없이 경계를 보내야 하기 때문이다.

20세기 초, 그 어려운 시절 조선의 역사는 대한민국이 되어도 아직 풀리지 않았다. 이준 열사가 절망의 심정으로 스스로 생을 버렸던 그 슬픔이 거름이 되었는지 세계 6위까지 치솟는 수출순위를 기록하고, 유럽 어느 호텔을 가더라도 그들의 방에 비치된 TV를 수출하는 두 개의 기업(삼성과 LG)을 가지기까지 했지만, 4대 열강이 치고받고 하는 그놈의 역사는 21세기에서도 멈출 기미를 보이지 않는다. 필요할 땐 배알이라도 내어줄 듯 환대하던 대륙의 걸인들은 사드(Thadd)라는 이상한 평계로 한반도의 조그만 나라를 함부로, 정말 함부로 내친다. 대서양을 건너온 코 큰 분들은 한때 이 한

urrier de la Conférence
DE LA PAIX
Rédigé par WILLIAM T. STEAD

비망록을 소유하는 특권을 갖게 된다. 오늘 바로 이 자리, 즉 느 리더샬 We Ridderzaal 「기사의 집」으로 평화회의 장소)의 닫혀 있는 문앞에 앉아 있는 대한제국의 이위종은 몸소 그 옛날 이집트 해골의 현대판이 되고 있음을 스스로 절감하고 있다.

이위종은 학식이 깊고, 수 개 외국어를 말하며, 철저하고도 강인한 생명력으로 충만한 인물이다. 그러나 늙은 멤피스의 흉측스런 몰골이 회식자들의 폐부에 냉혹한 공포를 던져 주기 위해서 치밀하게 계산된 것은 결코 아니었다.

이위종은 열정적인 신념으로부터 관대한 착각으로 빠져들어, 기정 사실에서 화신된 비웃음인 것이다. 그는 운명이 조약에 서명한 것을 조롱하는 의문부호이다. 특히 그는 평화회의의 문턱에서 방황하면서 빈정대는 메피스트펠레스(Mephistopheles) 즉, 부정의 영혼인것이다.

기자 – (나는 이위종에게 질문했다.) "여기서 무엇을 하십니까? 왜 딱한 모습으로 나타나서 이 모임의 평온을 깨뜨리십니까?"

이 – (이위종은 대답했다.) "나는 흔히 제단이 헤이그에 있다고 말하는, 법과 정의 그리고 평화의 신을 혹시라도 이 곳에서 만날 수 있으리라 기대하며 먼 나라에서 왔습니다."

기자 – "드 마르땅(de Martens)씨가 1899년 숲속의 집('Maison de Bois' 제1차 평화회의장)에서 이 제단을 찾았습니다."

이 – "1899년! 그때 이후로 법의 신께서는 무명의 신이 되셨군요. 도대체 이 방 안에서 대표들은 무엇을 하고 있는 것입니까?"

기자 – "그들은 전 세계의 평화와 정의를 보장하기 위한 조약들을 체결할 것입니다."

이 – 조소어린 웃음과 함께 "조약들이요! 조약이란 도대체 무엇입니까? 내가 그것에 대해 말해 보겠습니다. 난 그것을 잘 알고 있습니다. 왜 대한제국이 이 회의에서 제의 되었습니까? 조약들이란 바로 위반되기 위해서 만들어지는 것들에 지나지 않기 때문입니다."

기자 – "하지만 보십시오. 1905년 11월 17일 조약에 의해..."

이 – 말을 끊으며 "여기서 대표들이 조약을 체결할 수 있었습니까?"

기자 – "각국의 참여를 비준해야 하는 그들 군주들로부터 권한을 부여 받는 한에서는 그렇습니다."

이 – "아! 그렇다면 흔히 말하는 1905년 조약이 조약이 아니군요. 그것은 우리 황제 폐하의 허락을 받지 않은 채 대한제국 외무대신과 체결한 하나의 협약에 지나지 않는 것이 됩니다. 서명된 서류는 결코 비준된 적이 없습니다. 결국 그것은 아무것도 아니며 아무 효력도 없는 것입니다. 대한제국 입장에서 말하자면 그 조약은 무효인 것입니다. 그럼에도 불구하고 바로 이 불법적이며 아무런 가치도 없는 서류로 인해 대한제국이 이번 회의에서 제외되었단 말입니까?"

기자 – "도대체 왕자께선 무엇을 말씀하시려는 것입니까?"

이 – "우리는 헤이그에 있는 법과 정의의 신의 제단에 호소하고 이 조약이 국제법상 유효한 것인지에 대한 판별을 요청하고자 합니다. 도대체 국제 중재 재판소는 어디에 있습니까? 어디에 우리가 항의해야 하며, 어디서 이같은 침탈행위를 유죄 선고받게 할 수 있단 말입니까?"

기자 – "하지만 이 조약이 취소되었다고 해서 무슨 차이가 있겠습니까? 대한제국이 스스로의 외교권을 가질 수 있었다고 할지라도, 늘 일본의 수중에 있게 되지 않겠습니까?"

이 – "안타깝습니다. 당신은 조약이 일본만큼 힘이 있는 어느 강대국에 의해 합법적으로 비준되었다 할지라도 이 조약의 효력을 믿지 않을 것 같아 보입니다. 그렇다면 당신은 1904년 조약으로, 일본이 대한제국의 독립과 보전을 보장했다는 사실과 일본이 우리 황제폐하의 신변에 주의를 기울이기 시작했다는 사실을 모르고 있는 것입

"축제때의 해골"이라는 제목으로 이위종의 회견 내용과 헤이그 특사의 활동을 보도한 《평화회의보》(1907. 7. 5)

An interview article of Courrier de laConference de la Paix (July 5, 1907) I carrying Yi Wi Jong's nterview and activities of the special envoys under the title 'The Skeleton of the Party'

반도를 위해 피를 흘리기도 했지만, 이제 자기 이익을 위해서라면 무슨 짓이라도 할 듯한 제스처를 취한다. 북쪽의 곰은 그렇지 않은 척하면서 한반도 쪽으로 여전히 한 발을 걸치고 있다. 가장 가슴을 치게 만드는 것은 엎어지면 코 닿는 곳에 있는 미성숙한 어린아이다. 오랫동안의 장기 불황에서 벗어나기 위해 공공연히 이 한반도에 전쟁이 일어나길 암암리에 빌고 있지는 않은지. 자기 이익이란 정말 무섭다. 오해이길 바라지만, 동족상잔의 피로 점철된 기회를 통해 경제를 일으킨 그 기억을 아직 떨치지 못한 것 같다. 더 아쉬운 것은 그런 어린아이와 보조를 맞추는 우리 국내의 일부 언론과 정치인이다. 을사오적은 공연히 생긴 것이 아니다.

헤이그를 돌아다니니 알지 못하는 사이에 우리 한국이, 우리 조선이 그리 불쌍하지 않을 수 없다. 그러니 그곳의 국민인 나도 불쌍한가? 헤이그 중심부로 들어오니 제2차 만국평화회의가 열렸던 De Ridderzaal이 보인다. 바로 저곳에서 알지도 못하는 사이에 또 한 번 우리 운명 위에 슬픔이 내려앉았을 것이다. 내 마음을 아는 듯 모르는 듯, 13세기에 지어진 이 건물은 아직 건재하다. 비감(悲感)은 뒤로 하고 건물 하나를 눈에 담는다. 이제 다시 암스테르담으로 돌아가야 할 시간이다.

네덜란드: 파리, 암스테르담, 그리고 인간의 자유

프로이드와 칼 융을 스쳐 지나가듯 이야기했지만, 두 사람은 공통적으로 인간의 정상적인 욕망이나 느낌이 순조롭게 표현되지 못하고 왜곡될 때 신경증이나 노이로제와 같은 정신 질환으로 발전할 수 있다고 강조한다. 프로이드는 정신분석을 통해 어린 시절의 성적인 욕망이나 환상이 어떻게 왜곡되어 신경증이나 노이로제로 발전할 수 있는지 설명했지만, 칼 융은 프로이드의 지적을 인정하면서도 그 신경증이나 노이로제는 어린 시절의 무의식을 되돌아보는 방식이 아닌 현재의 문제를 해결하는 과정에서 해소되어야 한다고 강조한다.

"신경증을 먼 과거 속의 원인으로부터 추론할 이론을 구축하면서, 정신분석학자들은 결정적인 현재로부터 자신을 가능한 한 멀리 떼어놓으려는 환자들의 충동에 충실하게 복종한다. 그러나 병적 갈등은 오직 지금, 이 순간에만 존재한다. (……) 효과적인 원인은 언제나 지금, 이 순간에 있으며, 이 원인을 제거할 수 있는 가능성도 언제나 여기에 있다."[*]

암스테르담이라는 도시를 떠나면서 자연스런 인간의 감정과 느낌의 배출이 왜 중요한가를 다시 인식한다. 이 도시에는 세계 어디에도 없는 섹스 박물관이 있다. 하나의 직업으로도 간주할 수 있는 매춘과 홍등가가 공식적으로 존재한다. 마리화나가 마약이 아니라 일종의 기호품으로 존재한다. 바람과 비로 대표되는 매서운 날씨 때문에 이 유명한 세 가지 현상을 직접 두 눈으로 보지 못했다. 그래서 Coke를 주문했을 때 콜라가 아닌 마리화나가 전달되는 것을 목격하지 못했다. 여행자는 호기심으로 이런 홍등가와 섹스박물관 그리고 마리화나의 존재를 생각하기도 한다. 하지만 담 광장의 무료 투어 가이드(이들은 정말 무료로 가이드를 한다. 단지 팁을 기대할 뿐이다) 중에는 네덜란드와 암스테르담에 어떤 경로로 마리화나가 합법화되게 되었는지 그 사회적 합의 과정을 소개하고 이와 관계된 장소를 걸어서 방문하는 코스도 있다. 합법과 불법이라는 이분법으로 보지 말고, 마라화나를 왜 담배와 비슷한 것으로 생각하게 되었는지 그 사회적 합의 과정을 설명한다. 마리화나를 없어져야 할 사회악으로 알아온 이국에서 온 여행자에게는 문화 충격 그 이상이다. 섹스 박물관도 그런 범주에 든다. 인간이 어떻게 잉태되고 출산하게 되는지 성인이라면 모두가 알고 그 과정에서 인간도 하나의

---

[*] 카를 융(2014) pp. 151~152.

동물로서 쾌락을 탐닉하는 존재라는 것을 익히 안다. 하지만 그것을 번연히 하나의 박물관으로 만들어 내로라하는 사회적 형태는 생각하기 쉽지 않다. 홍등가 역시 마찬가지 아닌가. 세상에서 가장 오래된 직업이 매춘이다.

거꾸로 생각하면 하나의 치부라고도 생각할 수 있는 이런 현상들에 암스테르담은 대범하다. 하나의 관광자원으로써 전시하는 것이 아니라, 우리 사회는 우리 도시는 합의에 의해 이런 것마저 그대로 드러낸다는 것을 당당하게 말한다.

장황하게 이런 말을 하는 것은 암스테르담이라는 도시가 가지고 있는 자유분방함을 이야기하기 위해서는 이것을 빼놓을 수 없기 때문이다. 인간을 속박하는 것이 팽배한 사회에서는 위선이 난무하고, 인간의 본능과 관계되는 것들은 저 음습한 지하의 세계로 내려간다. 더 추악한 냄새를 풍기면서. 하지만, 그것들을 태양 아래 드러내면 지극히 자연스러운 현상으로 바뀐다. 인간도 그 종을 이어가는 측면에서는 하나의 포유류에 다름없는데, 그 생식과정에서 쾌락을 추구한다는 사실을 구태여 숨겨야 하는가? 조셉 캠벨은 말한다. 영웅이 자신의 운명을 인식하는 과정에서 가장 먼저 해야 할 것은 용의 비늘에 각인된 '해야한다(shoud do)'를 없애는 것이라고. 서구 문명에서 용은 동양과 달리 사악한 짐승으로 간주된다. 그 사악한 짐승의 비늘에 새겨진 '해야한다'는 것은 일종의 사회적 의무, 사회적 금기, 사회적 타부를 의미한다. 새로운 것을 찾거나 만들기 위해서는 정상적이지 못하게 인간을 억압하는 모든 금기, 타부, 혹은 의무를 벗어던질 필요가 있다.

인간이 개인적으로 정신적 자유를 얻기 위해서는 프로이드나 칼 융의 말대로 자기 성찰을 통해서 자기를 억압하는 것이 무엇인지 '통찰'할 필요가 있다. 통찰, 즉 깨닫는 순간 자기를 억압하는 신경증이나 노이로제 증상의 70% 이상은 사라지기 때문이다. 하지만, 그 억압이나 의무가 사회적 관계와 밀접한 관계를 가지는 것이라면 개인은 자신의 통찰만으로 정신적 자유를 얻기 힘들다. 반대로, 사회적 관계에서 이런 억압이나 의무를 강제하거나 처벌하지 않고, 자연스러운 것으로 받아들인다면 개인은 그렇지 않은 경우에 비해 정신적 자유를 더 얻기 쉽게 된다. 그렇지 않더라도 더욱 더 자연스럽게, 밝은 표정으로 자신의 삶을 누릴 수 있게 된다.

암스테르담의 그 자연스러운 분위기는 꼭 꼬집어 말하기 힘들다. 하지만, 호텔이건, 거리건, 박물관이건, 가이드건, 상점의 주인이건 긴장하지 않고 가장하지 않고 정말 자연스럽게 행동하고 있었다. 고흐 미술관에서의 일이다. 다른 사람들처럼 사진을 찍고 있었는데 웬 할머니 직원 한 분이 다가오더니 웃으면서 사진을 찍으면 안 된다고 말한다. 유럽의 미술관에서는 어떤 곳에서는 사진 찍는 것을 허용하고 어떤 곳에서는 허용하지 않는다. 또 어떤 곳에서는 플래시만 사용하지 않으면 사진을 찍도록 허용하고 있다. 내가 이 미술관에서 놀란 것은 이 할머니 직원이 웃으면서 그것도 정말 부드러운 표정으로 그러지 말라고 하는 것이다. 프랑스 파리에서는 화난 표정으로 정색을 하면서 강하게 No라고 말했다. 스페인에서는 아예 일종의 범죄자 취급을 하기도 했다. 단순한 사건 하나를 가지고 침소봉대하는 것이라 할 수 있지만, 그 미술관 직원은 이웃집 할머니 같은 태도로 사진에 대한 규칙을 설명해 주었다.

미술관 앞 광장에서 빵 위에 소시지가 놓인 것(garlic susage on the bread)을 하나 산 적이 있다. 젊은이들의 표정이 하도 재미있어서 사진 하나 찍어도 되냐고 했더니 세 명 모두 기상천외의 표정을 지어준다. 젊은이의 활발함 정도로 생각해도 된다. 하지만, 암스테르담에서는 호텔 체크인 카운터의 종업원도, 버스와 트램표를 파는 할아버지도, 암스테르담 중앙역에서 인근의 역으로 가는 기차표를 어떻게 살지 알려주는 터벅머리 총각도, 그렇게 자연스러울 수 없었다. 그러니 이 도시가 가지고 있는 구성원들의 자유스러움이 암스테르담이 가지는 자유스런 분위기 때문이라고 말하는 것이 이상한 것일까?

프랑스도 이런 자유스러움의 분위기를 가지고 있다. 인간의 기본적인 욕망과 관계될 경우, 그것이 범죄가 되거나, 사회적 의무 이행을 방해하지 않는다면 죄라고 판단하지 않는다. 정치인들이라도 배꼽 아래의 일은 묻지 않는다. 프랑스에서는 전직 대통령이 혼외 딸을 가지고 있다는 것이 기사거리가 될지언정 그것으로 그 사람의 업적이나 능력을 폄훼하지는 않는다. 그래서 고압적으로 배꼽 아래의 일을 도덕성 운운하며 의도적으로 까발리는 사회보다는 한 수

위다. 역설적으로 이렇게 까발리는 사회일수록 그 이면은 더 참담
하다. 그런데 이런 프랑스도 암스테르담과 비교하기 어렵다. 암스
테르담은 파리보다 정신적 자유에 관한 한, 한 수 위다. 인간은 이
런 과정을 통해서도 자유로 향한 길을 걷는다.

체코: 프라하에는 봄이 왔을까?

사물의 어느 쪽을 보건 그건 보는 사람의 자유다.

프라하 중앙역 근처의 숙소를 나서 오른쪽으로 조금만 걸어가면 프라하 여행의 중심축인 국립박물관을 만난다. 오른쪽으로 눈을 돌리면 체코를 지키는 수호신인 성 바츨라프 동상을 만난다. 이 동상의 역사를 구태여 알지 않아도 좋지만, 국립박물관을 지나 시야를 먼 곳으로 던지면 바츨라프 광장이 눈에 들어온다.

그래, 바츨로프 광장. 프라하의 봄이다. 그 프라하의 봄이 무엇을 의미하는지는 구태여 설명할 필요가 없다. 성 바츨라프 동상 앞에는 작은 화단이 조성되어 있는데 거기에 두 사람의 얼굴이 새겨진 기념비가 놓여있다. 1969년 1월과 2월, 얀 팔라흐 Jan Palach 1948-1969 와 얀 자이츠 Jan Zajic 1950~1969 는 각각 앞서거니 뒤서거니 하면서 소비에트 연방의 체코 침공에 항의하면서 스스로 몸에 불을 질러 생을 마감했다. 그들의 기념비다. 자살, 그중에서도 가장 힘든 분신 자살. 두 사람의 희생이 어떠하고, 그것이 지금의 프라하와 체코에 어떤 의미가 있는지 설명하지 않아도 된다. 구태여 말하자면 자유란 피를 먹고 사나보다. 새겨 보니 21살과 19살이다. 싱그러운 나이였다.

이 역사의 흔적을 어두운 면으로 보아야 하나, 현재를 있게 한 밝은 밑거름으로 보아야 하나? 그건 보는 사람의 자유다. 넘쳐나는 관광객들은 아무런 생각 없이 기념비를 지나 바츨라프 광장을 바삐 걸어갈 따름이다.

그들의 발걸음이 향하는 곳은 바츨라프 광장을 건너 위치한 구시 청사, 그중에서도 천문학 시계와 광장이다. 구시청사 광장에 이르 면 춥고 덥고를 가리지 않고 사람으로 넘쳐난다. 천문학 시계가 종 을 칠 때면 그 많은 관광객의 스마트폰과 사진기는 1분 정도 진행 되는 쇼를 보기 위해 일제히 한 방향으로 향한다. 아쉽게도 우리가 이곳을 들렀을 때는 대대적인 정비를 위해 쇼를 하지 않았다. 매시 정각마다 인형들이 나와 춤추는 것. 사람들은 이 인형들이 의미하 는 인간의 욕망과 감정 그리고 해골이 무엇을 의미하는지 다들 알 고 있는 눈치다. 쾌락, 허영, 탐욕은 해골로 표상되는 죽음 앞에 아 무런 의미가 없다. 그래도 죽음이 기다릴 때까지 쫓아간다.

구시청사를 지나면 이들이 향하는 곳은 카를 다리이다. 일부는 일 찍 프라하 성으로 건너가기도 하지만 우리의 일정은 오늘 여기 카 를 다리까지다. 프라하를 왜 아름다운 곳이라고 말하는지 이해가 된다. 하지만 카를 다리를 둘러싼 스토리텔링이 없다면 이곳도 그 렇게 방문객의 환호를 받지 않을지도 모른다. 가장 인상적인 이야 기는 성 얀 네포무츠키에 대한 것이다. 왕비의 네포무츠키에 대한 고해성사, 왕의 의심, 그리고 고문과 사망에 대한 이야기가 그것이 다. 이 동상 아래쪽의 청동 부조에 손을 대며 소원을 빌면 이루어진 다고 한다. 빌건대 이곳에 손을 댄 모든 사람의 소원이여, 이루어지 소서. 감사합니다.

프라하는 아름다운 도시일까? 그럴 수도 있고 그렇지 않을 수도 있다. 카를 교에서 보는 프라하 성의 사진들, 볼타바 강의 다른 다리에서 바라보는 프라하 성과 카를 교의 모습들. 아름답다. 늦은 여름이라 야경을 보지 못하고 숙소로 돌아왔지만 그 야경이 아름다우리라는 것은 짐작하지 않아도 안다.

아름다움이란 무엇이고, 아름답지 않다는 것은 무엇이고, 역사는 무엇이고, 희생이란 또한 무엇인가? 플라츠 광장에서 프라하의 봄에 대한 사진을 접하고 두 희생자의 기념비에 사로잡힌다면 플라츠 광장에서 뻗어나간 프라하의 신시가지는 희생이라는 바탕 위에 핀 꽃에 불과할 것이고, 카를 교와 프라하 성의 아름다움에 사로잡힌 자는 플라츠 광장과 프라하의 봄은 프라하 여행의 멋진 추억과 낭만에 살짝 첨가한 조미료에 불과할 따름이다. 더운 여름밤이지만 프라하는 관광객들로 넘치고, 그들이 식당과 호텔 그리고 기념품점에 뿌리는 돈은 프라하를 살지고 살지게 한다. 프라하의 봄, 체코의 역사는 그저 아름다운 광경의 배경에 불과하다.

사물의 진면목에 대한 체험을 하거나, 그 양면을 다 경험한 사람이라면 아마 이럴 수 있다. 아름다운 것은 아름다운 것이고, 슬픈 것은 슬픈 것이고, 장엄한 것은 장엄한 것이다. 아무것도 틀리지 않고 아무것도 옳지 않고 아무것도 잘못되지 않다. 단지 어느 자리에 서서 그것을 보느냐에 달려있을 따름이다. 그리고는 한마디 할 것이다. 모든 것은 그 순간 지나가는 꿈일 따름이다. 우리는 흘러가는 그 꿈속을 이 생각에 취하기도 하고 저 생각에 취하기도 하다가, 기뻐하거나 슬퍼하기도, 놀라기도 한다. 그러다 어느날 정신을 차

리면 삶이라는 소풍을 마칠 때가 온 것을 알고 호들갑을 떨게 된다.

플라츠 광장의 끝 무렵 인포메이션 센터를 지나 오른쪽으로 향하면 세계에서 가장 오래된 대학의 흔적을 만난다. 일설에 의하면 독일 민족이 설립한 가장 오래된 대학이라고 한다. 프라하 카를대학교. Univerzita Karlova v Praze. 독일이 설립한 가장 오래된 대학이 프라하에 있다? 독일과 유럽. 이 유럽의 역사는 도대체 어떻게 얽혀져 있는가? 독일의 카를대제는 프랑스의 샤를마뉴 대제고 이곳 프라하에서는 또 카를대제다. 민족국가가 성립되기 이전 독일과 유럽의 역사는 뒤섞여 하나의 복합체로 작용한다. 영국과 프랑스, 독일 심지어 스페인과 오스트리아는 왕가의 혼맥이 복잡하게 얽혀 있다. 결국 하나란 것이다. 하나의 유럽. EU가 그 이상향이 될 수 있을까?

프라하에서 관심을 끄는 것은 사람들이다. 아인슈타인이 살던 집도 있고, 존 레넌의 이름을 딴 벽이 있는가 하면 구시가지 성당 근처에는 지그문트 프로이드의 인형이 큰 깃대에 매달려 있다. 프란츠 카프카 (1883-1924)는 여기에서 살았다. 아인슈타인과 존 레넌 그리고 프로이드가 지나가는 객이라면, 카프카는 이곳 토박이다. 그는 독일어를 사용하는 유대인이었고 불과 41살의 나이에 유명을 달리했다. 41살. 아까운 나이도 아니고 그냥 요절이다. 카프카의 삶은 그의 문학적 성취와 별개다. 유대인이고, 독일어를 사용했고, 1차 세계대전이 끝난 뒤 독일이 암흑의 시대를 향할 무렵 요절했다.

41살에 세상을 떠날 때 그는 무엇을 생각했을까? 카프카는 죽기 전 자신의 지인들에게 자신의 작품을 모두 소각해 달라고 부탁했다. 하지만, 지인들은 그렇게 하지 않았고 그의 작품은 그래서 세상에 알려지게 되었다. 그는 행복했을까? 그는 무엇이 행복이라고 생각했을까? 결핵 진단을 받고 투병을 할 때 그는 인생에 대해 어떤 생각을 하고 있었을까?

그러건 말건, 이곳 프라하의 밤은 깊어가고, 관광객을 홀리는 Pilsner Urkell과 Budweiser Budvar (이 맥주는 미국 버드와이저가 아니다)의 판매량은 증가하고 프라하는 아름답다는 말은 허공으로, 이 후덥지근한 밤으로 번져간다.

게리 프랑크의 댄싱하우스를 보러 떠났다. 여행안내서의 트램 지도를 보니 14번을 타고서 레기교 아래에 위치한 다리 옆에 내리면 될 것 같았다. 하지만 국립박물관 근처에서 출발한 14번 트램은 티켓의 사용기한인 30분이 지나도 다리 옆을 지나지 않았다. 다급한 마음에 옆에 있는 현지인에게 물으니 그 근처를 지나도 한참 지났다는 것이다. 그 여행안내서의 트램 지도는 오래된 것이고, 14번의 노선은 변경되었다.

여행에서 흔히 있을 수 있는 일이다. 서둘러 길 건너편에서 다시 14번을 탄다. 잠시 뒤 트램에 탄 승객들은 반갑게도 한국인이다. 가이드 같이 보이는 분이 소매치기와 가방을 조심하라며 신신당부를 한다. 프라하의 여름. 폭염 덕분에 냉방이 된 호텔에서 휴식을 취한 우리와 달리 이 젊은이들은 너무 씩씩하다. 더위는 아무런 문제도 되지 못하고, 보는 건물 하나 이름 없는 상점 하나가 이들에게는 이색적이고 새롭다. 그 눈빛들은 세상을 잡아먹을 기세다. 초롱 초롱이라는 단어로는 충분히 표현하기 어렵다. 공식적으로 아직 전쟁이 완전히 끝나지 않은 나라, 그렇게 하도록 애쓰고 있는 나라, 그들의 부모는 전쟁의 막바지에 태어났거나 전쟁의 폐허를 복구하는 시기에 태어났는데, 이들은 그런 부모들의 기억과는 관계없다. 전쟁의 아픔과 복구로부터 거리를 둔 채, 유럽 중부의 이 도시에서 젊음이 가지는 그 아름다움과 호기심으로 이 거리를 내달리고 있었다. 그래. 그렇게만 달려라. 혼돈과 좌절과 힘듦을 벗어 던지고, 마음껏 느끼고 즐거워하거라. 그래서 자신의 꿈을 찾아가거라.

프랑크 게리의 댄싱하우스를 드디어 만난다. 사진을 찍은 뒤 한참을 이 건물을 지켜본다. 기존의 건물과는 전혀 격을 달리하는 파격적인 발상. 스페인의 빌바오와 미국의 로스앤젤레스에 있는 박물관과는 다른 건물. 비스듬히 기울어진 벽면을 연상시킨다. 그래서 춤을 춘다고 한다.

그 댄싱하우스를 만난 건 기분 좋은 일이다. 하지만 더 기분 좋은 것은 본의 아니게 트램 노선을 잘못 알아 프라하의 변두리를 30분 넘게 헤맨 일이다. 트램 노선을 제대로 알았다면 절대 가보지 않았을 프라하의 변두리. 구시가지도 아니고 신시가지도 아닌 말 그대로의 변두리. 구시가지가 구시청사, 카를교, 프라하 성으로 먹고 산

다면, 신시가지는 국립박물관을 필두로 프라하라는 한 도시 나아가 체코라는 한 국가가 움직여나갈 수 있는 정치적 경제적 행정적 기반을 제공한다.

변두리는 말 그대로 변두리다. 어느 것에도 속하지 않은. 사람의 이목을 끄는 건물은 당연히 없고, 정돈되지 않은 길, 조금은 더러운 인도(人道), 그리고 그 사이를 오가는 차와 트램. 그리고 더운 여름 날 초저녁의 매캐한 공기들. 유럽의 어느 도시를 가건 이런 변두리는 존재한다. 역설적으로 말하면 이런 변두리가 있기에 관광객을 끌어모으는 구시가지가 빛을 발한다. 프라하는 아름답다? 아닙니다. 단지 구시가지가 아름다울 뿐입니다.

사람의 일생도 마찬가지다. 빛나는 시절이 있다면 빛나지 않았던 시절의 인고가 있었기 때문이다. 사람의 선한 면이 부각된다면 사람은 반드시 선하지 않다는 묘한 역설이 성립하기 때문이다. 선하기만 하고, 악하기만 한 사람이 어디 있는가? 빛나기만 하는 시절이 이어지는 사람, 혹은 도시, 혹은 국가가 어디 있는가?

프라하라는 도시. 환전수수료로 원금의 25%를 떼어가는 도시. 그래도 사람들은 프라하성의 모습을 보고 아름답다고 찬사를 던진다. 그래서 말한다. 아름다운 것은 아름다운 것이고, 중개수수료로 원금의 25%를 떼어가는 것은 곱지 않은 것이고, 길을 헤메는 이방인을 친절히 대해주는 시민들은 정다운 것이고, 길거리의 모퉁이에서 구걸을 하는 집시와 노숙자는 아쉽고 실망스러운 것이다. 그게 사람이고 그게 인생이다.

5 장.

길을 가다

途

세상 모든 일을 수용한다 기꺼이 맞아들인다

사려니숲길

아침 7시 50분.

새벽에 서둘러 숙소를 나왔지만 이제야 사려니숲길로 들어서게
된다. 새벽에 가까운 아침. 혼자다. 누구와도 마주치지 않고, 숲길
안으로 들어가 나 자신에게 말을 건다. 사려니숲길의 왈든 삼나무
길을 지나 20여 분 오르막길을 허덕거리며 오르면, 길은 크게 오른
쪽으로 꺾어진다.

길만 오른쪽으로 꺾어지는 것이 아니라, 길이 가지는 느낌과 정서
가, 오뉴월 장대비처럼 내리는 소나기가 갑자기 그치는 것처럼, 그
렇게 달라진다. 산을 좋아하는 이라면 절대 좋아하지 않을 완만하
게 내려가거나 올라가는 길. 그리고 그 길 양옆으로 펼쳐진 삼나무,
개암나무, 소나무 …….

길을 걷는다.
걸음을 멈춘다.

아 이 냄새가 뭐지?

산 수국의 향. 숨바꼭질하듯 펼쳐지는 산 수국의 자태. 이뿐인가?
꿀벌의 잉잉거리는 소리와 공기 속을 가로지르는 달콤한 향. 착각
인가? 이 빛은 뭐지? 저 수풀 위에 가만히 내려앉은 저 햇빛은 뭐
지? 왜 저렇게 내려앉아 손짓을 하나?

길 한 곁에 살포시 그리고 자욱이 내려앉은 저 꽃잎들은 뭐지? 비
바람에 떨어진 건가, 열매를 맺으려 저절로 희생한 건가? 하늘로 뻗
어있는 저 녹색들은 또 뭐지? 왜 그렇게 고개를 들어야 보이도록
높이 솟아있는 거야. 녹색들 사이로 살포시 고개를 내민 저 개울은
또 뭐야?

걸을 수가 없다.
걸음이 걸어지지 않는다.
눈가가 붉어지면서 한마디 말이 속으로부터 나온다.
온종일 뇌리를 감돌았던 말이다.

그래 무엇을 얻으려고 이것들을 포기한단 말인가?

니코스 카잔차키스

니코스 카잔차키스부터 말해야겠다. 50을 넘은 어느 날 혈관 속에서 다시 울려오는 그의 목소리를 들었다. 때로는 둥, 둥, 둥 북소리처럼 들리기도 하고, 때로는 거치른 바다로 항해하라는 명령처럼 들리기도 했다. 세상을 만드신 신이 나의 몸속에서 마지막 활기를 빼앗아 간 다음이라 (오랫동안의 여행을 계획했을 때 나는 지쳐있었고 몸에는 활기가 없었다), 나는 지체없이 바다를 향해 나아갔다.

니코스 카잔차키스는 젊은 시절, 『영혼의 자서전』으로 내 영혼을 사로잡았다. 특히 그 책의 서두에 있던 그 기도는 바로 나의 기도이기도 했다. 감히 고백한다. 그런 삶을 살지 못했다. 평계처럼 '더' 의 철학의 대열에 동참했지만 전리품은 보잘것없었고, 삶은 누추했고 상처와 고통은 쌓여갔다.

『희랍인 조르바』, 『예수그리스도 최후의 유혹』, 『성자 프란치스코』, 『붓다』를 다시 읽기 시작했고 그가 남긴 기행문과 편지를 읽었다. 그러다 다시 유작과도 같은 『오디세이아』를 만났다. 그는 오디세우스가 탄 배의 선원이었고, 나는 그 선원을 못내 잊지 못하는 바닷가에 선 망부석이었다. 아, 그러니 이제 이해가 간다. 바다를 바라보면서도 바다가 그리웠던 그 역설은 오디세우스가 탄 배의 선원이었던 니코스 카잔차키스를 그리워했기 때문이었다.

니코스의 열정과 부추김에 탐닉하면서도, 러시아 기행을 읽으면서는 한때 그가 공산주의자가 아닌가 하는 생각을 했다. 20세기 초반, 유럽의 정신세계를 흔들며 나타난 레닌과 공산주의가 러시아에 축복처럼 쏟아부은 변화와 새로움에 대한 그의 찬탄 때문이었다. 시간이 지날수록 그의 러시아에 대한 찬탄은 줄어들었다. 그는 백일몽에서 깨어나듯 러시아에서 일어나는 변화와 새로움이 무엇인가를 알아차렸다. 그가 그토록 찬탄한 것은 러시아나 공산주의가 아니라, 낡고 병든 유럽 문명을 새롭게 바꿀 가능성이었다. 러시아가 새로운 유럽을 지향하는 것이 아니라, 저 바다 건너 아메리카를 모방하려 한다는 것을 깨달은 순간 그의 러시아에 대한 사랑도 식어버렸다. 그리고는 필생의 역작 오디세이아로 다시 돌아온다. 그는 러시아 기행 중 친구에게 보내는 편지로 다음과 같이 말한다. (러시아 기행, 343)

"이제 러시아는 내 앞에 놓인 갈망과 욕망의 원에서 떠나가 버렸다네. 지금은 어느 정도 약해진 에너지로 하나의 빛나는 보물로써 기억 속에 스스로 자리매김한 것일세. 앞으로 2-3년 동안은 한 가지 목표를 세울 생각이네. '오디세이아'를 통해서, 수많은 영상과 인간, 완벽한 운문, 그리고 지구의 모든 요소와 물과 공기를 향한 충동적 사랑을 담은 그 작품 속에서 미래 인간의 외침을 창조하는 것. 그것이 나 스스로 내 삶에 부여한 의무라네."

그를 찾으러, 그를 만나러, 아테네, 크레타 섬, 미코노스 섬, 산토리니 섬, 그리고 죽기 전에 항해할 기회를 만나면 복이 있다던, 에게해를 돌아다녔다. 그는 서재에 틀어박혀 샌님처럼 글만 썼던 사람이 아니었다. 현실의 정치 무대에서 활동하고, 한 나라의 장관이 되기도 하고, 이집트, 러시아와 일본까지 여행을 하면서 20세기의 문화적 유산을 두 눈으로 확인하고 피로 그 느낌을 적은 사람이다. 그는 진정 열정과 불태움의 화신이었다. 그는 단언한다.

"열성적인 영혼, 정열적인 육체가 되는 것, 이것이야말로 구원에 필수 불가결한 요소다. 차갑고 계산적이며 자기만족에 빠진 자들은 절대 구원받지 못한다."(러시아 기행, 189)

하지만, 그는 자신이 천생 크레타 사람이었던 것을 잊었던 적이 없었다. 아니 그에게는 자신의 혈관 속을 관통하던 그 자유와 열정의 세계보다 더 중요한 것은 없었다. 무엇을 해도 그의 피 속에서 흐르는 육체와 영혼의 갈등, 그리스와 터키의 갈등, 유럽 문명과 이집트 문명의 갈등을 숨길 수 없었다. 더욱더 크레타 섬이 간직하고 있던 미케네 문명의 추억, 미궁과 아드리네, 테세우스의 추억에서 자유로울 수 없었다. 그는 크레타 섬의 올리브다. 두 다리를 크레타 섬의 척박하고 비옥한 땅에 내리고, 때로는 짭잘하고 씁쓸한, 때때로 매혹적인 올리브로 자유롭게 모습을 바꾸는 변신의 귀재.

　많은 사람이 동의하는 것처럼 그를 대표할 수 있는 작품은 희랍인 조르바다. 그는 진정 조르바가 되고 싶었다. 자기 혈관 속에서 피어나는 열정으로 글을 쓰면서도, 그보다는 자유롭게 천지를 주유하고, 삶과 죽음의 경계마저 가볍게 뛰어넘는 조르바를 그리워하고 있었다. 영혼의 자서전에서 니코스는 조르바에 대해 다음과 같이 말하고 있다. (희랍인 조르바 후기 359 페이지)

"힌두교의 수도승들이 아버지라고 부르는 삶의 길잡이를 선택하는 문제라면 나는 틀림없이 조르바를 택했을 것이다. 그것은 조르바는 글 쓰는 사람이 구원을 위해 필요로 하는 그것을, 화살처럼 창공에서 힘을 얻는 원시적인 관찰력과, 모든 것을 처음 보듯 대기와, 바다와, 불과, 여인과, 빵이라는 영구한 일상적 요소에 처녀성을 부여하며, 아침마다 새로워지는 창조적 단순성과, 영혼보다 우월한 힘을 내면에 지닌 듯 자신의 영혼을 멋대로 조종하는 대담성과, 신선한 마음과, 분명한 행동력으로 마지막으로 초라한 한 조각의 삶을 안전하게 더듬거리며 살아가기 위해 하찮은 겁쟁이 인간이 주변에 세워 놓은 도덕이나 종교나 고행 따위 모든 울타리를 때려 부수었기 때문이다."

크레타 섬, 그의 묘비명의 '나는 자유다' 라는 마지막 글귀를 다시 생각하며, 에게해를 헤치며 나아가는 배 위에서 이 자유인을 다시 그리워한다.

칼 융

 강박과 신경증에 시달리며, 밤이면 자신이 무엇이라도 된 것처럼 역사의 지층에서 숨 한 번 제대로 쉬지 못하고 사라진 민초들에 대한 회환 때문에 어지럽던 시절 그를 만났다. 프로이드를 탐험하다 프로이드라는 산을 넘으니 칼 융이라는 산맥이 나타났다. 강박과 신경증의 원인을 어린 시절 성적인 경험의 확대에서 찾으려 하는 해석에 진이 빠질 무렵, 칼 융은 현재의 경험에서 바로 이 자리에서 문제를 확인해야 함을 강조했다. 리비도를 성적인 에너지로만 해석할 게 아니라, 생명체를 살아 움직이게 하는 활력으로 이해해야 한다고 말했다. 아들러는 여기에 권력과 힘에 대한 의지를 살짝 첨가했지만, 구태여 말하자면 나는 칼 융에 동의한다. 집단 무의식의 개념에 헤엄치던 시절, 또 다른 영혼의 친구인 조셉 캠벨을 만났고, 이 두 사람이 함께 토해내던 상징과 그 상징이 말하는 의미의 세계에 빠져들었다.

만다라와 연금술. 칼 융이 왜 이런 세계에 빠졌는가? 그에게 있어서 둥그런 원으로 표시되는 만다라는 완전성의 상징이다. 인간을 선과 악의 이분법이 아닌, 신의 속성과 동물의 속성이 동시에 존재하는 인간이 지향해야 할 완전성의 표상으로서 만다라를 보았다. 만다라는 그러니 완전성뿐 아니라 전체성의 상징이다. 만다라는 사실 그 이상의 메시지를 간직하고 있다. 영상으로나마 만다라를 그리는 것을, 아니 만드는 것을 보았다. 사리를 걸친 두 명의 티베트 승려가 염색한 모래알 같은 작은 입자를 가지고 정교한 그림을 그린다. 원으로, 사각형으로, 사람의 모습을, 신의 모습을, 흑백으로, 색깔이 있는 모습으로 그린다. 거의 완성될 무렵, 저것을 어떻게 보관하지 하는 생각을 하는 순간, 만다라를 완성한 두 승려가 두 손을 모아 이 만다라를 흩어 버린다. 놀라움의 말이 입으로 나오는 순간, 만다라는 사라지고 애초에 그림이 시작되었던 모래 입자로 변해버린다. 삶은 허상이라는, 하나의 꿈이라는 것을, 삼라만상이 새벽 햇빛에 사라지는 이슬이라는 것을 이처럼 놀랍게 나타내고 있다.

칼 융은 연금술이라는 기법을 통해서 인간의 의식에 무의식의 영역이 존재함을 느꼈다. 연금술이란 단순히 새롭게 금을 만들어 내는 테크닉이 아니라, 이질적인 현상이나 물건을 생각이나 염원으로 녹여내어, 처음 시작된 형상이나 물질을 뛰어넘는 초월성으로 보았다. 우리를 움직이는 것은 눈앞에 보이는 현상이나 단순한 의식이 아니라, 눈에 보이지 않는 인과의 세계나 무의식의 세계라는 것. 그러니 칼 융이 매료된 것은 단순한 정신분석이니 신경증과 강박의 치료가 아니라, 이 모든 것을 뛰어넘는 초월적 세계였다. 그는 영혼과 신성을 탐구한 것이다. 그 영혼과 신성의 탐구에 나는 마구 매료되었다.

그의 영혼 탐구는 고통스러웠다. 독일이 선두에 선 제1, 2차 세계대전이 그의 생애를 관통하고 있었고, 그는 그 자신의 꿈을 통해 한 시대를 관통하는 인간의 악이 어떻게 피어나는가를 지켜보았다. 1918년 제1차 세계대전이 마무리될 무렵, 그는 독일이 스스로의 만행에 의해 폭격당하는데, 그것이 1940년 무렵이라는 느낌을 가졌다. 예지몽이다. 독일의 만행에 대해 그는 말한다.

"사람이 악할 수도 있지만, 그 악은 성격의 일부라고 생각했다. 하지만 독일의 악마는 썩어 있었다. 그것은 일반적인 악마보다 상상할 수 없을 정도로 훨씬 더 나쁜, 썩은 고기와도 같았다."*

독일을 여행하면서 인간의 악마성에 두 눈을 감고 한 입을 다물었다. 이 악마성이 우리 모두의 마음 어느 구석에 존재하는 것이 아닌가? 독일이란, 아니 인간이란 무엇인가? 괴테와 토마스 만과 슈베르트의 나라가 악마로 변하다니. 칼 융의 다음과 같은 말은 그래서 위로였다.

"당신은 자신과 악덕을 동일시하지 않고서는 자신과 미덕을 동일

---

* 클레어 던 Claire Dunne(2013),『카를 융, 영혼의 치유자』, 공지민 옮김, 2013년 6월, 지와 사랑. 199페이지

시할 기회를 절대 가지지 못한다. 인간이라는 존재는 미덕을 물려받는 만큼 악덕도 물려받기 때문이다."**

  칼 융에게 있어서 종교와 신은 결코 피해갈 수 없는 문제였다. 인간이 지향해야 할 개성화 과정을 말하는 과정에서 그의 주된 관심사는 신이었다. 신경증 환자를 치료하는 목적도 그를 정상적인 사람으로 돌리는 것이 아니라 (도대체 무엇이 정상인가), 신의 존재를 느끼게 하는 것이었다. 스위스에서 목회자의 아들로 태어난 칼 융에게 그래서 존 프리먼과의 1959년 BBC 인터뷰는 그리 놀랄만한 것이 아닐지도 모른다. 그는 물었다. '당신은 신을 믿습니까?' 칼 융의 대답은 '나는 신을 알고 있습니다' 였다. 무슨 말일까? 직접 그의 말을 듣는 것이 낫다.

"저는 신의 모습을 전반적으로 구체적으로 알고 있습니다. 저는 그것이 보편적 체험이라는 점을 알고 있었고 따라서 다른 사람들과 마찬가지로 제가 신이라고 부를만한 체험을 했다는 것을 알고 있습니다. 저의 의식적 경향과 같은 방향 또는 다른 방향으로 움직이는 그 이상한 힘은 제가 이미 잘 알고 있던 것입니다. 그래서 '저는 그를 압니다' 라고 말하는 것입니다. 그런데 왜 그 무언가를 '신'이라고 불러야 할까요? 저는 '그러지 못할 이유가 뭐가 있겠습니까?' 라

** 칼 융 (2017), 김세영 정명진 옮김, 『칼 융, 차라투스트라를 분석하다』, 2017년 3월, 도서출판 부글. 252페이지.

고 반문합니다. 그것은 항상 '신'으로 불려왔기 때문입니다."***

예수를 그리스도라고 부르지 않는다고, 강단에서 할렐루야를 외치지 않는다고, 영지주의 기독교에 가까운 입장을 취한다고, 함부로 돌을 던지지 말아야 한다. 그는 기독교의 영성이 되살아나기 위해서는, 그래서 인류가 기독교에서 위로와 새로운 희망을 얻기 위해서는, 영겁을 걸고 기독교의 정신이 재해석되어야 한다고 말한 사람이다. 더 중요한 것은 그는 신을 체험함으로써 신을 알고, 그 신으로 가기 위해 자신의 인생을 건 사람이다.

그의 가족 묘비에 새겨진 글은 그래서 다시 한번 되새길 필요가 있다.

'불러내든 불러내지 않든 신이 함께 하리라.'

*** 클레어 던(2013), 284.

조셉 캠벨

칼 융과 한 쌍의 짝을 이루는 사람이 조셉 캠벨이다. 칼 융이 인간의 무의식과 죄악과 독선이라는 신탁에서 영성과 한바탕의 싸움을 한 사람이라면, 조셉 캠벨은 그 싸움을 이어받아 우리가 살고있는 이 저자거리에서 필부도 따를만한 전범의 횃불을 높이 들었다.

신화와 상징의 세계로 점철된 조셉 캠벨과의 만남은 『신화와 함께하는 삶』으로 시작되었다. 『천의 얼굴을 한 영웅』, 『신의 이미지』, 『조셉 캠벨 컴패년』, 조셉 캠벨 선집으로 이어졌고, 아직 번역되지 않았던 『Thou art that』 이라는 책으로 이어졌다. 캠벨도 니코스와 같이 떠나라고 나를 부추겼다. 니코스는 피 속에서 용솟음치는 열정으로 떠나라고 했지만, 캠벨은 모든 것을 다 잃어버린 폐허 속에서도 떠나라고 했다. 캠벨은 나를 영웅이라 꼬드겼다. 총기를 잃은 눈, 기력을 잃어버린 육체, 인간의 배신과 역사의 허무와 삶의 비통함을 헤매다 상처와 고통으로 뒤범벅이 된 내가 영웅이라고? 웃어

넘겼다.

무엇이라고 말해야 할까? 외람되지만 그는 내 방랑길의 친구였다. 살아가야 할 이유를 찾지 못해 모든 에너지가 고갈될 무렵, 니코스 카잔차키스의 목소리를 듣고 크레타 섬을 향해 떠났다. 하지만, 그때 왜 나를 부르던 니코스의 책이 아닌 조셉 캠벨의 책을 들고 방랑을 떠났는지 아직 모르겠다. 그때 가져간 책이 『The Myths to live by』였다. 몇 년 뒤 두 번째 여행에서도 캠벨의 『Joseph Campbell Companion』을 가지고 떠났다. 인생을 돌이켜 보면 어느 순간 그것이 신의 개입 혹은 간섭인 것을 느낄 때가 있다. 탈진된 상태로 집을 떠날 때는 몰랐는데, 돌이켜 보면 이 책 두 권을 가져간 것은 신의 개입이었다.

꼬드기는 그의 말은 웃어 넘겨버리고 말았지만 계속해서 나를 사로잡은 것은 바로 조셉 캠벨의 영웅 신화였다. 성배의 신화이기도 하고, 아버지를 찾아가는 아들의 신화이기도 하고, 잠자는 공주를 깨우러 가는 왕자의 신화이기도 한 것. 그의 신화들에서 다같이 볼 수 있는 것은 영웅이었다. 마블 코믹류의 초인적 영웅이 아니라, 아픔과 고통의 긴 여정을 경험한 뒤에 현재의 자신의 모습에서 벗어나 새로운 차원으로 거듭나는 바로 그런 영웅. 이런 영웅들의 경험은 일정한 패턴을 따른다. 세상을 알지 못하는 어린 시절, 아버지를 찾거나 잃어버린 성배를 찾거나 괴물을 물리치기 위해 어디론가 떠나는 시절, 실패를 거듭하기도 하고 사망의 음침한 골짜기에서 간

히기도 하나, 누군가 혹은 무엇인가 신비로운 도움을 받아, 아버지를 만나고 성배를 손에 넣고 괴물을 물리치고 공주를 구한다.

흥미로운 것은 이런 사건과 사물의 순서를 따르는 영웅 이외에 자기 내면으로 계속하여 여행을 하는 또 다른 영웅도 있다. 조셉 캠벨이 공을 들여 이야기하는 것은 사실 이런 영웅 이야기다. 흥미롭게도 그들은 자기 내면에서 자신의 왕국을 발견한다. 그들은 자신의 왕국에서 세상과 담을 쌓지 않고, 자기가 무엇이고, 자신과 세계가 어떻게 교감하고, 삶의 본질이 무엇인지 체험한다.

나는 누구인가? Thou Art That! 이게 그의 답이다. 나는 세상이다. 나는 세상과 하나다. 세상의 모든 것은 하나다. 우선 첫 번째 단계. 사람은 다른 사람에게 인사를 할 수 있고 인사를 해야 한다. 나마스테! 나마스테하고 손을 모아 상대방에게 인사하면 그것은 상대방의 가슴 속에 있는 신에게 나의 마음속에 있는 신이 인사한다. 이것은 출발이다. 나의 신과 당신의 신, 두 신이 있기 때문이다. 두 번째 단계, 사실은 그 두 신이 하나이다. 그러니 Thou Art That! 이런 인식의 차원에서는 상대방에 대한 미움과 증오가 싹트지 않는다. 상대방을 미워하면 바로 나 자신을 미워하는 것이 된다. 용서가 의미를 가지는 것, 그리고 용서해야 한다는 것이 바로 이런 인식에서 나온다.

세상은 무엇인가? 세상의 본질은 기본적으로 항상성이 없다, 즉

무상(無常)하다. 하지만 그는 여기서 멈추지 않는다. 그 항상성이 없는 세상은, 살아가는 우리의 눈으로 보면 슬픔으로 가득 차 있다. 바로 부처가 가출하기 전에 세상을 바라보던 눈이다. 여기서 조셉 캠벨은 한 걸음 더 나아간다. 세상은 슬프지만, 그 슬픔 자체로서도 하나의 완결이고 그 슬픔 자체를 어떻게 할 수 없지만, 그 슬픔을 바라보는 우리의 자세를 선택할 수는 있다. 이것이 바로 그가 말한 유명한 '이 슬픈 세상에 기쁜 마음으로 참여하는 것'이다. 슬픈 세상에 기쁜 마음으로 참여하기. 이런 태도는 희열(bliss)을 따르라는 그의 말에서 구체화한다. 무슨 말인가? 세상은 한없이 슬플 수밖에 없지만, 우리는 기쁘게 세상의 슬픔에 참여해야 하는데, 그 구체적인 방법은 자기를 잊어버릴 정도로 몰두할 수 있는 일을 하는 것이다.

조심해야 한다. 슬픈 세상에 기쁜 마음으로 참여하라니 '슬픈'을 강조하여 해원(解冤) 굿 풀이를 연상해서는 안 된다. '슬픈'은 이 세상과 거리를 둔 하나의 객관적인 인식일 따름이며, 기쁜 마음으로 참여하기 위해서는 이 세상과 나에 대한 염화시중(拈花示衆)적인 인식과 체험이 필요하다.

희열을 따르는 자는 전사이고 영웅이다. 전사란 물리적인 전쟁터에서 창과 활을 쏘는 전투병을 의미하는 것이 아니라, 매일 매일의 삶에서 슬픔을 없애나가는 지속적인 태도로서의 전사를 의미한다. 그 전사의 기본적인 태도는 모든 것을 긍정하는 것이다. 이 긍정은 세상의 더러움과 불공정과 불평등을 용납하라는 것이 아니라, 있는 그대로의 세상을 있는 그대로 인정하는 것이다. 그 자체가 우리의 마음에는 들지 않을지라도 하나의 완성이다. 단지 우리는 그 완성된 세상을 또 다른 완성된 세상으로 바꾸어나갈 뿐이다.*

　세상을 살아갈 가치가 있을까? 왜 사는가? 어리석은 질문이 일어날 때마다 캠벨은 말한다. 살아있음을 체험하는 것이 삶의 본질이라고. 살아있음이 무어냐고? 막막한 바다를 항해하다 고개를 돌리는데 저 수평선 너머로 핏빛 석양이 물들 때, 고개를 들어 산을 보니 온통 녹색의 빛이 두 눈으로 머리로 가슴으로 스며들 때, 혹은 제임스 조이스의 책을 읽다 그 행간의 말이 신(神)적인 화려함으로 빛날 때, 혹은 무명 작가의 그림 속에서 가슴을 진동시키는 리듬을 느낄 때, 그때 내지르는 '아하!' 하는 탄성이 살아있음의 징표이다. 하지만 인생에 의미는 없다. 단지 우리가 인생에 의미를 부여하려고 할 뿐이다.

　캠벨의 이런 인식은 종교에 대한 인식으로 이어진다. 에덴동산, 노아의 방주, 십자가와 예수의 부활을 상징체계가 아니라 역사적 사실로 간주하여 밀어붙이는 기독교를 비판한다. 상징을 상징으로 인식하면 거기에는 위로와 희망과 재생이 가득한데, 역사적 사실로

---

* 칼 융은 이런 캠벨의 말에 대해 자신의 내부에서 신을 만나지 않고서는 이 세상을 바꾸는 일에 참여할 수 없다고 말한다. 신을 만나지 않고서는, 자신의 내부에 공존하는 악마와 신(슬픔과 기쁨)을 조화시킬 수 없고, 그래서 슬픔에 참여하는 기쁨이 나오지 않기 때문이다. 니코스는 말한다. 세상과 인간의 불확실성 속에서 신을 향한 여정을 계속하는 것이 인간의 삶이라고. 삶의 기쁨은 그 여정에 있다고.

밀어붙이면 기독교라는 종교가 가지는 역동성을 오히려 상실하게 한다고 말한다. 처녀 수태, 천지창조, 홍수, 부활과 같은 일들은 한 번도 상호 교류가 없는 대륙에서도 신화의 형태로 존재한다. 칼 융의 말을 빌리면 집단 무의식에 근거한 원형적 형태의 발현이다. 그래서 왜 기독교에서만 그것이 역사적 사실로 간주되어야 하는지 비판한다. 기독교를 부정하는 것이 아니라 그 역동성을 바란다.

캠벨은 인도와 중국의 종교적 신화에 깊은 이해를 보인다. 인도의 마야, 불교의 공(空), 그리고 참선과 요가에 이르기까지. 그래서 그가 강조하는 것도 칼 융과 비슷하다. 깨달음, 초월하는 것, 경외를 느끼는 것. 칼 융의 말을 빌리면 결국 신을 만나는 것이다.

20세기를 살아간 이 세 명의 영혼의 친구들. 모두 같은 말을 한다.

신(GOD).
신을 향하거나 신을 만나거나 신을 체험하는 것.

인간에 대한 인식의 변화

인간에 대한 인식이 변해가는 그 과정 혹은 지향점을 보여준 가장 좋은 예는 니코스 카잔차키스의 『희랍인 조르바』에서 조르바가 한 다음과 같은 말이다. (264페이지)

"내게는 저건 터어키 놈, 저건 불가리아 놈, 이건 그리스 놈, 하던 시절이 있었습니다. (……) 요새 와서는 이 사람은 좋은 사람, 저 사람은 나쁜 놈, 이런 식입니다. 그리스인이든 불가리아인이든 터키인이든 상관하지 않습니다. 좋은 사람이냐? 나쁜 놈이냐? 요새 내게 문제가 되는 건 이것뿐입니다. 나이를 더 먹으면 이것도 상관하지 않을 겁니다. 좋은 사람이든 나쁜 놈이든 나는 그것들이 불쌍해요. 모두가 한가집니다. (……) 가슴이 뭉클해요. 오 여기 또 하나 불쌍한 것이 있구나. 나는 이렇게 생각합니다. 누군지는 모르지만, 이 자 역시 먹고 마시고 사랑하고 두려워한다. 이 자 속에도 하느님과 악마가 있고, 때가 되면 땅 밑에 널빤지처럼 꼿꼿하게 눕고, 구더기 밥이 된다. 불쌍한 것! 우리는 모두 한 형제간이지. 모두가 구더기 밥이니까."

출발점은 차별과 편견이지만 종착점은 한 형제다. 그런 인식의 변천에 반드시 들러야 할 정거장은 '이 자 속에도 하느님과 악마가 있다'는 자각이다. 선하기만 한 사람이 어디 있으며, 악하기만 한 사람은 어디 있단 말인가? 저 미운 놈의 행위도 사실 내 마음속 어느 곳의 미운 행위가 투사된 것에 불과하다. 모두가 자신의 미움과 편견과 괴로움을 상대방에 투사하고 있을 따름이다. 사람과 사람 관계에 대해 이런 인식에 이르면 자기를 괴롭힌다고 생각했던 고통과 상처가 그 위세를 누그러뜨린다.

삶이 무엇인가는 내 영혼의 친구, 세 명이 충분히 말을 했다. 더 이상 보태는 것은 췌언이다. 단지, 자신의 영혼을 불사르고 그것도 모자라 상대방의 영혼도 불사르게 하는 니코스 카잔차키스의 다음과 같은 말로 삶에 대한 우리의 태도를 다시 인식하고 확인한다.

"진정한 행복이란 이런 것. 야망이 없으면서도 세상의 야망은 다 품은 듯이 말처럼 일하는 것. 사람들에게서 멀리 떠나, 사람을 필요로 하지 않되 사랑하며 사는 것. 크리스마스 잔치에 들러 진탕 먹고 마신 다음, 잠든 사람들에게서 홀로 떨어져 별을 이고 육지(뭍)를 왼쪽, 바다를 오른쪽에 끼고 해변을 걷는 것. 그러다 갑자기 인생은 마지막 기적을 이루어 동화가 되어 버렸음을 깨닫는 것."(희랍인 조르바, 143)

여기에 어디 '더'의 가치관과 철학이 있는가? 여기에 있는 것은 야망이 없으면서도 어떤 야망보다 더 큰 야망을 가지고 일하는 것, 타인을 필요로 하지 않지만 자신을 내어줘 타인을 사랑하는 것, 마지막으로 육지와 바다 사이에서 자연과 하나가 되는 것. 이 이상 가는 삶이 있을 수 있는가? 니코스 카잔차키스의 이 말은 조셉 캠벨의 '슬픈 세상에 기쁜 마음으로 참여하라'는 충고와 칼 융의 '신을 만나라'는 말의 문학적 버전에 다름 아니다. 더 영혼에 공명하는 말을 발견한다. 니코스 카잔차키스는 『향연』에서 이런 삶의 지향점을 '신이 행진하는 리듬을 발견하는 것'이라고 말한다.

신이 행진하는 리듬.
신과 함께 하는 삶.
신의 눈과 신의 귀로 살아가는 삶.

상처입은 치유자 Wounded Healer

나에게는 두 개의 십자가가 있다.

왼쪽에 있는 십자가는 오래전 파리에 일하러 갔을 때, 잠시 시간을 내어 들른 노트르담 성당에서 샀다. 나무로 된 십자가에 청동이나 주석으로 만든 예수가 매달려있는데, 오랫동안 내 주위를 지켰다. 지나칠 때마다 그 십자가를 보았다. 가끔씩 어루만지면서. 매끈한 장식품이다.

오른쪽에 있는 십자가는 방랑길에 독일의 중세도시 로텐베르그에 들렀을 때, 그곳 골목길의 초입에서 몇 가지 목재 장식을 팔고 있는 나이 든 어르신에게서 샀다. 그냥 지나치려 했는데 그분의 표정과 분위기가 그렇게 하지 못하게 했다. 십자가를 산다기보다 그냥 그분을 도우려는 의도였다. 투박하게 나무로 만들었는데, 어르신의 얼굴을 닮은 머리 위에 십자가가 올라서 있다. 그렇게 내 곁으로 온 그 십자가는 내 주변을 어슬렁거렸다. 그냥 내 옆에 두었다.

그런데, 정말 그런데, 그 두 번째 십자가가 나도 모르는 사이에 내 마음에 말을 걸고, 내 마음의 어느 구석을 건드리고 있었다. 매끈하고 장식적인 노트르담의 십자가는 단지 예뻤을 따름인데, 이 로텐베르그의 십자가는 나에게 예수의 상징으로 다가오고 있었다.

나 여기 있네!

상처받고 늙고 힘들어 나 여기 있네!

같이 하지 않겠어?

함께 한다면 이 상처는 바로 나의 것이고, 너의 것이네.

함께 한다면 우리 함께 너와 나의 상처를 치료할 수 있네.

세상은 추하고, 아름답고

인간은 천사이고, 악마이고

그러나 나는 너와 함께 하겠네

나는 이 낮은 곳에서 억눌리고, 상처 입고, 외롭고, 괴로운

모든 이들과 함께 한다네

그리스도의 영광은 사실 이들의 것이네

내 손을 잡게나

Epilogue
오디세이, 그 영원한 여행

어디서 읽은 것인지, 들은 것인지, 혹은 이것이 실화인지 아니면 지어낸 것인지도 분명하지 않다. 존경하는 경허 스님(1849~1942)의 다음 이야기가 그분에게 누가 되지 않기를 진심으로 바란다.

깨달음을 얻은 경허는 승려복을 벗어 던지고 바다 마을로 나선다. 깨달음의 그림자도 비치지 않고, 어부들과 어울려 일하고 먹고 자고 다시 깨는 그런 생활을 했다. 어느 날, 마을 사람들이 한 중년 사내를 멍석말이하는 것을 보고 지나가는 객이 물었다. 왜 그러시오? 돌아온 대답인 즉 '저 놈이 계집질하는 것을 보고 버릇을 고쳐주려는 것이오'. 멍석말이 당한 사내는 그날로 그 마을에서 자취를 감추었다. 그 객이 어느 날, 강원도의 고찰에서 설법하는 스님을 보았는데 바로 그 멍석말이 당하던 중년 사내였다. 경허였다.

지금 존경하는 스님의 일탈이 사실인지 아닌지를 말하려는 게 아니다. 그건 중요하지 않다. 인간의 대극(對極)을 말하고 싶다. 천지와 세계의 이치를 깨달은 사람도, 세상 사람들의 눈에는 (사실은 일탈이 아닌데) 일탈(逸脫)로 비칠 수도 있는 행동을 할 수도 있다. 한순간, 신과 교감을 한 사람이라도 그다음 행인의 무례한 말에 화를 낼 수도 있다. 인생의 슬픔과 모순 때문에 비감에 젖어있는데, 무심한 옆 사람의 행동이 이 비감을 날려버릴 수도 있다. 어쩌면 인간은 이 대극을 감당해야 할 운명을 타고났는지도 모른다. 선가(禪家)에서 전해 내려오는 보임(保任)이란 말도 이를 두고 하는 말일 수 있다. 깨달음 뒤가 더 두렵고 무서울 수 있다고. 그러니 그 깨달음을 간직하고 더 정진하기 위해 더 노력해야 한다고.

신을 만나면, 깨달음을 얻으면, 예술의 신적인 요소와 무의식적 공감을 하면, 세상 모든 문제가 사라지는 것이 아니다. 세상은 여전히 마야와 같이 이 우주를 배회할 따름이다. 인간은 다시 출발한 그 지점으로 내려갈 수도 있다. 단지, '어제는 바늘 하나 꽂을 정도의 마음의 여유도 없었는데, 오늘은 그 바늘 하나도 없네' 와 같은 상태를 지향할 뿐이다. 마음의 크고 넓음이 문제가 아니라 꽂을 바늘이 없으면 마음의 크고 넓음은 문제가 아닐 수도 있다는 것이다.

세상은 완전하지 않고, 인간 역시 그러하다. 고향을 향해 가는 여정에서 우리는, 나는 여전히 완전함과는 거리가 멀다. 불완전하다. 하지만, 그 불완전함 때문에 새로이 태어날 힘을 얻고, 그 불완전함 때문에 옷깃을 다시 여미고 새로 시작할 힘을 얻는다. 신화의 말을 빌리면 우리는 모두 이 세상을 살아가는 전사다. 그것도 불완전한 전사다. 하지만, 고향을 향해 가는 그 여정에서 전사가 가져야 할

덕목은 다음과 같다.

Yes to all!

세상 모든 일을 수용한다. 기꺼이 맞아들인다. 어제는 바늘 하나 꽂을 마음의 여유가 없을지라도 좋고, 오늘은 그 바늘 하나조차 없 더라도 역시 좋다. 세상 모든 만물에는 신이 깃들고, 우리는 기꺼이 그 신들과 함께하기 때문이다.

번개처럼 스쳐 지나가는 죽비 소리로 이것을 일깨워준 조셉 캠벨 이여, 당신에게 복이 있어라. 그리고 그 바탕을 만들어 준 칼 융에 게도 역시.

나는 이 고향을 향해가는 여정에서, 고향이라고 생각한 곳에 도 착해서도 고향이 아님을 깨달아도, 그래서 다시 바다로 나가야 하 는 여정이라도, 모든 것을 수용하고 모든 것을 가슴에 안고 포세이 돈이 거느리는 저 바다로 다시 나간다. 내 배의 돛대에 새긴 니코스 카잔차키스가 그의 소설 오디세이아에서 한 말을 되새기며!

"내가 목숨이 끊어지기 전에 충분히 맛볼 시간이 전혀 없는 거품이 일어나는 바다와 푸르른 대지가 얼마나 많고, 화려한 빛깔의 새와 감 미로운 욕망은 또 얼마나 많은가! 내가 태어난 이후 목표로 삼았던 머 나먼 땅에 그대가 다다르고 가능하다면 내 커다란 꽃 나무에 그대가 열매를 맺도록 하라"(오디세이아 3권, 제13편 1237)

참고 문헌

　여기에 제시되는 참고문헌은 본문에서 직접 인용된 것뿐 아니라, 내용 속에서 간접적으로 인용된 것도 포함한 것이다. 더 깊은 독서를 위한 안내의 역할을 할 수 있을 것으로 생각한다. 영어로 원문을 제시한 책들은 가능하면 원문으로 된 책을 읽는 것이 바람직하다고 생각한다. 영어 원문 만을 제시한 책들은 아직 번역이 되지 않은 책들이다.

가아이 하야오, 가와이 도시오 엮음, 김지윤 옮김, 『카를 융 인간의 이해』, 바다출판사, 2018년 5월.

고형욱, 『피렌체, 시간에 잠기다』, 사월의 책, 2010년 8월.

고형욱, 『파리는 깊다』, 사월의 책, 2010년 8월.

칼라 킬슨, 하윤숙 옮김, 『파리 탱고』, 넥서스 북스, 2009년 4월.

남회근, 신원봉 옮김, 『금강경 강의』, 부키, 2008년 11월.

니코스 카잔차키스, 오숙은 옮김, 『러시아 기행』, 열린 책들, 2008년 3월.

니코스 카잔차키스, 이종인 옮김, 『향연 외』, 열린 책들, 2008년 3월

니코스 카잔차키스, 김영신 옮김, 『성자 프란시스코 1』, 열린 책들, 2008년 3월

니코스 카잔차키스, 김영신 옮김, 『성자 프란시스코 2』, 열린 책들, 2008년 3월

니코스 카잔차키스, 신재실 옮김, 『붓다』, 열린 책들, 2008년 3월

니코스 카잔차키스, 이윤기 옮김, 『그리스인 조르바』, 고려원, 1990년 12월.

니코스 카잔차키스, 김성영 옮김, 『예수 다시 십자가에 못 박히다』, 고려원, 1982년 7월.

니코스 카잔차키스, 안정효 옮김, 『영혼의 자서전 I』, 고려원, 2008년 3월.

니코스 카잔차키스, 안정효 옮김, 『영혼의 자서전 II』, 고려원, 2008년 3월.

니코스 카잔차키스, 안정효 옮김, 『오뒷세이아 I』, 고려원, 1993년 7월.

니코스 카잔차키스, 안정효 옮김, 『오뒷세이아 II』, 고려원, 1993년 7월.

니코스 카잔차키스, 안정효 옮김 『오뒷세이아 III』, 고려원, 1993년 7월.

닐 맥그리거, 김희주 옮김, 『독일사 산책』, 도서출판 옥당, 2016년 3월.

도현신, 『르네상스의 어둠』, 생각비행, 2016년 2월.

로렌스 자피, 심상영 옮김, 『융심리학과 영성』, 한국심층심리연구소, 2010년 7월.

마틴 키친, 유정희 옮김, 『케임브리지 독일사』, 시공 아크로총서 3, 시공사, 2009년 4월.

머리 스타인, 김창한 옮김, 『융의 영혼의 지도』, 문예출판사, 2015년 8월.

알베르토 망구엘, 김헌 옮김, 『일리아스와 오디세이아: 세계적인 인문학자가 밝히는 서구문화의 근원』, 세종서적, 2015년 8월 20일.

애덤 니콜슨, 정혜윤 옮김, 『지금, 호메로스를 읽어야 하는 이유』, 세종서적, 2016년 11월.

워커, 스티븐 (Steven F. Walker), 정미경 이미애 이상희 채경선 홍은주 옮김, 『융의 분석심리학과 신화』, 시그마프레스, 2012년 10월

이부영, 『그림자』, 한길사 1999.

조셉 캠벨, 이윤기 옮김, 『천의 얼굴을 가진 영웅』, 민음사, 2013년 12월.

조셉 캠벨·빌 모이어스 대담, 이윤기 옮김, 『신화의 힘』, 21세기 북스, 2014년 3월 25일.

조셉 캠벨, 노혜숙 옮김, 『블리스, 내 인생의 신화를 찾아서』, 도서출판 아니마, 2014년 7월.

Joseph Campbell, edited and with a forward by David Kudler, *Pathway to Bliss: Mythology and Personal Transformation*, 2004, Joseph Campbell Foundation.

조셉 캠벨, 다이앤 오스본 엮음, 박중서 옮김, 『신화와 인생』, 갈라파고스, 2010년 9월.

Joseph Campbell, Diane K. Osbon edit., A Joseph Campbell Companion, 1991, The Joseph Campbell Foundation,

조셉 캠벨, 이은희 옮김, 『신화와 함께 하는 삶』, 한숲 출판사, 2004년 1월.

Joseph Campbell, Myths to live by, 1972, The Joseph Campbell Foundation.

조지프 캠벨, 홍윤희 옮김, 『신화의 이미지』, ㈜ 살림출판사, 2006년 2월.

카를 융 외, 김양순 옮김, 『인간과 상징』, 동서문화사, 1987년 7월.

카를 융, A 야페 편집, 조성기 옮김, 『카를 융, 기억 꿈 사상』, 김영사, 2007년 12월.

카를 구스타프 융, 리하르트 빌헬름, 이유경 옮김, 『황금 꽃의 비밀』, 문학동네, 2014년 2월.

칼 구스타프 융, 정명진 옮김, 『정신분석이란 무엇인가?』, 도서출판 부글, 2014년 1월.

칼 융, 김서영 정명진 옮김, 『칼 융, 차라투스트라를 분석하다』, 2017년 3월, 도서출판 부글.

클레어 던(Claire Dunne), 공지민 옮김, 『카를 융 영혼의 치유자』, 지와 사랑, 2013년 6월

피에르 바달나케, 이세윤 옮김, 『호메로스의 세계』, 솔 출판사, 2004년 8월.

호메로스, 천병희 옮김, 『오뒷세이아』, 도서출판 숲, 2007년 9월.

호메로스, 김원익 편역, 『일리아스』, 도서출판 서해문집, 2007년 5월.

Foundations for Inner Peace, *A Course in Miracles*, 1986.

Campbell, Joseph, Kennedy, Eugene ed, *THOU ART THAT*: *transforming religious metaphor*, New world library, 2001.

Campbell, Joseph, translated by R.F.C. Hull, *The Portable Jung*, Penguin Books, 1971.

Crispino, Enrica, Michelangelo, *The Masterpieces*, giunti, 2013.

Hupka, Robert, photograhed by, *MICHELANGELO Pieta*, Editions Arstella, 1975.

Renard, Gary R., *The Disappearance of the Universe*, Hay House, 2002.

Tartuferi, Angelo, *Michelangelo*, Scala, 2014.

Waterfield, Robin and Kathryn Waterfield, *The Greek Myths*, Quercus, 2013.

길을 가려거든 길이 되어라   초판 1쇄 발행   2021년 6월 9일

지은이   김기홍
펴낸이   최대석
편집   최연, 이선아
디자인1   이수연
디자인2   박정현, FC LABS

            펴낸곳   행복우물
            등록번호   제307-2007-14호
            등록일   2006년 10월 27일
            주소   경기도 가평군 가평읍 경반안로 115
            전화   031)581-0491
            팩스   031)581-0492
            홈페이지   www.happypress.co.kr
            이메일   contents@happypress.co.kr
            ISBN   979-11-91384-06-2   03800
            정가   18,800원

            이 책의 국립중앙도서관 출판예정도서목록(CIP)은
            서지정보유통시스템 홈페이지(http://seoji.nl.go.kr)와
            국가자료공동목록시스템(http://nl.go.kr/kolisnet)에서
            이용하실 수 있습니다.

꾸준히 사랑받는 —————————————————

 ————— **여행 에세이 - '여행과 쉼표' 시리즈**

🌙 ————— **감성 에세이 - '언' 시리즈**

————————————————————— **콜렉션**

삶의 쉼표가 필요할 때
낙타의 관절은 두 번 꺾인다
옷을 입었으나 갈 곳이 없다

꾸준히 사랑받는 행복우물의 여행에세이/에세이 시리즈.

베스트셀러 작가가 되어버렸다! 금감원 퇴사 후 428일 간의 세계일주 – 꼬맹이여행자의 이야기를 담은 〈삶의 쉼표가 필요할 때〉, 암과 싸우며 세계를 누비고 온 '유쾌한' 에피 작가의 〈낙타의 관절은 두 번 꺾인다〉, 아름다운 문장으로 팬들의 마음을 사로잡은 이제 작가의 〈옷을 입었으나 갈 곳이 없다〉, 쉼표가 필요한 당신에게 필요한 잔잔한 울림들.

"손가락 사이로 미끄러지는 빛은 우리의 마음을 헤쳐 놓기에 충분했고, 하얗게 비치는 당신의 눈을 보며 나는, 얼룩같은 다짐을 했었다"
_ 이제, 〈옷을 입었으나 갈 곳이 없다〉